김몽(金蒙) 판타지 장편 소설

1

열혈청년 추봉근과 이상한 세입자

둔갑 팬더 1
김몽 판타지 장편 소설

초판 1쇄 찍은 날 § 2002년 10월 12일
초판 1쇄 펴낸 날 § 2002년 10월 20일

지은이 § 김몽
펴낸이 § 서경석

편집장 § 문혜영
편집책임 § 박영주
편집 § 장상수 · 김희정 · 권민정 · 이종민
마케팅 § 정필 · 강양원 · 김규진 · 안진원

펴낸곳 § 도서출판 청어람
등록번호 § 제1081-1-89호
등록일자 § 1999. 5. 31
어람번호 § 제1-0301호

주소 § 경기도 부천시 원미구 심곡1동 350-1 남성B/D 3F (우) 420-011
전화 § 032-656-4452 팩스 § 032-656-4453
http://www.chungeoram.com
E-mail § eoram99@chollian.net

값 7,500원

ISBN 89-5505-500-5 (SET)
ISBN 89-5505-501-3 04810

※ 파본은 본사나 구입하신 서점에서 교환하여 드립니다.
※ 저자와 협의하여 인지를 붙이지 않습니다.

작가의 말

　　신사동 뒷골목을 배회하다가 문득 떠오른 팬더의 이미지가 이 소설을 쓰게 만들었다. 보편화된 정통 판타지물보다는 둔갑과 마법이 유쾌한 분위기 속에서 버무려진 독특한 이야기를 쓰고 싶었다. 팬더는 중국을 상징하는 동물이기에 자연스럽게 중국인들을 많이 등장시켰다. 중국에 한 번도 가보지 못한 필자로서는 부족한 배경 지식을 얻기 위해 인터넷을 돌아다녀야 했다. 진진이라는 걸출한 둔갑 팬더와 봉근이라는 다혈질 한국인을 축으로 해 이야기를 진행시키면서 중간중간에 재미있는 에피소드와 패러디를 많이 집어넣었다. 치밀한 설정과 다양한 캐릭터를 즐기는 소수의 판타지 마니아들보다는 드라마 위주의 영상물을 즐겨보는 평범한 청장년층(필자를 포함해서)을 위해서였다.

　　진진은 우리가 현실에서는 만날 수 없는 이상적인 친구다. 불가능한 소원을 들어주고, 잘못을 저질러도 이해해 주고, 어려움에 빠져도 나 몰라라 하지 않고 절대로 배신하지 않는다. 반면 봉근은 가장 비현실적인 인물이면서도 가장 우리들을 닮아 있는 인물이다. 현실에 좌절하지만 항상 꿈을 꾸고, 한

치 앞을 내다보지 못하고 일희일비하면서 끊임없이 방황한다. 봉근과 같은 삶을 살면서 진진과 같은 우정에 목마른 자들을 위해 태어난 소설이 아닐까 싶다.

평소에 소설을 즐기는 사람이 아니라도 재미있게 읽을 수 있는 소설을 쓰고 싶었고, 그러다 보니 소설의 기본적인 구도는 많이 깨졌다. 어쩌면 둔갑 팬더는 하나의 긴 농담인지도 모르겠다. 내가 그림에 소질이 있었다면 둔갑 팬더는 만화로 그렸을 것이다. 안타까운 일이다.

제1장

중국인 게입자

궁둥이에 살이 두둑하게 붙은 팬더 녀석은 늘어지게 하품을 하더니 눈을 부비고 자리에 누워버렸다. 봉근은 모처럼 걸레로 싹싹 닦아놓은 방바닥을 때 묻은 털로 부비고 있는 녀석이 괘씸했다.

"야이, 곰탱아! 썩 꺼지지 못해! 어서 일어나!"

무심한 표정의 자이언트 팬더는 봉근의 호통에도 아랑곳하지 않고 계속 뒹굴면서 놀고 있었다. 뚜껑이 열린 봉근은 녀석의 두 귀를 부여 잡고 사정없이 당겼다. 팬더는 귀가 아픈지 방문 앞까지 질질 끌려오다가 갑자기 휙 고개를 돌려 토악질을 했다. 팬더의 입속에서 죽처럼 이겨진 푸르죽죽한 대나무 잎들이 셔츠에 묻어 있었다.

"우와아아악!!"

기분 나쁜 꿈이었다. 식은땀으로 셔츠와 팬티가 다 젖어 있었다. 천

중국인 게입자 **9**

천히 일어나 냉장고 문을 열었다. 자취하는 총각답게 냉장고 안은 초라했다. 통조림 몇 개와 꼬마 김치 한 봉지만이 덜렁 놓여 있었다. 봉근은 물통을 꺼내 차가운 보리차를 벌컥벌컥 마셨다. 빠끔히 열려진 창 틈 사이로 시원한 새벽 바람이 들어오고 있었다. 너무 일찍 일어나 출근 시간까지 2시간 넘게 남아 있었다. 양치질을 하러 욕실에 들어갔던 봉근은 거울을 보고 깜짝 놀라 칫솔을 떨어뜨렸다.

"허억……!"

봉근의 내의에 푸르죽죽한 색깔의 씹다 뱉은 잎사귀들이 묻어 있었던 것이다.

오늘따라 봉근은 업무가 폭주했다. 신용카드 회사에서 연체 고객들 독촉하는 일을 하고 있는 봉근은 항상 입에서 단내가 날 정도로 떠들어야 했다. 오늘은 평소보다 두 배나 많은 연체 고객들의 리스트가 쌓여 있었다.

"네, 내일 오전까지 입금해 주시면 감사하겠습니다. 네? 배 째라구요? 등 따라구요?"

봉근은 순간 또 뚜껑이 열렸다.

"당신 배 째면 만 원짜리 몇 장 나오는데? 엉? 뭐? 너, 죽을래?"

봉근은 수화기를 내던지고 책상 위로 뛰어올랐다. 업무상 스트레스가 극에 달한 상태로 감정의 배출이 필요한 시기였다. 넥타이를 풀고 고릴라처럼 가슴을 두들겼다.

"아~ 우~ 열~ 받~ 아~!"

옆 자리의 미스 송은 송화기를 손으로 막으면서 한숨을 내쉬었다.

"또 시작이군……."

채권추심부의 강 부장은 넥타이를 머리에 두르고 책상 위를 뛰어다니는 봉근을 보며 빙그레 웃었다.

'저 자식, 빨리 잘라야 되는데……'

오늘도 피곤한 하루를 보내고 집으로 돌아오던 봉근은 요란하게 울리는 휴대 전화기를 꺼내 들었다.

"뉘서?"

―너구리 부동산인데요… 방 보러 온다구 해서요.

"아, 지금 마침 퇴근하는 중이에요. 집으로 오세요."

같이 살던 동생 녀석이 군에 입대하는 바람에 문간방이 비어버린 차에 세를 놓기로 작정했던 봉근이었다. 하지만 교통이 불편해 두 달 동안 아무도 찾지 않았다. 큰길까지 나가려면 으슥한 골목길을 십오 분 이상 걸어야 했고 지하철 역도 시내버스로 두 정거장이나 떨어져 있었다. 게다가 햇빛도 제대로 들지 않는 침침한 반지하 투 룸은 젊은 사람들의 취향에 맞지 않았다. 전자 제품 조립 공장에서 일한다는 둥근 얼굴의 청년은 푸근한 미소를 지으면서 말했다.

"딱 좋네요. 이 집으로 하겠습니다."

너구리 부동산 황 영감은 눈을 동그랗게 떴다.

'쯧쯧… 바보 같은 청년이구먼.'

황 영감은 한심한 표정으로 청년을 바라보면서 등을 툭툭 두들겨 주었다.

"현현, 살 생각했어. 괜히 돌아다녀 봤자 다리만 아프지 뭐. 살면 다 적응이 되는 법이지. 젊을 때 고생은 사서도 헌다는디 뭐. 나중에 좋은 집 사면 되니께."

봉근의 얼굴색은 붉으락푸르락 변하고 콧구멍에서는 더운 김이 나오고 있었다. 봉근의 표정을 읽은 황 영감은 재빨리 말을 바꾸었다.

"헴헴! 구조는 좋아… 화장실도 편리하고… 구멍가게도 가깝고… 살기 편하지."

부들부들 떨리던 봉근의 짧은 목이 조금씩 진정되고 있었다.

"이사는 언제 오실 거죠?"

"이사요? 짐도 없는데요 뭘. 이 가방에 다 들었어요."

청년은 비닐 스포츠백을 발등으로 툭툭 건드리며 말했다. 봉근은 순간 눈을 째지게 뜨며 청년을 응시했다.

'뭐야, 이놈. 억양도 이상하고… 짐도 없고… 혹시 불법 체류자 아냐?'

봉근은 두꺼운 목을 더욱 뻣뻣하게 세우며 물었다.

"혹시 외국인이십니까? 여권 좀 볼까요?"

청년은 봉근의 무례한 질문에도 넉살 좋게 웃으며 대답했다.

"중국에서 왔어요. 산업 연수생. 주송리에 있는 케미 전자에서 일해요."

봉근은 청년이 내민 꼬질꼬질한 여권을 받아 들었다. 다행히 불법 체류자는 아니었다.

황 영감이 돌아간 뒤 청년은 곧바로 짐을 풀었다. 면 소재의 운동복 몇 벌과 캐주얼 정장이 전부였다. 청년은 방을 대충 정리하더니 봉근에게 말을 걸었다.

"우리 말 놓을까?"

"뭐, 뭐라고요?"

"연배도 비슷한데 반말해도 괜찮을 거 같애. 그리고 난 존댓말이 서

틀러서 반말이 편해. 난 23살이야."

봉근은 피가 머리로 역류해서 눈이 빨갛게 됐다.

"전… 서른… 다섯인데요……."

"히엑! 그렇게 많아? 근데 아직 장가도 안 갔어?"

봉근은 부글부글 끓어오르는 화를 코와 입으로 조금씩 내보내고 있었다.

"피유~ 프슈~ 씩씩……."

"근데 왜 이리 씩씩거려? 화났니? 나 방 뺄까?"

봉근은 식탁 위로 올라가 가슴을 두들겼다.

"아~ 우~ 열~ 받~ 아~"

이마에 넥타이를 두르고 방 안을 뛰어다니는 봉근을 보며 청년은 재밌다는 듯이 방긋방긋 웃고 있었다.

취객들이 택시를 잡으려 도로변에서 휘청대는 깊은 밤. 검은 안경을 쓴 훤칠한 키의 사내가 바쁘게 걸음을 옮기고 있었다. 한밤중에 색안경을 썼다는 사실이 뭔가 수상한 일을 하는 자임에 틀림없었다. 사내는 횡단보도를 건너자 긴 코트의 깃을 세워 얼굴을 가렸다. 두리번거리며 주위를 살핀 사내는 커다란 서류 가방을 품에 꼭 안고 5층 건물 안으로 재빨리 숨어들었다. 가구는 거의 없고 이상한 의상과 고서들만이 어지럽게 널려 있는 지저분한 오피스텔이었다. 소파 위에서 잠을 청하던 노인은 검은 안경의 사내가 들어오자 반가운 얼굴로 달려들었다.

"구해왔냐?"

사내는 말없이 끄덕이며 서류 가방을 열었다.

꼬꼬댁.

가방을 열자 수탉 한 마리가 퍼덕거리며 뛰쳐나왔다.

"앗, 도망친다! 잡아!"

수탉이 한껏 날갯짓을 하며 오피스텔 안을 휘젓고 다니자 두 사람은 양손에 퍼렇게 날이 선 식칼을 들고 닭을 뒤쫓았다. 노인도 검은 안경의 사내도 무척 날렵했으나 두 사람은 약간 지능이 모자란 듯했다.

"닭 잡아라!"

노인이 대갈일성과 함께 집어 던진 식칼은 공기를 가르며 날아가 북쪽 벽면에 박혔다. 공교롭게도 검은 안경 사내의 코트도 식칼에 꽂히는 바람에 사내는 뒤로 벌렁 넘어졌다.

"조심해요, 아버지!"

"아이구, 미안허다."

사내는 코트를 벗었다. 짧은 셔츠만 걸친 사내의 상체는 근육이 잘 발달해 있었다. 오랜 기간에 걸친 웨이트 트레이닝과 무예로 단련된 육체였다.

"이놈의 조선 닭! 여기까지다!"

사내의 손가락 사이사이에는 날카로운 암기들이 끼워져 있었다.

"살(殺)! 계(鷄)!"

기합 소리와 함께 뿌려진 암기들은 날카로운 소리를 내며 날아가 닭의 날갯죽지와 목줄기를 관통했다.

꼬꼬댁.

먹음직스런 토종닭의 단말마였다. 노인은 죽은 닭을 집어 들고 빙그레 웃었다. 노인의 아들은 서류 가방에서 양파, 춘장, 고추기름, 후추, 밀가루 등을 주섬주섬 꺼냈다. 노인은 가스레인지 위에 둥그런 강철

냄비를 올려놓으며 감격스런 표정으로 말했다.

"오랜만에 고향 요리를 맛보겠군… 빠바 쭈어 차이(아빠가 요리한다)!"

"하오……."

봉근은 여느 때와 같이 라면에 찬밥을 말아 저녁을 때우려 하고 있었다. 부글부글 라면 스프 끓는 냄새에 침이 입 안 가득 고여왔다. 아무리 기분 상하는 일이 있어도 먹을 때만 되면 행복해지는 봉근이었다. 콧노래를 부르며 김치를 꺼내던 봉근은 문간방을 쳐다봤다. 버릇없는 중국 아우였지만 식사는 챙겨줘야 할 것 같았다. 봉근은 문간방으로 가서 고개를 삐죽 내밀었다. 중국 청년은 방바닥에 죽은 듯이 누워서 이따금씩 뻐끔거리며 하품만 하고 있었다.

"저녁 먹을 건데 같이 먹을래?"

"저녁?"

청년은 천천히 고개를 돌려 봉근을 쳐다봤다. 눈이 게슴츠레한 것이 많이 졸린 것 같았다.

"우웅… 난 수퍼에 주문했으니까 먼저 먹어."

"수퍼? 식당이 아니구?"

봉근은 고개를 갸웃거리며 식탁으로 돌아왔다. 면발이 적당히 익어서 맛있어 보였다. 봉근은 김치와 라면을 섞은 뒤 젓가락을 휘휘 말았다. 순식간에 라면이 솜사탕처럼 젓가락에 둥그렇게 감겼다. 봉근은 커다란 입을 악어처럼 벌리고 한입에 라면 일 인분을 덥석 물었다.

"오옷……!"

쫄깃쫄깃, 매콤 시원…….

너무 맛있어서 눈물이 핑 돌았다. 면발을 목구멍으로 넘기면서 봉근은 쾌감에 못 이겨 와이셔츠 단추를 우두둑 뜯어냈다. 봉근의 털북숭이 가슴이 형광등 불빛 아래 검은 자태를 드러냈다. 꾸역꾸역 면발을 다 삼킨 봉근은 남은 국물에 찬밥을 말아 꿀꺽꿀꺽 단숨에 들이켰다.

"카아~ 어허! 시원어어언~ 하~ 다!"

기분이 좋아진 봉근은 배를 두드리며 문간방으로 발걸음을 옮겼다.

"어이! 세입자! 저녁 안 먹나?"

청년은 옆으로 누운 채 봉근을 쳐다봤다. 그는 느릿느릿 중얼거렸다.

"인제 올 거야, 내 저녁 식사."

그 순간 딩동 하고 벨이 울렸다.

"동아 마트입니다! 배달이요!"

봉근은 청년이 받아 든 바구니를 보고 눈이 동그래졌다. 흙 묻은 배추 다섯 포기였다.

"엥? 배추 아녀? 너, 설마 김치라도 담그려고?"

청년은 빙그레 웃더니 배추 잎사귀를 뜯어 먹기 시작했다. 오물오물… 청년은 너무나도 맛있게 생배추를 씹어 먹었다. 봉근은 엽기적인 생식법에 기절초풍하도록 놀랐지만 마음을 가라앉히려고 애썼다.

'으음… 진정하자… 문화적 차이야. 괜히 자극할 필요 없지.'

봉근은 이마에 흐르는 땀을 닦으며 청년에게 말했다.

"저기… 흙은 좀 털고 먹지 그래? 잉? 배추꼭지도 먹는 겨?"

청년은 그날 저녁 배추 다섯 포기를 두 시간에 걸쳐 모두 먹어치웠다. 식사를 끝낸 청년은 방으로 들어가 또다시 뒹굴면서 하품만 늘어지게 해댔다. 봉근은 해괴한 중국 청년을 뜨악한 심정으로 바라보며 물었다.

"너… 이름이 뭐냐?"

"진진."

그는 배를 어루만지며 귀찮다는 듯이 대답했다.

세입자 진진과 생활하게 되면서 봉근에게는 생활의 작은 변화가 생겼다. 그것은 전보다 청소를 더 열심히 해야 된다는 점이었다. 진진은 끊임없이 집 안에 뭔가를 흘리고 다녔으므로 봉근은 그의 지나간 자리를 쫓아다니며 치워야 했다. 그것은 진진의 특이한 식습관에 기인한 바가 컸다. 진진은 항상 먹을 것을 가지고 다니면서 하루 종일 우물거렸는데, 보통 배추나 당근, 무, 깻잎 같은 야채들을 날것으로 먹었다. 가끔 생닭이나 죽은 쥐를 먹기도 했는데, 처음에는 '괴물이다'라고 생각했던 봉근도 적응이 되니 아무렇지도 않았다. 그래서 봉근이 식탁에서 라면을 후루룩거리며 먹는 동안 진진은 날고기나 생야채를 씹으면서 '동물의 왕국'이나 '중국 대기행' 같은 TV 프로를 시청하곤 했다. 녀석이 제일 좋아하는 음식은 조릿대(작은 대나무의 일종)였는데, 어디서 구해왔는지 함지박 가득 담긴 조릿대를 하루 종일 우물우물 씹으면서 빈둥거렸다. 그로테스크한 놈이었지만 봉근은 별로 신경 쓰지 않았다.

'월세만 꼬박꼬박 내면 되지 뭐.'

봉근 자신이 워낙 특이한 인물이었기 때문에 타인의 기벽에 상대적으로 둔감한 까닭이기도 했다.

평소보다 조금 늦게 출근한 미스 송은 자신의 책상 위에 놓여진 하얀 장미 바구니를 보고 가슴이 두근거렸다. 서른 살을 살짝 넘긴 이 노처녀에게도 책상 위 꽃바구니처럼 화려한 남성 편력이 있었지만 지난 일 년 동안은 이성에게서 작은 선물 하나 받아본 적이 없었다. 오랜만에 감성을 자극하는 선물에 기분이 들떴던 미스 송은 장미 바구니에 끼워진 카드를 읽어보다 게거품을 물고 쓰러졌다. 발신자를 표시하는 곳에 'From 봉근' 이라고 씌어져 있었던 것이다.

"은경아! 정신 차려! 은경아!"

미스 송은 동료 직원인 미스 정이 깨우는 소리에 눈을 떴다. 은경의 주위를 둘러싼 부서 내 여직원들은 걱정스런 표정으로 그녀를 지켜보고 있었다.

"언니……."

"은경아, 정신이 드니?"

"언니… 추봉근이 나한테 장미 준 거… 꿈이지? 사실 아니지……?"

"추봉근? 저 꽃바구니 추봉근이 보낸 거니?"

미스 송은 책상 위의 장미 바구니를 보고 다시 한 번 기절했다.

XX 카드사의 여직원회 간부들은 비상 대책 회의를 소집했다. 회의 안건은 '추봉근 사원의 프로포즈에 대한 대응 방안' 이었다. 미스 송의 자초지종을 듣고 난 여직원회 5대 회장 강은숙 주임은 굳은 표정으로 말했다.

"할 수 없어. 송은경 씨가 사표 쓰는 수밖에."

"네? 말도 안 돼요! 은경 씨가 무슨 잘못을 했다고 사표를 써요?"

"더 좋은 방법이라도 있어? 추봉근 씨의 대시를 무슨 방법으로 막으려고?"

직원들 사이에 격론이 벌어졌다. 송은경 씨를 내보내자, 추봉근이 미스 송에게 작업하다 잘 안 되면 무슨 짓을 할지 모른다. 아니다, 둘을 엮어주자. 한 명 희생해서 나머지 여직원들의 안전을 도모하자. 안 된다, 살아도 같이 살고 죽어도 같이 죽는 게 여직원회 정신이다. 차라리 추봉근의 색싯감을 구해주자. 실현 가능성이 없다, 어떤 정신 나간 여자가 좋다고 하겠나…….

여덟 시간에 걸친 마라톤 회의는 회의 참석자들이 모두 칼퇴근하면서 끝이 났다. 회장은 노조 차원에서 해결 방법을 찾아보자는 말만 남기고 아흔두 번째 맞선을 보기 위해 노보텔 호텔로 달음박질을 쳤다.

회의실에 홀로 남겨진 미스 송은 두려움과 막막함 속에서 훌쩍거리며 울고 있었다.

"은경 씨, 여기서 청승맞게 무엇 하십니까?"

등 뒤에서 들려오는 무뚝뚝한 목소리에 미스 송은 온몸에 소름이 돋았다.

미스 송은 천천히 고개를 돌렸다. 형광등 불빛을 번들거리는 개기름으로 반사해 내며 서 있는 목 짧은 거두(巨頭)의 사나이는 오늘따라 옷을 화려하게 입었다.

"추, 추봉근 씨… 아직 퇴근 안 했어요?"

"퇴근이라뇨? 오늘 같이 영화 보기로 하지 않았습니까. 8시에 시작이니까 빨리 갑시다."

"여, 영화요?"

"내가 아침에 이메일 보냈는데, 안 보셨수?"

"아직 안 읽어봤어요. 그렇게 멋대로 표를 끊어놓으면 어떡해요? 전 오늘 약속 있어요."

순간 미스 송은 봉근의 사각얼굴이 심하게 일그러지는 것을 보았다. 목에서는 힘줄이 튀어나오고 눈에는 핏발이 섰다. 콧구멍에서는 뜨거운 김을 증기 기관처럼 뿜어내고 있었다. 광대뼈 옆의 턱 근육이 움찔거리는 것을 본 미스 송은 공포에 질려 모기만한 목소리로 물었다.

"영화 제목은… 뭐예요?"

"싸롱 포템킨… 애정 영화예요."

봉근은 큼직한 앞이빨을 드러내며 활짝 웃었다.

서울 양재동의 한 오피스텔에서는 지익지익 팩스 인쇄되는 소리가 적막을 깨고 있었다. 청나라 때의 술법서를 읽던 중국 노인은 조용히 책을 덮고 일어났다. 베이징에서 날아온 팩스였다. 노인은 불길한 표정으로 한자가 가득 인쇄된 종이를 천천히 읽어 내려갔다. 노인은 다급한 목소리로 자신의 아들을 불렀다.

"진번아! 진번아!"

"무슨 일이에요, 아버지?"

베란다에서 태극권을 연무하던 위진번은 경기공을 써서 오피스텔 거실 안까지 단숨에 날아왔다.

"이것 봐라. 우리의 직위를 박탈하고 대신 일할 공안(公安)을 보내겠다는구나."

"공안을 보낸다구요? 말도 안 돼요! 진진을 쫓는 일은 천 년 넘게 대대로 우리 집안에서 해오던 일이잖아요! 자기들이 무슨 권리로… 흥! 강택민이 주석이 된 이후로 우리 집안은 계속 기우는군요. 당나라 때부터 전해 내려온 관직을 폐지하고 이젠 아예 공무원 신분을 박탈하다니……."

"모택동 시절이 좋았는데… 에휴……."

진번은 기를 하단전으로 모으며 단호한 목소리로 말했다.

"아버지! 물러설 수 없어요. 반드시 진진을 우리 손으로 사로잡아서 명예 회복을 하자구요!"

"그래, 이제 거의 찾았는데… 여기서 물러설 수는 없다. 공을 다른 녀석에게 빼앗겨서야 되겠니?"

위씨 노인은 황색 종이 위에 붉은 주사로 관운(官運)을 불어넣는 부적을 그리기 시작했다.

인천 국제공항 로비의 전광판에는 베이징발 서울행 여객기가 방금 도착했음을 알리고 있었다. 중국인 관광객들을 맞이할 여행사 직원들은 안내판을 들고 게이트로 뛰어갔다. 입국 심사대의 심사관은 인민복을 말끔하게 차려입은 중국인의 여권을 빠르게 훑었다.

"공안이시군요. 입국 목적은요?"

인민복의 사내는 씨익 웃으며 유창한 한국어로 답했다.

"관광이나 하러 왔습니다. 곰도 잡고."

극장 문을 나서는 미스 송은 화가 단단히 나 있었다. 그녀가 화가 난 이유는 복합적이었는데, 첫째로 삼류 애정 영화의 스토리가 너무 진부했고, 둘째로 지저분한 재개봉관이 마음에 들지 않았고, 셋째로 봉근이 사다 준 눅눅한 팝콘이 맛없었고, 넷째로 봉근이 머리에 바른 동백 기름 냄새가 너무 역했으며, 다섯째로 봉근이 맨 땡땡이 넥타이가 마음에 들지 않았고, 여섯째로 봉근이 입은 통 넓은 기자바지가 싫었고, 일곱째로 봉근이 신은 백구두에 기가 막혔으며, 여덟째로 봉근이 입은 유일한 명품 코트가 짝퉁이란 사실을 알았고, 아홉째로 봉근이 영화 내용을 설명해 줄 때 입에서 풍기는 은단 냄새가 싫었으며, 결정적으로 봉근이 '저 오늘 멋있죠?' 라고 말했기 때문이었다. 극장 건물에 붙어 있는 금마차 다방에서 엽차를 마시면서 미스 송은 벼르던 이야기를 꺼냈다.

"추봉근 씨, 나랑 사귀고 싶어요?"

"예."

"나는 어떨 것 같아요?"

"글쎄요."

"추봉근 씨, 기분 나쁘시겠지만… 아니, 기분 나쁘라고 하는 말이니까 귀 씻고 잘 들어요. 봉근 씨는 내 타입이 아니에요. 내가 원하는 스타일이 아니라구요. 무슨 이야기인지 접수되죠?"

봉근의 얼굴색이 붉은 색조를 띠어가고 콧구멍에서 거친 바람 소리가 들리기 시작했다. 미스 송은 심장이 두근거렸지만 마음을 다잡고 계속 쏘아붙였다.

"그리고 내일은 저 약속 있으니까 음악회 예매하셨다는 거는 취소하세요. 다른 분이랑 가시든가."

"열 번 찍어 안 넘어가는 나무 없다!!"

봉근은 무서운 표정으로 티스푼을 들어 도끼질 시늉을 냈다. 하나! 둘! 셋! 넷! 다섯! 여섯! 일곱! 여덟! 아홉! 열! 미스 송은 봉근의 난데없는 반말과 격한 도끼질에 놀라 비명을 지를 뻔했다. 봉근은 도끼질을 멈추고 하던 말을 계속했다.

"…라고 우리 아버님께서는 말씀하셨습니다. 그러니까 좋은 여자를 보거든 무조건 대시하라고."

미스 송은 가슴을 쓸어내리며 하던 말을 계속했다.

"봉근 씨, 한 번 찍으면 나무들이 팍팍 넘어오는 사람은 뭔지 알아
요?"

"글쎄요."

"카사노바."

"……."

"그럼, 넘어오지도 않는데 이 나무 저 나무 찍고 다니는 사람은?"

"몰라요."

"껄떡이."

"……."

"마지막으로, 열 번씩이나 찍어대는 사람은?"

"뭔데요?"

"스토커."

봉근의 얼굴이 벌게졌다.

"제가 스토커란 말씀입니까?"

"다를 게 뭐가 있어요!"

미스 송은 팩 쏘아붙이곤 금마차 다방 레지를 밀치며 밖으로 뛰쳐나
갔다. 봉근은 땡땡이 넥타이를 풀어헤치고 테이블 위로 뛰어올랐다.

"아~ 우~ 열~ 받~ 아~"

금마차 다방 황 마담은 테이블 위에서 날뛰는 봉근을 보고 비명을
질렀다.

"꺄아아악!"

마담의 비명 소리에 놀라 주방에서 뛰어나온 조폭 출신 기둥서방은
식칼을 거꾸로 잡으며 물었다.

"왜 그래? 무슨 일이야!"

마담은 봉근을 손가락으로 가리키며 말했다.

"저 사람 백구두 신었어……."

"우욱! 자기야, 오바이트 쏠려."

진번은 오피스텔로 찾아온 공안을 아니꼬운 표정으로 쳐다봤다. 진번은 관료들을 싫어했다. 본인 역시 공무원이었지만 천 년 동안 내려온 고래의 관직과 중국 공산당의 사주를 받는 관료들과는 다르다고 생각했다. 법적으로는 같은 정부의 일을 하고 있었지만 진번 부자는 자신들이 황실의 공복들이라고 믿고 있었다. 이미 소멸해 버린 황실이었지만.

"베이징에서 보낸 정식 공문이오."

위 노인은 공안으로부터 공문을 넘겨받아 돋보기를 쓰고 찬찬히 읽어 내려갔다.

"…그리하여 팬더 진진을 추적, 체포, 호송하는 일체의 업무를 공안 측에 이관토록 한다."

"그럴 수는 없어요!"

진번이 고함을 쳤다. 공안이 신분증을 제시하며 진번을 쏘아봤다.

"이번 일은 당 최고 고위층에서 결정한 사항이다. 방해하면 체포하겠어."

"체포? 흥, 할 수 있으면 해봐. 공화국이 우리를 파면하든 말든 난 진진을 잡겠어. 이건 우리 가문의 일이야! 조상님들이 물려주신 가업이라구!"

진진이 대련 자세를 취하자 공안은 피식 웃었다.

"무공이 제법 되는 모양이지? 좋아, 내 제안을 하나 하겠다."

"뭐냐!"

"만일에 네가 맨손 대련하여 나를 제압하면 조용히 중국으로 돌아가 겠다. 자네들 부자가 하던 일도 계속하고 말이야. 하지만 만일 내가 이 기면 그동안 진진을 추적한 자료를 모두 나한테 넘겨라."

"좋다! 덤벼라! 차앗!"

말을 마치자마자 진번은 돌려차기로 상대방의 턱을 노렸다. 하지만 공안은 진번의 회축 공격을 가볍게 손으로 막아냈다.

"파워는 강하군. 하지만 너무 느려."

상대방의 말에 굴욕감을 느낀 진번은 온몸의 기를 하단전에 모았다. 내공을 극도로 상승시켜 일격에 상대를 격파하려는 계산이었다.

"차앗!"

진번의 공격이 더욱 빨라졌다. 사마귀처럼 몸을 구부려 상대방의 급 소를 찔러 들어오는 형세가 대단히 위협적이었다. 하지만 공안도 절세 무공을 지녔다. 눈에 보이지도 않을 만큼 빠른 칠성당랑권의 공격을 하나하나 정확한 초식으로 막아내고 있었다. 공력의 지나친 소비로 진 번은 힘이 빠지고 동작이 느려지고 있었다. 기력을 소모하지 않고 방 어에 치중하던 공안은 진번의 초식이 흐트러지고 틈이 보이자 싸늘하 게 웃었다.

"끝이군. 자, 싸움을 정리하는 일격이다."

진번의 다리걸기 공격을 가볍게 피한 공안은 진번이 잠시 몸의 균형 을 잃은 틈을 놓치지 않고 옆구리 부분을 주먹으로 가격했다. 내공을 실어서 날린 펀치는 진번의 몸을 오피스텔 벽까지 날려 버렸다.

"크윽……."

벽에 심하게 부딪친 진번은 내장에 가해진 충격으로 쉽게 일어나지 못했다.

"내가 이겼군. 그럼 오늘부로 진진은 내가 추적하도록 하겠어."

"체엣… 건방진 자식."

억울하고 분해서 어쩔 줄 모르고 이만 바득바득 가는 진번이었다. 공안은 위 노인에게 거만한 표정으로 인사를 하고 오피스텔을 떠났다. 진번은 화에 못 이겨 씩씩거리며 방 안을 맴돌다가 위 노인을 바라보았다. 위 노인은 생활 소식지를 뒤지면서 무언가를 열심히 찾고 있었다.

"아버지! 뭐 하시는 거예요!"

"으응… 짤렸으니까 취직 자리 알아봐야지."

"뭐라구요? 어이구! 복장 터져!"

봉근이 미스 송에게 면박을 받고 속이 뒤집어져 날뛰는 동안 진진은 집에서 아주 행복한 시간을 보내고 있었다. 거실 바닥에 자리를 잡고 앉은 진진의 앞에는 커다란 바구니가 놓여 있었다. 바구니 안에는 진진이 식품 도매상을 통해 구해온 대나무 잎이 산처럼 쌓여 있었다. 명동에 있는 딤섬 전문점에 납품하는 최상급 대나무 잎이었다. 진진은 행복한 표정으로 침을 흘리며 비디오 리모컨을 눌렀다. 내셔널 지오그래픽 홈비디오가 재생되기 시작했다. 커다란 불곰 두 마리가 강을 거슬러 오르는 연어들을 잡아먹고 있었다. 진진은 대나무 잎을 질겅질겅 씹으면서 중얼거렸다.

"저 녀석들은 별걸 다 먹는군."

내셔널 지오그래픽 홈비디오 세 편을 돌려보고 대나무 잎을 모두 먹어치운 진진은 식곤증으로 꾸벅꾸벅 졸기 시작했다. 한번 잠들면 업어가도 모를 만큼 곤히 자는 진진이었다.

진진이 잠에 빠져들어 있는 동안 봉근은 땡땡이 넥타이를 휘날리며 집까지 뛰어왔다. 열불이 나서 도저히 얌전히 버스를 타고 올 수가 없었다. 내부에서 핵분열하는 에너지를 달리면서 발산해야 했다. 10킬로미터를 뛰어왔건만 봉근은 아직도 힘을 주체 못해 코에서 뜨거운 김을 뿜어내며 발을 동동 굴렀다. 봉근은 두 주먹으로 철문을 힘차게 두들겼다.

"진진, 문 열어! 진진!"

하지만 잠에 빠져든 진진이 대답할 리 만무했다. 봉근은 열쇠를 꺼냈으나 손이 부들부들 떨려서 구멍에 끼울 수가 없었다.

봉근은 두 손으로 머리통을 감싸고 심호흡을 했다.

"침착하자… 침착… 휴우~"

맥박 수를 약간 떨어뜨린 후 문을 따고 들어온 봉근은 다시 피가 역류함을 느꼈다. 세입자 진진은 거실 한가운데 쓰러져 쿨쿨 자고 있고, 나뭇잎이 온 집 안에 널려 있고, 진진이 씹다 뱉은 나뭇잎은 카펫에 묻어 있었다. 더군다나 TV 수상기에서는 곰 두 마리가 짝짓기 하는 장면이 짜증나게 반복되고 있었다. 봉근은 씩씩거리며 비디오 플레이어에서 테이프를 빼냈다. 테이프 라벨에는 '곰순이 폭포 버전'이라는 제목이 달려 있었다. 봉근은 그동안의 진진의 짓거리에 돌연 화가 치밀었다.

'가만… 요놈, 그러고 보니 방세가 두 달치나 밀렸네?'

진진은 전입한 이후로 한 번도 방세를 제 날짜에 내본 적이 없었다. 보통 일주일씩 늦게 내더니 급기야 지난 두 달간은 방세를 내지 못했다. 다그치는 봉근에게는 '에이, 그까짓 것 내가 안 줄까 봐' 라며 귀찮아하던 진진이었다. 방세를 늦게 내는 것 이외에도 진진은 여러 가지로 봉근의 신경을 거슬리게 했다. 촌스럽지만 깔끔하고 부지런한 봉근에게 매일같이 집구석에 먹을 것을 흘리고 다니는 진진은 구박덩이였다.

"진진! 배추 좀 흘리지 말고 먹어! 무는 꼭 씻어서 먹으라고 했지! 흙 떨어지잖아!"

"아~ 먹을 땐 소리 지르지 말아줘. 소화 안 된다."

봉근은 세상 모르게 자고 있는 진진을 의심의 눈초리로 쳐다봤다.

'이 자식, 회사 다니는 건 맞나? 어째 맨날 집에서 뒹굴어? 나뭇잎이나 뜯어 먹고 비디오나 보고.'

봉근은 다음날 아침 진진이 일어나면 담판을 지어야겠다고 다짐했다.

14시간 동안 수면을 취한 진진은 봉근이 맞춰놓은 자명종 소리에 천천히 눈을 떴다.

"아아… 더 자야 되는데… 이게 웬 성가신 소린감……."

눈을 부비며 자리에서 일어난 진진은 바닥에 등을 대고 좌우로 뒹굴면서 자는 동안 경직된 근육을 풀어줬다.

"진진! 일어났으면 나랑 얘기 좀 해!"

"아함~ 봉근아, 조용조용 말해. 옆집 사람들 다 깨겠다. 네 목소리는 멧돼지 소리 같단 말이야. 사람들이 놀란다고… 아가들이 들으면 경기할 거야."

봉근은 도로 쓰러져 잠을 청하려는 진진을 억지로 붙들어 앉혔다.

"아함~ 나한테 할 말 있어? 근데 어제 미스 송하고 데이트는 잘

됐어?"

"미스 송? 네가 어떻게 미스 송을 알지?"

"옛 성현이 말씀하시기를, 적을 알고 나를 알면 집세를 안 내도 된다고 하셨어."

"그래! 말 나온 김에! 집세! 왜 안 내니! 벌써 두 달치나 밀렸단 말야! 아우, 열받어~"

진진은 대답 대신 천장을 쳐다보며 기지개를 켰다.

"웅~ 어제 먹다 만 배추 어딨지?"

"진진! 딴전 피우지 마! 너, 회사에서 짤렸지! 그렇지! 아우, 열받어!"

"웅~ 사실 나 회사 안 다녀."

"뭐, 뭐야? 그럼 백수?"

"웅~ 하지만 걱정 마. 지폐를 만들어 쓰니까. 웅~ 근데 지폐는 정교해서 정신에너지가 많이 소모되거든. 축적된 정신에너지가 고갈돼서 요새 돈이 좀 궁해."

"무슨 헛소리야, 진진! 지금 당장 밀린 집세를 내든지 아니면 방 빼!"

방.빼. 봉근의 입에서 세입자에게 할 수 있는 가장 무자비하고 비인간적인 말이 튀어나왔다. 방.빼. 동생이랑 같이 살기 전에 세 들어 살았던 작곡가에게 내뱉은 이후로 거의 삼 년 만에 다시 해본 말이었다. 뜻밖에도 진진의 졸린 듯한 두 눈에서 뜨거운 눈물이 주르륵 흘렀다.

"웅~ 나 갈 데도 없는데… 조금만 기다려 줘, 지폐 만들어서 줄게."

"안 돼! 못 기다려! 방 빼!"

진진은 눈물을 쓱쓱 닦더니 싱크대로 걸어갔다.

"어디 가! 또 먹을 거 찾으러 가냐!"

진진은 플라스틱 바가지에 쌀을 가득 담아서 봉근에게 돌아왔다.

"지금 뭐 하려는 거야?"

"봉근, 너에게 지금부터 중국 고대의 비술 한 가지를 보여줄게. 놀라지 말아."

진진은 쌀을 둥그렇게 뿌린 뒤 두 손을 이상하게 꼬아서 합장했다.

"웅얼웅얼… 웅얼웅얼… 중얼중얼……."

"뭘 그렇게 웅얼거려! 무슨 소린지 알아들을 수가 없잖아!"

봉근이 핏대를 올리는 사이 쌀로 만든 마법진에서 뽀얀 안개가 피어올랐다.

"엥? 이게 뭐야?"

순간 안개 사이로 스르륵거리며 움직이는 초록색 비늘! 갑자기 안개를 뚫고 나타나 방 안을 가득 채우는 뱀을 닮은 생물! 입에는 커다란 구슬을 물고 있고 날카로운 발톱을 가진 동물. 그것은 용이었다. 용은 무시무시한 얼굴을 봉근에게 들이밀고 천천히 말했다.

"난… 드래곤이다. 소원을 말해라."

봉근은 용의 목덜미를 잡고 흔들었다.

"이건 또 뭐야! 집세 내라니까!"

용은 입에서 구슬을 떨어뜨리고 눈을 희번덕거렸다.

"캑캑… 이것 좀 놔줘… 숨 막혀… 캑……."

당황한 진진은 용을 소환한 것을 후회하며 비술을 거뒀다.

"웅얼웅얼… 네가 왔던 곳으로 돌아가라… 웅얼웅얼……."

용이 사라지자 봉근은 진진의 멱살을 잡고 흔들었다.

"진진! 집세 안 내려고 별 수작을 다 하는데 어림없어!"

진진은 봉근의 손에서 고개를 덜렁거리면서 용이 흘리고 간 구슬을 내밀었다.

"그 대신 이걸 줄게. 자, 봐… 용의 여의주야! 여의주라고!"

"웃기지 마! 이까짓 거 달걀 후라이 부쳐 먹을 거야!"

봉근은 여의주를 이마에 대고 쾅쾅 찧었다. 놀랍게도 여의주는 봉근의 이마에 부딪쳐 깨어졌다. 깨진 여의주에서는 노른자가 흘러나왔다. 진진은 눈을 휘둥그렇게 떴다.

"용의 여의주가… 알이었나?"

"집세 내놔!"

"알았어, 알았어. 줄게. 집세 줄게."

진진은 얼굴이 붉으락푸르락하는 봉근을 달래고는 냉장고 신선실에서 배추를 꺼내왔다.

"배추는 뭐 하려고?"

"집세 줄게."

진진은 배춧잎을 한 장 한 장 뜯더니 그 위에 쌀을 뿌렸다. 그리고 또다시 알 수 없는 주문.

"웅얼웅얼… 웅얼웅얼……."

진진이 뭐라고 하는지 궁금해진 진진은 귀를 기울여 주문을 들었다. 주문의 내용은 뜻밖이었다.

"대나무는 맛있어… 냠냠쩝쩝… 집주인 봉근이는 짝궁둥이… 대나무는 맛있어… 냠냠쩝쩝……."

"아니! 지금 뭐라고 하는 거야!"

봉근이 소리를 지르는 순간 펑! 하는 소리와 함께 연기가 피어올랐다. 진진은 배춧잎을 집어서 봉근의 손에 쥐어주었다.

"자, 받아… 집세다."

"뭐야! 이까짓 배춧잎 필요없어! 돈을 줘!"

"자세히 봐. 돈이야."

봉근은 두 눈을 똥그랗게 떴다. 쌀을 뿌린 배춧잎이 빳빳한 만 원권 뭉치로 변해 있었다.

"음… 좋아. 방 빼라는 말은 취소. 자식, 진작에 줄 것이지……."

신신의 집세를 세어보던 봉근은 얼굴이 다시 붉으락푸르락해졌다. 월세는 80만 원이 밀렸는데 진진이 건네준 돈은 겨우 37만 원이었다.

"진진! 돈이 모자라!"

하지만 진진은 배를 깔고 누워서 잠들어 있었다. 무겁게 닫힌 눈꺼풀은 다시 떠지지 않을 성싶었다.

"진진, 눈 떠봐! 집세를 더 내야지!"

하지만 지폐를 만드느라 정신에너지를 모두 소비한 진진은 깊은 잠에 빠져 일어나지 못했다. 진진은 그 이후로 42시간을 잤으며 그동안 봉근은 '아우, 열받아~'를 외치며 집 안을 뛰어다녔다.

제2장

송아 주능송

　전신 거울 앞에서 삼절곤을 돌리던 진번은 부스럭거리며 문서 정리
를 하는 위씨 노인을 보고 하던 운동을 멈췄다. 위씨 노인은 지도며 통
화 기록이며 복사한 관공 서류며 그동안 진진을 추적하는 동안 모은
자료들을 차곡차곡 서류 가방에 챙기고 있었다.

　"아버지, 지금 뭐 하시는 거예요!"

　진번은 경기공을 써 소파를 뛰어넘어 위씨 노인에게 날아갔다.

　"뭐 하긴 뭐 해. 네 녀석이 주능송과의 결투에서 졌으니 약속대로
자료를 넘겨줘야지."

　"주능송? 그게 누구죠?"

　"누구긴 누구야. 그 공아 놈이지."

　"그 녀석 이름이 주능송인가요? 아무튼 안 돼요! 그동안 우리가 고생
하면서 만든 자료들인데 그 녀석한테 넘겨줄 수는 없어요! 이제 진진의

행동 패턴과 주거 양식을 거의 파악했잖아요. 조금만 더 추적하면 잡을 수 있을 텐데… 막판에 와서 그놈에게 공을 빼앗길 순 없잖아요!"

"걱정 마라, 진번아. 이 지도를 봐라."

노인이 펼쳐 든 서울 시내 지도에는 붉은 점들이 표시되어 있었다. 지도에 첨부된 메모에는 붉은 점들의 주소와 전입일자가 적혀 있었다.

"진진이 신분을 바꿔가며 옮겨 다닌 행적이잖아요. 이걸 주능송에게 넘겨주겠다고요?"

"킬킬킬… 이건 진진의 추적 지도가 아니다. 진번아, 잘 봐라."

"어? 그렇네요. 진진의 이동 경로가 아닌데? 그럼 이건 뭐죠?"

위씨 노인은 눈을 가늘게 뜨며 웃었다.

"킬킬… 이건 에로 배우 장마리아가 열성 팬들을 피해 그동안 옮겨 다닌 주소지란다."

"아니, 이거 또 언제 준비를 하셨어요?"

"킬킬… 내가 누구냐. 그녀의 방 창가에 붙어서 일거수일투족을 감시해 왔지."

"그렇군요. 이 지도를 녀석에게 넘겨주면 주능송의 추적을 교란할 수 있겠군요."

"크크크… 그 잘난 공안 놈이 헛수고만 하게 되는 게지."

진번은 늙은 아버지의 손을 꼬옥 잡고 불쌍하다는 표정으로 뇌까렸다.

"근데 아버지, 스토커셨군요……."

"시꺼! 어서 우체국이나 다녀와."

주능송은 위씨 노인에게서 온 소포를 천천히 뜯었다. 낡은 서울 지도 한 장과 수북한 문서 더미가 들어 있었다. 문서 더미를 쓰윽 훑어본 그는 콧방귀를 뀌었다.

"흥, 쓸데없는 것들만 잔뜩 보냈군."

낡은 지도를 펼쳐 유심히 살펴보던 능송은 지도를 박박 찢어버렸다.

"이것들이… 날 골탕 먹이고 지들이 팬더를 잡겠다는 속셈이군. 어림없지."

능송은 오늘 아침 베이징에서 온 DHL 소포를 뜯어보았다. 스티로폴에 쌓여 있는 조그만 기계를 꺼내 든 능송은 만족스런 미소를 지었다.

"크크크… 멍청한 위씨 놈들. 구닥다리 마법과 나쁜 머리로 열심히 찾아봐라. 난 최고의 중화 엘리트들이 만든 유전자 추적 장치로 진진을 잡을 테니."

권총처럼 생긴 기계는 방아쇠를 당기자 총신 부위에 달린 조그만 안테나가 회전하기 시작했다. 안테나 뒤쪽에 달린 모니터에는 수십 개의 작은 점들이 점멸했다.

"휴우… 서울 시내에 곰들이 이렇게 많을 줄이야……."

능송은 서울 지도를 꺼내 들고 모니터와 대조하기 시작했다. 한참 동안 모니터를 들여다보던 능송은 고개를 갸웃거렸다.

"점들이 밀집해 있는 곳은 동물원이로군. 그런데… 여기 혼자 뚝 떨어져 있는 곰은 뭐지? 이곳은 주택가 아닌가?"

능송은 유전자 추적기를 내려놓고 씨익 웃었다.

"인간들이 밀집해 있는 주택가에서 살 수 있는 곰은 단 한 마리! 둔 갑술을 쓸 수 있는 진진뿐이야."

진진은 대나무 숲에서 한가로이 가족들과 노닐고 있었다. 진진의 엄마는 열심히 인간의 서책을 읽는 진진을 못마땅해했다.

"진진아, 팬더는 모름지기 12시간 자고 12시간 먹어야 한단다. 넌 어찌 팬더의 본분을 잊고 한가로이 인간의 서책 따위를 읽는 게냐? 네 동생 핑핑을 봐라. 하루 종일 열심히 뒹굴면서 조릿대를 씹다가 그대로 잠들어 14시간씩 잠을 자지 않니."

"네, 엄마… 냠냠……."

진진은 엄마의 걱정을 덜어드리기 위해 오늘은 서책을 읽지 않기로 했다. 벌렁 드러누워 대나무 잎을 씹으면서 졸린 듯 눈을 껌뻑거렸다. 엄마는 진진의 궁둥이를 툭툭 두들기며 웃었다.

"대견하구나, 우리 아들. 그래야지."

진진 가족들이 대나무 잎을 씹으며 뒹굴고 있는데 어디선가 날카로운 짐승의 소리가 들렸다.

꾸에엑~ 꾸에엑~

"앗! 멧돼지다! 멧돼지야!"

동생 핑핑이 나무에서 자다가 놀라 바닥으로 떨어졌다. 다른 팬더들이 모두 허둥지둥 달아나기 바빴다. 진진은 아직 잠에 빠져 있는 아빠를 흔들어 깨웠다.

"아빠, 일어나세요! 아빠, 어서요!"

멧돼지 소리는 점차 사람의 목소리로 변해갔다. 하지만 멧돼지 우는 소리에 더 가까운 목소리였다.

"진진! 일어나! 언제까지 잘 거야!"

"음냐… 아빠, 일어나세요… 아빠, 어서요… 아빠……."

"진진, 잠꼬대 그만 하고 일어나!"

흐릿한 시야에 들어온 것은 사각얼굴에 두꺼운 목을 가진 남자였다.

남자가 내뿜는 뜨거운 콧김에 진진은 더워서 땀이 날 지경이었다.

"음냐… 봉근… 시끄럽다……. 달게 자는데 왜 그래……."

"고만 좀 자! 어떻게 된 놈이 나흘씩이나 내리 자냐! 난 또 네가 어떻게 된 줄 알고 119 불렀다가 잠자는 중이라면서 그냥 돌아갔다고!"

"음냐… 집세 만드느라고 정신에너지를 너무 많이 소비해서 그래."

진진은 봉근의 꽥꽥 내지르는 목소리에 잠이 조금씩 깨고 있었다. 오랜만에 꾼 가족들 꿈에서 깬 것이 좀 아쉬웠지만 끔찍한 장면에서 깨워준 봉근이 약간 고맙기도 했다.

"집세? 맞아! 말 잘했다! 야, 너 집세가 모자르단 말이야! 40만 원도 넘게 모자르다구!"

"젠장… 40만 원? 마흔 장을 만들어야 된단 말이야? 지폐 한 장 만드는데 얼마나 힘든 줄 알고나 하는 소리야? 음냐… 도대체 왜 한국에는 고액권이 없는 거야?"

진진은 귀찮은 표정으로 하품을 하다가 뭔가 좋은 생각이 난 듯 방바닥에 뒹굴었다.

"웅~ 좋은 생각이 났다. 웅~ 좋은 생각이 났다."

시무룩한 표정으로 냉수를 들이키던 봉근은 미스 송 생각이 나자 다시 기분이 나빠졌다.

"야, 진진! 집세 어쩔 거냐!"

진진은 먹다 남은 배춧잎 몇 장을 포개더니 그 위에 쌀을 뿌렸다.

"꼭 세종대왕에 집착할 필요는 없지. 안 그래?"

웅얼웅얼 주문이 끝나자 배춧잎은 어느새 지폐로 변해 있었다. 그런데 색깔이 좀 달랐다.

"엥? 이거 미국 돈 아녀?"

진진은 빙그레 웃으며 지폐를 살랑살랑 흔들었다.

"100달러짜리 4장이다. 은행 가서 바꾸면 집세를 채우고도 남을 거당. 웅~ 이렇게 편한 방법이 있는 것을 괜히 정신에너지만 낭비하고……."

봉근은 진진에게서 400달러를 받아 들고 나자 기분이 좀 좋아졌다.

"자식~ 하여튼 별 희한한 조화를 다 부린다니까. 야! 기분이다! 오늘 내가 쏠 테니 한잔하러 가자!"

"웅~ 술이라~ 오랜만이군~"

진진은 엉덩이를 툭툭 털고 일어나 봉근을 따라 나섰다. 대나무 잎으로 싼 딤섬에 고량주를 한잔 걸쳐야겠다고 침을 흘리는 진진이었다. 하지만 봉근은 소주에 삼겹살을 생각하고 있었다. 룰루랄라 어깨동무를 하고 술집으로 향하는 두 사람은 수사망을 점차 좁혀오는 능송의 위협을 전혀 감지하지 못하고 있었다.

벌써 이틀째 손님 하나 없이 공치고 앉아 있던 너구리 부동산 황 영감은 가게문을 열고 얼굴을 디미는 젊은 남자를 쓰윽 훑어보았다. 차이나 칼라를 빳빳하게 세운 옷을 입고 새우눈에 머리를 깔끔하게 넘긴 것이 술집 삐끼처럼 생겨먹었다.

"뭐 팔러 왔음 그냥 가슈. 나도 장사 안 돼 죽을 맛이니……."

"방 좀 알아보러 왔습니다."

"아, 네? 이쪽으루 앉으시지요. 차 한잔 드릴까요?"

황 영감은 얼굴에 이내 화색이 돌며 수선을 떨었다.

"몇 평 정도 원하시우? 원룸으로 구하실라우? 전세로 하실라우? 아님, 월세? 보증금은 얼마나 넣으실 거유?"

젊은 남자는 황 영감의 물음에는 한마디도 대답하지 않고 다짜고짜 곰 닮은 남자를 보았느냐고 물었다.

"곰을 닮은 남자? 아, 이 동네에 곰 같은 남자가 한둘인감. 여시 같은 여자들은 안 찾수?"

황 영감이 중얼거리는 동안 능송은 주머니에서 무언가 반짝이는 물건을 꺼내고 있었다. 능송이 검지와 엄지로 살며시 쥐고 있는 것은 침(針)이었다. 능송은 황 영감이 새로 나온 방 두 개짜리 연립을 설명하는 동안 번개같이 영감의 귀 뒤쪽에 침을 찔러 넣었다.

"그러니까… 실 평수가… 21평이 나오구… 음… 그러니까… 말이지……."

황 영감은 능송의 침을 맞자 눈의 동공이 풀리면서 말이 느려졌다. 능송은 황 영감이 초점없는 눈으로 멍하니 전방을 응시하는 모습을 웃으면서 바라보았다.

"영감, 곰을 닮은 남자가 왔을 거야. 저 밑에 있는 센추리 부동산 주인이 말했어. 마음에 드는 방을 못 구해서 여기 너구리 부동산으로 갔다고."

황 영감은 정신 나간 표정으로 느릿느릿 말을 이었다.

"음… 엉덩이가 크고… 얼굴이 둥그렇고… 뱃살이 많이 붙은 청년이었지……. 그래… 진짜 그러고 보니 곰 같은 청년이었어……. 말도 천천히 하고… 눈꼬리도 축 처지고 졸린 듯한 게… 곰 같애……."

"이봐, 영감. 쓸데없는 소리는 그만 하고 지금 어디 있는지 말해."

"응… 그 청년… 내가 방을 구해줬지……. 그날로 바로 계약하더라고……."

"영감, 그 집으로 안내해 줘."

황 영감은 멍한 표정으로 천천히 발걸음을 옮겼다. 봉근의 집으로 가는 도중에 야채 가게 아줌마가 인사를 했지만 알아보지 못했다. 야채 가게 아줌마는 입을 삐죽 내밀며 머리를 갸웃했다.

"저 영감님이 왜 저렇게 얼빠진 사람마냥 걸어간대? 인사해두 못 알아보고……."

황 영감을 앞세우고 봉근의 오피스텔 문 앞까지 당도한 능송은 다시 가최면 상태의 황 영감에게 명령했다.

"초인종을 누르고 집을 보러 왔다고 해."

황 영감은 시키는 대로 초인종을 연거푸 눌렀으나 아무런 응답이 없었다. 집 안에 아무도 없다는 것을 확인한 능송은 황 영감을 돌아보며 말했다.

"영감, 이제 영감은 당신 중개업소로 돌아가서 귀 뒤에 꽂혀 있는 침을 뽑는다. 침을 뽑고 나서면 나에 대한 기억은 모두 지워지는 거야. 다시 한 번 나에 대해서는 모두 잊는 거야. 당신은 날 몰라."

"응… 돌아가서… 침을 뽑는다……. 난 아무것도 몰라… 몰라……."

능송은 황 영감이 왔던 길을 되돌아가는 것을 지켜본 뒤 주머니에서 스위스 아미 나이프를 꺼냈다. 겉보기에는 시장에서 파는 다용도칼 같았지만 실은 중국 비밀 요원들이 사용하는 만능키였다. 능송은 익숙한 솜씨로 오피스텔 문을 따고는 안으로 들어갔다. 뾰족하고 날카로운 코를 벌름거리던 능송은 차가운 미소를 흘렸다.

"냄새가 난다, 팬더의 냄새가. 크크크크……."

단란주점 쌩스미를 운영하는 강 마담은 못마땅한 표정으로 진진과 봉근을 바라보고 있었다. 가게문 닫을 시간이 지났건만 두 사람은 일어날 생각이 없는지 계속 부어라 마셔라였다.

"음냐리… 진진… 너, 술 세구나. 이 추봉근이 우리 회사에서 내로라하는 주당들도 다 보내 버린 주신(酒神)이야! 근데 네가 나를 이렇게 대취(大醉)하게 해? 자슥, 맘에 들었다!"

"웅~ 난 독한 고량주에 단련되어 있어서 이런 소주 정도야… 얼마든지… 웅~ 그런데… 그 폭탄주라는 거… 거참 재밌네. 웅~ 술도 빨리 취하고… 재밌는 술이야……"

"재밌지? 크크… 좋아! 내 한 잔 더 주지!"

봉근은 익숙한 솜씨로 맥주에 소주잔을 빠뜨렸다.

"자! 마셔! 원래는 양주로 하는 건데… 아무튼 마셔!"

봉근이 제조한 폭탄주를 숨도 안 쉬고 꿀꺽꿀꺽 마셔 버린 진진은 입가를 스윽 닦더니 유리컵에 소주를 가득 따랐다.

"좋아… 나도 계란주를 만들어줄게… 웅~"

진진은 소주로 가득 찬 유리컵에 땅콩 껍질을 살살 뿌렸다.

"웅얼웅얼… 웅~ 웅얼웅얼… 웅~ 꼬꼬댁……"

알 수 없는 주문을 외우고 난 진진은 컵을 봉근에게 내밀었다.

"웅~ 쭈욱~ 마셔, 계란주야."

"계란주? 야, 임마… 땅콩 껍질 뿌려놓고 뭔 계란주냐?"

"웅~ 왜 계란주인지는 마셔보면 알아."

봉근은 콜라 컵을 가득 채운 소주를 단숨에 마셔 버렸다. 봉근은 원샷을 한 뒤 갑자기 아랫배를 움켜쥐었다.

"으윽… 나… 화장실 가야겠어……"

"웅~ 어서 다녀와."

잠시 후 봉근은 고래고래 소리를 지르며 화장실에서 뛰쳐나왔다.

"진진! 진진! 이것 좀 봐!"

봉근은 양복 윗도리에 달걀을 하나 가득 담아 테이블 위에 내려놓았다.

"갑자기 배가 아파서 화장실에 갔거든! 근데 응~ 하고 힘을 주니까 똥구멍에서 달걀이 쑤욱쑤욱 나오는 거 있지! 뱃속이 시원해져서 일어나 보니 변기가 달걀로 하나 가득이야!"

"응~ 그래서 계란주라고 하는 거야. 그걸 먹고 나면 암탉처럼 알을 낳거든."

"으하하하! 진진, 넌 참 신기한 놈이야! 야, 웨이터! 가스버너 좀 가져와라!"

"응~ 됐어… 내가 익혀줄게."

진진은 달걀을 그릇에 담고 물을 붓더니 라이터를 착 하고 켰다. 그리고 라이터에 손바닥을 대고 장풍을 날렸다. 갑자기 라이터에서 불길이 화악 하고 뿜어져 나왔다. 진진은 서너 번 더 장풍을 날린 뒤 그릇 속에 담긴 달걀 껍질을 벗겼다. 삶은 계란에서는 김이 모락모락 나고 있었다.

"응~ 잘 익었네~ 먹자."

"우하하! 요 구여운 쭝국 놈! 재주도 많지! 크하하!"

봉근의 엉덩이에서 나온 달걀을 사이좋게 나눠 먹는 두 사람이었다. 이를 보다 못한 강 마담은 험악한 표정으로 말했다.

"아… 드러운 놈들… 야, 민아. 저놈들 내보내라."

"예, 누님."

기생오라비처럼 생긴 남자 종업원은 계산서를 들고 봉근에게 다가

섰다.

종업원에게 등을 떠밀려 나온 두 사람은 서로를 부축하고 비틀거리며 집으로 향했다.

"음냐… 야, 진진… 넌 일도 안 하는 놈이 뭐 하러 한국에 온 거냐?"

"웅~ 중국에선 살 수가 없었어."

"살 수가 없다니… 자기가 태어난 나라에서 못 살면 어딜 가서 산다는 거야."

"웅~ 날 쫓는 사람이 너무 많아서 맘 편하게 살 수가 있어야지."

"널 쫓는다고? 음… 너, 무슨 죄졌냐?"

"웅~ 아니, 그냥 내가 너무 오래 살아서 탈이지."

"오래 살았다구? 참나, 젊은 놈이 못하는 소리가 없네. 진진, 너 지금 내가 노총각이라고 놀리는 거지!"

"웅~ 아냐아냐. 또 콧김 나온다… 진정해, 진정."

봉근은 진진과 취중 대화를 나누다 보니 어느새 집 앞까지 와 있었다. 열쇠 구멍에다 열쇠를 조준하던 봉근은 어랏~ 하면서 놀랐다. 문이 슬쩍 열려 있었던 것이다.

"엥! 이거 도둑이 든 거 아녀!"

봉근은 쾅 하고 문을 열어젖혔다. 인민복을 입은 남자가 불을 환하게 켜고 두 사람을 기다리고 있었다. 진진은 남자를 보자 안색이 변했다.

"크크크… 진진, 대단해. 진짜 인간 같군. 하지만 내 눈은 못 속여."

봉근은 씩씩거리며 능송을 바라보았다.

"야, 이 도둑놈아! 너, 오늘 제삿날인 줄 알아라!"

진진은 봉근의 등 뒤로 슬금슬금 숨고 있었다. 진진의 두 눈에는 공포심이 가득했다. 능송은 허리춤에서 나일론 줄로 만든 올가미를 꺼냈다.

"진진, 천 년에 걸친 도피 생활도 이제 끝이다. 나와 함께 베이징으로 가자!"

"웅~ 싫어~"

능송은 올가미를 머리 위에서 휘휘 돌리다가 진진을 향해 던졌다. 능송은 올가미에 목표물이 걸려들자 팽팽하게 당겼다. 하지만 올가미에 목이 걸려 얼굴이 시뻘게진 자는 진진이 아니었다.

"캑… 캑… 너… 죽을래… 이… 씨붕……."

봉근은 능송의 올가미를 움켜쥐고 홱 끌어당겼다.

"우와아아~"

봉근의 괴력에 능송은 붕 날아가 봉근과 이마를 부딪쳤다. 쿵 소리와 함께 넘어진 능송은 머리를 감싸 쥐고 바닥에서 뒹굴었다.

"으윽… 정말 단단한 머리… 십 년간의 수련으로 강철같이 단단해진 나의 두개골을 이렇게 아프게 하다니… 크윽……!"

"이… 씨붕! 죽었어!"

봉근은 능송의 목을 졸랐다. 엄청난 힘이었다. 능송은 얼굴의 핏줄이 툭툭 튀어나왔다. 생명의 위협을 느낀 능송은 손바닥으로 봉근의 가슴팍을 쳤다. 봉근은 벽 쪽으로 휘익 하고 날아갔다. 순간적으로 짧은 거리에서 상대를 튕겨낼 수 있는 발경이었다.

"큭… 이 무지막지한 자식… 감히 이 능송님의 목을 졸라? 진진을 잡기 전에 네놈의 목숨을 끊어주마!"

"이… 씨붕… 덤벼봐, 이 도둑놈아!"

능송은 비호처럼 봉근의 옆으로 파고 들어오며 등으로 밀었다. 봉근은 순간 기우뚱하며 앞으로 고꾸라졌다가 다시 발딱 일어났다.

"왜 밀어!"

"크윽… 엄청난 놈이군. 철산고를 맞고도 말짱하다니……."

능송은 중국 최강의 살인 무술 팔극권의 필살 기술들을 봉근에게 쏟아붓기 시작했다.

"팔문개타!"

"아야!"

"연환티!"

"으악!"

"이문정주!"

"캑!"

"악보정주!"

"끄윽!"

"맹호경파산!"

"아야야!"

봉근은 만신창이가 되었다. 옷은 갈가리 찢어지고, 눈은 시퍼렇게 멍들고 코피를 주르르 흘렸다. 하지만 봉근은 전혀 기죽지 않고 우렁차게 소리 질렀다.

"왜 때려, 이 씨붕아!"

능송은 얼굴이 새파랗게 질렸다.

"허억! 나의 필살기를 맞고도 살아 있어? 이놈은… 도대체……."

가쁜 숨을 내쉬며 이마의 땀을 닦아낸 능송은 마지막 일격을 준비했다. 주먹에 체중을 실어 상대방의 뼈를 으스러뜨리는 공포의 기술. 이 세상에 능송, 단 한 사람만이 아는 비기! 일격붕권! 능송의 주먹이 바람을 가르며 봉근의 넙적한 사각얼굴을 향해 날아가고 있었다.

"일~ 겨억~ 부웅~ 귀언~!"

"이 씨이~ 부웅~ 새애~ 끼이~ 가아~!"

능송과 봉근의 기합이 교차하는 가운에 두 사람의 주먹이 공중에서 맞부딪쳤다. 능송은 봉근의 주먹을 받아치는 순간 충격이 뼈를 타고 찌르르 전해옴을 느꼈다. 충격파는 능송의 팔과 목뼈를 타고 올라가 머리를 흔들었다.

"우아아악~"

봉근의 주먹에 튕겨져 나간 능송은 고통에 못 이겨 비명을 질렀다. 봉근은 콘크리트 깨는 해머처럼 커다란 주먹을 쭈욱 뻗은 채 콧김을 뿜으며 씩씩대고 있었다.

"이 씨붕새가 어디서 개겨."

능송은 뼈가 부러진 오른팔을 감싸며 천천히 일어섰다. 진진의 모습은 보이지 않았다. 봉근은 얼굴색이 붉으락푸르락하면서 자신을 잡아 먹을 듯이 노려보았다. 아무래도 오늘 진진을 사로잡는 것은 포기해야 할 듯싶었다. 능송은 상대방의 무공에 혀를 내둘렀다.

"공력이 상당히 높구나… 난 무당파 호금전 선생의 직계제자로 이름은 주능송이다. 넌 어느 유파냐?"

"난 그냥 막싸움이다!"

"막… 싸… 움……."

주능송은 고개를 숙여 경의를 표한 뒤 봉근의 오피스텔을 빠져나왔다. 참담한 심정이었다. 진진을 잡는 데 실패하고 이름 모를 협객에게 부상까지 입었으니… 엘리트 공안으로서의 자존심이 형편없이 구겨진 터였다. 능송은 주먹을 앞으로 뻗은 봉근의 무시무시한 모습을 회상하며 온몸을 부르르 떨었다.

"한국에 태권도만 있는 줄 알았더니 막싸움이라는 굉장한 무술이 있었군……."

능송은 언젠가 막싸움의 초식을 배워야겠다고 다짐했다.

진진의 탐문 수사에서 돌아온 진번은 위씨 노인에게 기쁜 소식을 전했다.

"진진을 찾았어요! 양재동으로 전입을 했더라고요!"

"그러냐?"

위씨 노인은 별로 기쁜 표정이 아니었다. 오히려 풀이 죽어 있었다.

"아버지! 왜 그러세요? 이번에야말로 진진을 잡아서 그 잘난 공안 놈 코를 납작하게 해줘야죠!"

"휴우… 그래야지."

"아버지… 무슨 일 있나요? 왜 그렇게 기운이 없으세요?"

위씨 노인은 은행 통장을 진번의 코앞에 들이댔다. 진번 역시 통장을 살펴보다가 한숨을 내쉬었다.

"잔고가 없군요."

"그래, 베이징에서 월급이 나오질 않으니… 큰일이다. 집세도 내야 하는데……."

"진진을 잡으면 되잖아요. 그럼 보상금이 나올 텐데……."

"그게 그렇지가 않다. 공식적으로 우리는 해임된 상태고, 진진을 잡아도 능송에게 넘겨줘야 해. 그렇지 않으면 녀석이 우리를 업무 방해로 고소할 거야."

"그럼 어쩌죠?"

"능송을 설득해야지. 우리가 없으면 진진을 잡기 힘들다는 걸 설득해야 해. 그래서 우리 부자의 복직을 베이징에 건의하도록 해야지."

위씨 부자는 가방을 챙겨 들고 집을 나섰다. 진진을 잡기 위해서가 아니라 대중 목욕탕에서 때를 벗기기 위해. 마지막 남은 돈을 의미있는 일에 쓰고 싶었던 위씨 노인이었다.

"아들아, 두 달 만의 목욕이구나."

"네, 요새 너무 자주하는 것 같아요. 피부 건조해질라."

봉근은 상처에 일회용 밴드를 붙이다가 문득 궁금증이 일어 진진에게 물었다.

"진진! 아까 그놈 누구냐? 아는 놈이냐?"

"웅~ 날 쫓아다니는 사람이야. 뭐, 날 쫓는 사람이 한둘이 아니지만서두."

"그래? 혹시 너, 중국에서 사업하다가 말아먹었냐?"

"웅~ 아니야, 그냥 날 찾는 사람들이 좀 많지."

"자식! 탁 털어놔. 친구 좋다는 게 뭐냐!"

"웅~ 나중에 말해 줄게… 때가 되면."

"자식, 답답하긴. 얌마! 배추 먹을 땐 흙 좀 털고 먹어!"

진진은 자신을 구해준 봉근에게 무언가 보답을 해야겠다고 생각했다.

'뭐가 좋을까? 웅~ 고급 대나무 잎? 아니면 죽순? 아냐, 아냐, 봉근이 이런 걸 좋아할 리가 없어. 뭔가 색다른 선물을……'

진진은 생배추를 우적우적 씹으면서 자기 방으로 돌아갔다.

봉근은 이마에 난 상처에 바세린을 바르고는 비디오를 틀었다. 반달곰 두 마리가 짝짓기를 하고 있었다.

"진진 녀석, 저 자식 아무리 생각해도 변태라니까. 혹시 동물 취향? 우웩……"

잠시 후 방에서 나온 진진은 봉근에게 조그만 상자를 내밀었다.

"날 구해준 것에 대한 선물이야. 열어봐."

봉근은 보석함같이 생긴 작은 상자의 뚜껑을 조심스럽게 열었다. 그 안에는 우황청심환 같은 커다란 알약이 한 개 들어 있었다.

"이게 뭐야, 진진?"

"응~ 미스 송을 차지하기 위한 사랑의 묘약이야."

"진진, 뭔 소리야!"

봉근은 돌려 말하는 걸 싫어했다.

"응~ 이건 고대 중국 황실의 비전이야. 이름하야 색마환(色魔丸). 측천무후와 서태후를 미치게 만들었던 초강력 최음제지."

"최음제? 이런 걸 왜……."

"미스 송에게 이걸 먹여봐. 눈이 뒤집혀서 너한테 달려들 테니."

봉근은 담담한 표정으로 색마환이 든 상자의 뚜껑을 닫았다.

"그럴 순 없어. 은경 씨에게 이런 걸 먹일 순 없어."

"응? 넌 미스 송을 좋아하잖아. 색마환에 안 넘어올 여자는 없다구."

"아냐, 난 은경 씨의 마음을 얻고 싶어! 육신이 아니라 마음을!"

진진은 빙그레 웃으며 봉근에게서 색마환을 돌려받았다.

"응~ 그래, 넌 역시 순수한 인간이야. 미스 송과 잘되길 빌어줄게. 도움이 필요하면 언제든지 말해. 널 도와줄 마법은 많으니까."

진진은 봉근같이 진실한 인간과 같이 살게 되어서 참 다행이라고 생각하며 잠자리에 들었다. 오랜만에 과음을 한 탓인지 눕자마자 잠이 쏟아졌다(그게 아니라 진진은 원래 잠이 많나). 진진은 밤새도록 봉근이 벌거벗고 뛰어다니는 꿈을 꾸다가 잠에서 깨어났다. 자리에서 일어나 보니 머리맡에 두었던 색마환이 없어졌다.

"응? 색마환이 어디로 갔지? 내가 치워 버렸나? 응~ 모르겠다… 근데 너무 목이 마르군."

목도 마르고 배도 고팠다. 대나무 잎이 먹고 싶었지만 집에는 배추밖에 없었다. 배추를 가지러 거실로 나온 진진은 깜짝 놀랐다. 봉근이 웬 중년 여자와 벌거벗고 껴안은 채로 자고 있었다.

"응~ 봉근… 그 아줌마 누구야?"

봉근은 진진을 보자 얼굴이 벌게져서 웃었다.

"하하… 인사해, 진진. 옆집 사는 똘이 엄마셔."

"응~ 색마환을 누구한테 먹였는지 알겠다."

똘이 엄마가 옷을 주섬주섬 챙겨 입고 돌아가고 있었다.

"오메… 똘이 아빠한테 맞아 죽겠네."

봉근과 진진은 마주 보며 어색하게 웃고 있었다.

"진진, 색마환 또 만들어줘."

"응~ 근데… 여자를 가려서 먹어."

능송은 팔에 석고 붕대를 감고 누워서는 진진을 잡을 방도를 구상하고 있는 중이었다. 절세무공의 머리 큰 총각이 진진의 옆을 지키는 한 진진을 사로잡는 일은 녹록치 않을 터였다. 게다가 부상까지 당한 몸으로 대두총각(大頭總角)과 맞서는 것은 불가능했다.

"거참, 뜻밖의 장애물을 만났군."

주능송이 걱정에 잠겨 있는데 초인종이 울렸다. 인터폰 액정 화면에 나타난 얼굴들을 보니 위씨 부자였다. 능송은 떨떠름한 표정으로 문을 열었다.

"웬일로 날 찾아오신 거요?"

"진진에 관한 일이지요. 뭐 다른 게 있겠습니까?"

"뭐, 일단 들어와서 이야기해 봅시다."

위씨 부자가 능송이 묵고 있는 원룸을 둘러보는 동안 능송은 용정차를 끓여왔다.

"차나 마시면서 천천히 이야기해 봅시다."

"세세… 그런데 숙소가 참 좋군요. 이런 곳에 이런 집을 얻으려면 돈이 꽤 많이 들었을 텐데……."

"그러게 말이오. 중국에서 살 때보다 주거비가 열 배는 더 들더군. 하지만 상관없어. 어차피 나라에서 다 나오는 거니까."

"네… 저희는 지원이 끊겨서 지금 알거지 상태랍니다."

진번은 위씨 노인과 능송의 대화를 듣고 있자니 속이 부글부글 끓었지만 무릎을 지그시 누르는 노인의 제지로 씩씩거리면서 차만 삼켰다.

"고향이 랴오닝 성이라고 했었나?"

"네… 선양에서 살았었죠."

"어쩐 일로 날 찾아오셨는지 모르지만 어서 짐 챙겨서 선양으로 돌아가시는 게 좋을 거요."

"뭐야! 이 건방진 놈이!"

"무슨 짓이냐! 앉아라, 진번아!"

위씨 노인은 흥분해서 일어난 진번의 소매를 붙잡으며 말렸다.

"아드님이 무척 다혈질이시군… 노인장, 국가에서 결정한 일을 개인이 뒤집을 수는 없는 법이오."

"예… 물론 저희 부자도 그 사실을 잘 알고는 있습니다. 하지만 진진을 잡는다는 것은 그리 용이한 일이 아닙니다. 청나라 강희제 때, 저희 선조이신 위적룡은 평생에 걸친 추적 끝에 진진을 찾아내어 생포하려 했습니다. 하지만 그물을 진진의 머리 위에 덮자 진진은 구렁이로 변해 그물 사이를 빠져나온 뒤 다시 독수리로 둔갑해 날아가 버렸습니다. 진진의 변화무쌍한 둔갑술과 비바람을 마음대로 부리는 마법력 앞에서는 그물이나 올가미 따위는 무용지물입니다."

"흠… 그럼 어쩌면 좋겠소?"

위씨 노인은 비단 주머니에서 팔괘(八卦)가 새겨진 나무통을 꺼냈다.

"팔괘를 삼각으로 배치하면 결계가 쳐집니다. 이 삼각 결계 안에서는 제아무리 진진이라도 마법이나 둔갑술을 쓸 수가 없지요. 우리 부자가 결계를 치면 그때 올가미나 그물로 진진을 생포하도록 하십시오."

능송은 팔짱을 끼고 잠시 생각에 잠기더니 위씨 부자를 번갈아 보면서 물었다.

"날 도와주시겠다… 좋소. 그대들이 날 도와준다 함은 바라는 것이 있다는 말인데?"

"우리 부자를 복직시켜 주십시오. 그리고 진진을 사로잡으면 공을 나누었으면 합니다."

"복직은 어려운 일이 아니네만… 진진을 생포한 공을 나누는 것은 쉽지 않을 듯싶소. 난 공안국 소속이고 당신들은 음양국이라는 듣도 보도 못한 이상한 기관에서 일하는 사람들이니……."

"음양국은 서류상으로만 존재하는 기관입니다. 건물도 없고 관련법령도 없고 예산도 없고 감사도 안 받습니다. 중화인민공화국이 수립되기 훨씬 전부터 존재해 왔지만 아는 사람은 거의 없지요. 음양국의 유래에 대해 말씀드릴까요?"

"말해 보시오. 난 당신들이 음양국 소속이고 진진을 잡으러 다닌다는 것밖에는 모르오."

위씨 노인은 용정차를 천천히 음미하면서 눈을 지그시 감았다.

"기관의 원래 명칭이 무엇인지는 모릅니다. 천 년을 넘게 이어오면서 여러 번 바뀌었으니까요. 지금의 음양국이란 명칭은 문화 혁명 때 모택동이 지어준 겁니다. 음양국을 처음 만든 사람은 당나라의 측천무후라고 알려져 있습니다. 학식이 높은 자들을 모아 천문을 읽거나 터를 잡는 일을 시켰다고 합니다. 한창 번성할 때는 관료들의 숫자가 삼천 명에 달했다고 하는데, 명조 때부터 쇠락의 길을 걷기 시작해 청조 강희제 때 해체되었습니다. 그 후 명맥이 끊겼다가 문화 혁명 때 다시 부활했습니다. 내 아버님께서 열렬한 홍위병이셨던지라 모택동이 감복하여 우리 가족들이 대대로 봉직하던 음양국을 부활시켜 준 것이지요. 하지만 구시대의 관료 조직을 부활시킨다는 비난이 두려워 이름뿐인 조직이 된 거죠."

"근데 음양국과 진진의 관계는 뭐요?"

"우리 일족이 언제부터 진진을 잡으려 다녔는지는 확실치 않습니다. 송나라 진종 때부터라는 이야기도 있고 원나라 때 중서령의 명령으로 잡으러 다니기 시작했다는 말도 있습니다. 조상님들이 남기신 기록도 가지가지라서 어느 것이 진실인지는 알 길이 없지요. 하지만 가만히 살펴보면 이야기들의 공통점이 있습니다. 음양국에서 일하던 한 관료가 백성들 사이에서 떠도는 진진의 이야기를 듣게 되고, 이를 조정에 보고하자 우리 일족의 선조를 음양국 관리로 임명하고 진진을 잡아오게 했던 것입니다."

"그런데 아직도 그 임무를 완수하지 못하고 헤매고 있군."

"부끄럽게도 그렇습니다… 하지만 진진을 탐내는 왕들이 음양국의 명맥을 유지시켜 주면서 진진을 추적하는 일을 계속 시켰던 거죠."

"그렇군. 지금의 공산당 고위층에서 진진을 원하듯이⋯⋯."

"네⋯ 하지만 이 일을 공안국에 넘긴 일은 잘못한 겁니다. 진진은 결코 만만한 팬더가 아니에요. 홍콩에서 마피아 범죄를 수사하는 일보다 백 배는 더 까다로운 일이죠. 하지만 우리 부자는 천 년 동안 축적된 노하우가 있단 말입니다."

"이 일을 계속하는 이유가 뭔가?"

위씨 노인은 비단 보자기에 싸인 낡은 종이 한 장을 꺼냈다. 네 귀퉁이가 해져서 너덜너덜한 것이 매우 오랫동안 보관해 온 듯한 문서였다.

"진진을 잡으면 당에서 해주겠다고 약속한 사항들을 명시한 증서입니다. 읽어보시지요⋯⋯."

증서를 읽어보던 능송은 입을 떡 벌렸다. 위씨 부자에게는 상상도 못할 보답이 기다리고 있었던 것이었다. 인민 영웅 대우, 훈장 수여, 9백 평이 넘는 고급 주택을 대대로 무료 임대, 삼대에 걸쳐 연금을 지급⋯ 마지막 조항은 놀랍다 못해 충격적이었다.

"당 부주석 자리를 주겠다고? 이런⋯⋯."

위씨 노인은 증서를 뺏어 다시 비단 주머니에 넣으며 중얼거렸다.

"우리 선조들은 황실로부터 이보다 더 파격적인 대우를 약속받았답니다⋯ 다들 평생 꿈만 꾸다 세상을 떠났지만⋯⋯."

"쳇⋯ 공안국장이 한 승진 이야기는 당신들에 비하면 새 발의 피로군⋯⋯."

능송은 위씨 부자와 긴밀한 업무 협조를 하기로 그 자리에서 약조했다.

"당신들의 복직이 이루어지도록 보고서를 올리겠소. 그리고 나도 진진을 잡았을 때 받을 보상에 대해서 상사와 이야기를 좀 해야겠소. 이

거야 원 자존심 상해서……."

위씨 노인과 진번은 얼굴을 마주 보며 빙그레 웃었다.

진진은 봉근이 출근한 뒤 집 안에서 하릴없이 뒹굴고 있었다.

"웅~ 심심해라~"

진진은 조릿대를 씹으며 이금희와 이상벽의 아침마당을 보다가 무
료함을 이기지 못해 일어났다.

"웅~ 친구들 불러서 놀아야지~"

진진은 가방에서 붉은색 가죽 수첩을 꺼냈다. 수첩에는 '재한 중국
둔갑 동물 협회원 명부'라는 글씨가 금박으로 찍혀 있었다. 진진은 콧
노래를 흥얼거리며 전화기 번호판을 눌렀다.

"밍밍~ 소청~ 메이린~ 다들 보구 싶구낭~"

봉근은 오늘 아침부터 콧김을 뿜어야 했다. 강 부장이 봉근에게 회
사에서 매달 작성하는 '최악의 상습 연체자 100인'의 리스트를 넘겨
주며 독촉을 명했기 때문이었다.

"크악… 부… 부장님! 이자들은! 소비자 파산 직전에 몰린 최악의
신용 불량자들이 아닙니까! 저보구 이 사람들한테 돈을 받아내란 말씀
입니까?"

"이봐, 추봉근이… 우리 회사에서 자네보다 강인한 사원이 어디 있
는가? 자네가 이런 궂은 일을 맡아줘야 미스 송같이 마음 여린 아가씨
가 좀 편히 일하지 않겠어? 만일 봉근이 자네가 맡지 않는다면 미스 송
에게 넘기겠네."

"으… 은경 씨에게 이 뻔뻔한 자들을 넘긴다구요?"

미스 송은 오늘따라 봉근에게 애처로운 표정을 짓고 있었다.

미스 송에게 당한 수모도 잊었는지 봉근은 의욕에 불타며 부장의 손에 든 리스트를 홱 뺏었다.

"부장님! 어찌 은경 씨 같은 가녀린 아녀자에게 이런 더러운 일을 시키신단 말입니까!! 제가 하겠습니다! 일주일 내로 다 받아내겠습니다!"

"오, 그래… 수고 좀 해. 요새 언론 쪽에서 분위기가 별로 안 좋으니까 협박 같은 건 하지 말고."

강 부장은 전의를 불태우며 전화기 버튼을 부서져라 눌러대는 봉근을 쳐다보며 야비한 웃음을 흘렸다.

"단순한 놈… 쯧쯧……."

뚜르르르 하고 신호는 가는데 전화를 받지 않았다. 봉근은 벌써 얼굴이 벌겋게 달아오르고 있었다. 앞으로 십 초 내에 전화를 받지 않으면 봉근은 또다시 책상 위로 뛰어올라 갈지도 몰랐다.

"여보세요……."

"다, 당신! 왜 그렇게 전화를 안 받는 거야! 그런다고 납부 독촉을 피해갈 수 있을 거라고 생각해? 잘 들어, 유수평! 내일 오전까지 결제 계좌로 육백팔십이만 칠천삼백오십 원 넣으라고! 알았어! 안 그러면… 안 그러면… 아우우우우우~ 열받아~ 아우우우우~"

"저기… 전화 잘못 거셨는데요."

"커억……."

너무 서두르다 보니 전화기 버튼을 잘못 눌렀나 보다. 봉근은 호흡을 가다듬으며 감정을 가라앉혔다. 부들부들 떨리는 손가락으로 하나하나 번호를 눌러가며 이번엔 침착하게 독촉을 해야겠다고 마음먹었다. 하지만 상대방의 목소리를 듣는 순간 꼭지가 돌아버렸다.

"뭐라고?! 못 받는 걸로 알고 포기하라고? 당신, 지금 그걸 말이라고 해?! 뭐? 소비자 파산 낼 거라고? 앙! 누구 맘대로! 우리 카드 연체금 갚고 파산 내든지 말든지 해! 앙? 뭐시라! 아우우우우우우~ 열받아, 열받아, 열받아~"

봉근은 전화 수화기를 내던지고 책상 위로 올라섰다. 주위 여직원들은 공포에 질린 표정으로 황급히 책상 위를 치우기 시작했다.

"또 시작이다. 빨리빨리 치워."

"아우우우우우우~"

봉근은 사무실 책상 위를 뛰어다니기 시작했다. 코에서는 뜨거운 김이 폭폭 쏟아져 나왔다. 역시 '최악의 상습 연체자 100인'을 독촉하는 일은 만만한 일이 아니었다. 강 부장은 봉근의 구두 발자국이 찍힌 서류를 바라보며 난처한 표정을 지었다.

"에이 씨… 결재 올릴 건데……."

한편 봉근의 집에서는 흥겨운 향연이 벌어지고 있었다. 진진은 차이나드레스를 입은 세 여인과 함께 죽엽청주를 마시며 덩실덩실 궁둥이를 들썩이며 춤을 추고 있었다. 머리가 하얗게 센 노파는 가라오케 앞에서 흘러간 노래를 열창하는 중이었다.

"…대황하~ 누런 물에~ 노젓는 뱃사공~"

다리가 늘씬하고 요염한 얼굴의 젊은 처녀와 뚱뚱하고 안경 쓴 처녀는 이상한 놀이를 하고 있었다. 뚱뚱한 처녀가 생고기를 얇게 썰어 휙휙 집어 던지면 팔등신 미녀는 생고기를 냐름냐름 받아먹었다.

"어이~ 밍밍, 이리 와 한잔 받어~"

"쩝쩝… 알았어, 진진… 고기 한 점만 더 먹고……."

입에 생고기를 물고 살짝 웃는 밍밍은 너무나 관능적이었다. 진진은 밍밍의 잔에 죽엽청주를 넘치도록 따라주었다. 노래를 마친 노파는 소파에 앉아 이빨로 날밤을 까먹고 있었다.

집에 돌아온 봉근은 눈이 휘둥그레졌다. 진진과 낯선 중국 여인 세 명이 먹고 마시고 노래 부르며 집 안을 난장판으로 만들고 있었다. 봉근은 책상 위를 뛰어다니며 충분히 스트레스를 해소한 상태였지만 그 꼴을 보고나자 다시 열불이 났다.

"자… 진진! 이… 이… 이게 뭐 하는 짓이야! 우아아아아~ 열받아~"

난데없는 고함 소리에 놀라 잠시 뒤집어졌던 네 사람은 다시 노래를 부르고 술을 마셨다.

"웅~ 봉근… 이리 와. 너두 한잔 마셔. 맛 좋은 죽엽청주~"

봉근은 해죽거리며 웃는 진진에게 얼굴을 맞대고 으르렁거렸다.

"진진… 너, 세입자 맞냐? 집을 이렇게 개판으로 만들고!"

"웅~ 너무 심심해서~ 내 친구들 좀 불러서 놀구 있었져~"

순간 진진과 봉근 사이를 끼어드는 늘씬한 다리가 있었으니… 팔등신 중국 미녀 밍밍이었다.

"어머~ 이 집 주인인가 봐. 니하오~"

"뉘, 뉘셔요?"

"밍밍이라고 해요… 아우~ 너무 남자답게 생겼다~ 머리도 크고~"

긴 팔로 봉근의 두꺼운 목을 감아오는 밍밍의 도발적인 행동에 봉근은 어쩔 줄 몰라 했다. 금세 얼굴이 달아오르고 땀을 삐질삐질 흘리는 봉근이었다. 진진은 재밌다는 듯이 해죽해죽 웃으며 죽엽청주를 홀짝홀짝 마셨다.

"웅~ 밍밍이 또 남자 홀리는구나~ 내 친구니까 해코지하면 안 돼, 밍밍~"

"호호호~ 걱정 마, 진진. 내가 아주 화끈하게 홍콩 보내줄게!"

다짜고짜 봉근의 커다랗고 두꺼운 입술에 자신의 입술을 겹치는 밍밍이었다.

"읍… 읍… 저기 아가씨… 읍……."

"음~ 음~ 음~"

"헤헤… 웅~ 밍밍, 적당히 해~ 이 친구는 아직 총각이라구~"

진진의 말에 밍밍은 고개를 바짝 들고는 진진을 쳐다봤다. 눈이 초롱초롱 빛나고 있었다.

"정말? 이 아저씨 숫총각이야?"

"웅~ 그럼~ 아주 순진한 사람이니까 딴맘 먹지 말라구~"

"오호호호호호! 숫! 총! 각! 내 오늘 아저씰 잡아먹어야겠다!"

이쁜 다리로 봉근의 두꺼운 허리를 감고 사정없이 파고들어 오는 밍밍이었다.

봉근은 두근두근 콩닥콩닥 심장이 터질 지경이었다. 뇌쇄적인 미녀의 파격적인 육탄공세에 봉근은 정신이 반은 나간 상태였다. 그때였다. 소파에서 밤을 까 먹던 노파가 펑! 소리를 내며 조그만 동물로 변했다. 너구리였다. 너구리는 밤 껍질을 앞에 두고 꼬박꼬박 졸고 있었다. 진진이 뒷머리를 긁으며 중얼거렸다.

"웅~ 소청이 술이 과했던 모양이군… 주술이 풀려 버렸네……."

그 장면을 목격한 봉근은 놀라서 비명을 질렀다.

"으아아악!! 사람이 너구리로 변했다!"

얼굴이 파랗게 질린 봉근을 재밌다는 듯이 바라보던 밍밍은 손가락으로 볼을 누르며 깔깔대고 웃었다.

"어머, 아저씨이~ 뭘 그리 놀라구 그래~ 둔갑 너구리 처음 봐? 난 여우인데 뭘~"

밍밍은 뒤로 재주를 팔딱팔딱 넘었다. 펑~ 소리와 함께 팔등신 미녀는 긴 꼬리의 백여우로 변해 버렸다.

"히에에엑!! 진진! 여자가 여우로 변했어!"

진진은 여전히 해죽해죽 웃으며 술잔을 기울였다.

"딸꾹~ 웅~ 미안해, 봉근… 그동안 말을 안 했는데……."

진진의 궁둥이에서 뭉글뭉글 연기가 피어오르고 있었다. 연기가 걷히자 커다란 자이언트 팬더 한 마리가 술잔을 들고 앉아 있었다. 팬더는 입을 달싹거리며 말을 했다.

"웅~ 실은 나도 팬더였어~"

"끄에에에엑……."

봉근은 입에 거품을 물고 쓰러졌다. 기절한 봉근을 앞에 놓고 자이언트 팬더는 계속 술잔을 꺾었다. 여우는 먹다 만 생고기를 뜯어 먹고 너구리는 코를 드르렁거리며 자고 있었다. 뚱뚱이 처녀는 구렁이로 변해 달걀을 삼키고 있었다. 봉근은 잠시 후 깨어났다가 동물들을 보고 다시 기절했다.

위씨 노인은 직직거리며 들어오는 팩스를 뚫어지게 바라보고 있었다. 발신지는 분명 베이징이었다. 진번 역시 아버지 옆에서 침을 꼴딱 꼴딱 삼키며 긴장된 표정으로 지켜보고 있었다. 잠시 후 팩스 용지를 받아 든 위씨 부자는 환호성을 질렀다.

"복직됐다! 야후우우우!"

"허허허… 진번아, 이제 진진만 잡으면 우린 고생 끝이다……."

"네, 아버지! 우리 꼭 진진을 잡아요!"

위씨 부자는 복직을 자축할 겸 오랜만에 고향 요리를 먹으러 가기로 했다.

"네? 정말이에요? 서울에 랴오닝 요리 전문점이 있다구요?"

"그렇다니까. 어서 외출 준비나 해라."

위씨 노인의 말대로 랴오닝 요리 전문점은 중국 대사관 뒤쪽에 자그마한 규모로 자리 잡고 있었다. 허름한 4층 건물 꼭대기에 위치한 '선양반점'은 위씨 부자의 가슴을 설레게 했다. 마포더우푸, 양러우궈쯔, 자차이… 고향 요리가 두 부자의 눈앞에 어른거리고 있었다. 식당 안은 허름한 바깥 모습과는 달리 화려한 붉은색으로 번쩍거렸다. 기둥을 감고 있는 용 조각이 금세라도 승천할 기세였다. 엽차를 나르는 여종업원들은 다리 옆이 터진 차이나드레스를 입고 있었다.

"어서오십시오."

"두 사람 예약했는데요."

"아… 선양에서 오신 위 선생님 되십니까?"

식당 주인이 정중하게 포권하며 두 부자를 테이블로 안내했다. 위씨 노인과 진번이 군침을 흘리며 메뉴판에서 음식을 고르고 있는데 허연 수염을 기른 요리사가 식칼을 들고 부자 앞에 섰다. 식당 주인이 요리사 옆에 서서 부자에게 설명을 했다.

"이분은 광동지방에서 오신 송주보라는 분입니다. 본토의 요리사들을 통틀어 식도(食刀)를 가장 잘 다루는 분이지요. 귀한 손님들이 오실 때마다 저희 식당에서는 송 선생님의 신기에 가까운 칼질을 보여 드리고 있습니다."

"험… 한번 보여주시구랴."

송주보란 자는 테이블 위에 도마를 올려놓고는 이야기를 시작했다.

"내가 다섯 살 때였소. 난 광동 최고의 요리점 대림각 주방에서 심부름을 하던 동자승이었지. 어느날 주방장이 날 부르더니 식칼을 하나 주면서 이르더군요. '네가 칼질을 완벽히 익히면 대림각 주방장으로 키워주마' 하고 말이오."

송주보는 도마 위에 양파를 하나 올려놓고는 이야기를 이어갔다.

"난 대림각 주방장을 시켜준다는 말에 용기백배했소. 하지만 만만치 않은 일이었지. 대림각 주방에서 일하는 자들은 그 기술이 신기에 가까운 자들로 황실 요리사들도 혀를 내두른다 하였소. 주방장이 나에게 칼질을 완벽히 익히라는 조건을 내걸었으니 나 역시 칼질을 신기에 가까운 수준으로 끌어올려야 했던 거요."

송주보의 손에서 식칼이 빙글빙글 돌고 있었다.

"먼저 감자 껍질 벗기는 것부터 시작했지. 하루에 천 개씩 감자 껍질을 벗기기를 일 년… 이제 눈을 감고도 껍질을 벗길 수 있게 되었소. 하지만 그 정도로 대림각 주방장이 될 수는 없었지. 그래서 식재료 자르기를 시작했소. 양파, 당근, 대파, 마늘, 돼지고기, 쇠고기, 물고기… 닥치는 대로 자르기를 오 년… 인간이 먹을 수 있는 모든 식재료를 원하는 형태로 자를 수 있게 되었소. 하지만 부족했지. 그 정도로 대림각 주방장이 될 수는 없었던 거요."

송주보의 식칼이 번쩍하더니 도마 위에 놓인 양파가 여덟 조각으로 깨끗하게 잘라졌다.

"식신(食神)이라 불리우는 홍콩의 주성치 선생을 찾아갔소. 주 선생께서 말씀하시길, '그 정도의 식도를 다룰 수 있는 자는 이 홍콩에도 쓸어버릴 만큼 많다' 고요. 그럼 어쩌면 되겠냐고 했더니 '도기(刀氣)를 마음대로 다루어야 어느 정도 경지에 이르렀다고 할 수 있다고 하셨소. 도기란 무엇이냐고 했더니 멀리서도 양파를 두 조각 낼 수 있는 기술이라 하셨소.”

송주보는 한 걸음 물러서 식칼을 이리저리 공중에서 휘저었다. 놀랍게도 도마 위에 놓인 양파가 잘게 부서지고 있었다.

“주 선생 밑에서 내공과 외공을 수련하길 팔 년, 마침내 도기를 다룰 수 있게 되었소. 하지만 주 선생은 부족하다고 하셨소. 도기는 양파나 당근은 자를 수 있으나 질긴 고기나 뼈다귀는 무리라고 하였소. 그럼 질긴 고기와 뼈다귀를 원거리에서 마음대로 자르려면 어찌해야 하냐고 물었더니 ‘도강와 어도술’을 익혀야 한다고 하셨소. 그걸 익히는 데 무려 삼십팔 년이 걸렸소. 주 선생은 돌아가시면서 나에게 부탁하셨소. ‘이걸로도 부족하다. 부디 식도의 궁극인 비천어도술(飛天御刀術)을 익혀 대림각 주방장의 자리에 올라라’라고 하였소.”

송주보는 펄쩍 뛰어 몸을 회전시키면서 식칼을 던졌다. 송주보가 던진 식칼은 공중을 날아다니며 푸른색의 도강을 마구 뿌렸다. 도강은 휘리릭 공중에서 방향을 틀어 도마 위의 당근을 향해 날아들었다.

퍼버버벅!

엄청난 숫자의 푸른 불빛이 당근을 강타했다. 수백 수천 개의 당근 파편이 튀어 올라 위씨 노인과 진번의 얼굴에 튀었다.

“에퉤퉤… 당근 가루…….”

진번은 얼굴에서 당근 가루를 떼어내다가 도마 위를 보고 감탄사를 내질렀다.

“오옷! 이것은!”

당근이 당당한 용의 형상으로 조각되어 있었던 것이다.

“칠십여 년에 걸친 수련 끝에 얻어진 식칼 다루기의 결정체, 비천어도술이 바로 이것이오."

"오오… 훌륭하오, 노인장……."

위씨 노인도 감탄을 하며 박수를 쳤다. 진번은 얼굴에서 당근 가루를 떼어내며 물었다.

"근데 대림각 주방장은 되셨소?"

송주보는 슬픈 표정으로 고개를 설레설레 저었다.

"안타깝게도… 칼질만 연습하다가 정작 요리는 배우지 못했소… 난 라면 끓이는 정도만 안다오… 난 여기 식당 보조요."

송주보가 주방으로 들어가자 위씨 노인과 진번은 서로를 바라보며 동시에 말했다.

"바보 아냐?"

고심 끝에 위씨 노인은 마파두부를, 진번은 양고기 요리를 주문했다. 식당 보조 송주보가 자신의 보도를 옆구리에 차고 엽차를 나르고 있었다. 위씨 노인은 문득 불쌍한 생각이 들어 송주보에게 물었다.

"그런데 한국에는 어떻게 해서 오신 게요?"

"휴우… 아들 놈 때문이지요… 아들 놈이 팬더를 잡겠다고 나서는 바람에……."

"패, 팬더요?"

위씨 노인은 놀라서 자리에서 벌떡 일어서고 진번은 엽차를 마시다 사래가 들려 캑캑거렸다. 위씨 노인은 눈을 크게 뜨고는 송주보의 옷소매를 잡았다.

"패, 팬더를 잡으러 한국에 왔다구요? 그게 무슨 말씀이신가요? 자세히 말씀해 주시지요."

"뭘 그리 놀라시오? 자세한 건 나도 모릅니다. 그저 아들놈이 팬더를 잡으면 횡재할 수 있다면서 한국으로 가자고 하더군요. 그래서 제가 '이놈아 한국에 무슨 팬더가 있냐'고 핀잔을 줬더니 수천 년 묵은 팬더가 사람 모습을 해가지고 한국으로 도망쳤다는 거요. 전 아들놈이 정신이 나갔다고 생각을 했었는데… 아, 글쎄 다음날 당에서 사람이 나와서는 여권이니 비행기 표니 하면서 이야기를 하는 걸 보니 흰소리는 아닙디다. 그래서 예까지 와서 살게 되었소."

"그럼… 지금도 아드님이 팬더를 잡으러 다니시오?"

"헐헐… 아니오. 그놈이 첨에는 여기저기 뛰어다니더니 몇 달 지나니까 지쳤는지 시들해집디다. 그러다가 한국 여자랑 연애를 하는가 싶더니 아예 결혼해서 여기 눌러앉게 되었소. 지금은 명동에서 월병을 만들어 팔고 있수다."

위씨 노인과 진번은 송주보가 주방으로 돌아간 뒤 불쾌한 표정으로 소곤소곤 이야기를 나눴다.

"당에서 우리 말고 다른 추적자들을 보낸 적이 있다더니 그 소문이 정말이었군요."

"그러게 말이야… 이거 참 요즘 들어 국가에 대한 배신감을 자주 느끼게 되는군……."

"아버지, 우리 꼭 진진을 잡아서 우리 집안의 명예를 되찾자구요!"

"그래. 그래야 조상님들 뵐 면목이 있지……."

위씨 부자는 뜨거운 차를 후르륵 마셔 버리고는 왜 요리가 빨리 안 나오냐며 주인에게 투정을 부렸다. 둘은 상당히 기분이 나쁜 듯했고 주인은 그 이유를 몰라 허둥대고 있었다.

연립 주택 옥상. 봉근은 자이언트 팬더 앞에서 다소곳이 앉아 있었다.

"학교 다닐 때부터 꼭 하고 싶었던 일이라 지원하게 됐습니다. 영어는 조금 하구요… 인터넷으로 공부했습니다. 기회가 주어진다면 열심히 해보겠습니다."

봉근은 벌떡 일어나 우람한 두 팔로 몸무게 150kg의 자이언트 팬더를 들어 올려 빙빙 돌렸다.

"걱정 마~ 잘될 거야~"

"꾸에엑~"

"우아악~"

놀란 팬더가 버둥거리자 봉근은 균형을 잃고 뒤로 쓰러졌다. 봉근은 엄청난 몸무게의 팬더에게 깔려 버둥대고 있었다.

"우아악!"

악몽에서 깨어난 봉근은 식은땀을 흘리며 주위를 둘러보았다. 진진과 밍밍, 소청, 메이린은 세상 모르게 잠들어 있었다. 봉근은 네 명의, 아니, 네 마리의 둔갑 동물들을 흔들어 깨웠다.

"일어나, 이 괴물 딱지들아! 진진과 할 이야기가 있으니 너희들은 좀 나가 있어!"

소청과 메이린은 투덜대며 밖으로 나갔고 밍밍은 봉근의 허리를 휘감으며 아양을 떨다가 봉근의 고함 소리에 놀라 재주를 넘으며 사라졌다. 진진은 아직 잠이 덜 깼는지 커다란 두 눈을 껌뻑거리며 앉아 있었다.

"진진… 내 평생 동물과 임대차 계약을 맺은 건 이번이 처음이다."

"웅~ 동물이라니… 난 수천 년을 살아온 둔갑 팬더야… 보통 동물이랑 비교하지 말아줘……."

"시꺼! 난 너 같은 괴물 딱지하고는 같이 못 살아! 방 빼!"

"웅~ 싫어~ 마음에 드는 집 구하기가 얼마나 힘든데~ 이 집은 풍

수상으로 팬더가 살기 좋은 곳이란 말이야~ 여기 그냥 있을래~"

"진진… 여긴 사람 사는 곳이지 팬더가 뒹굴면서 대나무 씹는 장소가 아니야. 당장 방 빼!"

푸근한 인상의 진진이 갑자기 험악한 표정을 지었다.

"봉근… 날 화나게 하면… 팬더의 저주를 받게 돼… 조심하는 것이 좋아."

"팬더의 저주? 푸하하하하!! 게을러 빠진 식충이 주제에……."

진진은 잔뜩 찌푸린 표정으로 두 손가락을 모아 세우고는 알 수 없는 주문을 캐스트하기 시작했다.

"웅~ 중얼중얼~ 님기미… 니미럴… 웅얼웅얼… 옹알옹알……."

진진은 주문을 다 외우고 나자 눈을 번쩍 뜨고 한 손을 머리 위로 들며 외쳤다.

"웅~ 나와라, 사신(四神)!"

"진진… 뭐 하는 거야? 생쇼를 해라."

"웅~ 나와라, 북방의 현무!"

펑 소리와 함께 커다란 거북이가 나타나 마룻바닥 위를 기었다. 거북이는 등 껍데기의 지름이 1미터가 넘는 엄청난 크기였다. 게다가 머리는 징그러운 뱀의 형상이었다.

"그그그그… 난 북쪽을 지키는 현무… 진진을 괴롭히는 자 누구더냐."

봉근은 얼굴이 벌게지더니 고함을 질렀다.

"이거 웬 병신 거북이야! 이 드러운 거 안 치울래, 진진!"

봉근은 으라차차 힘을 주어 현무를 뒤집었다. 뒤집힌 현무는 네 발을 바둥거리며 신음 소리를 냈다.

"그그그그… 나 좀 뒤집어줘, 진진… 에구, 1만 년 만에 뒤집혀 보니 정신을 못 차리겠다."

당황한 표정의 진진은 다시 한 손을 머리 위로 들었다.

"웅~ 나와라, 남방의 백호!"

진진의 호출에 온몸이 흰털로 뒤덮인 호랑이가 창문을 깨고 뛰어들어 왔다.

"어홍~ 진진을 괴롭히는 인간은 잡아먹는다!"

하지만 화가 머리끝까지 난 봉근을 막지는 못했다. 봉근은 프라이팬을 쳐들어 백호의 머리를 내려쳤다.

땡!

"야오옹~ 아이구, 머리 깨져~ 야옹……."

백호는 두 앞발로 머리를 감싸 쥐고 데굴데굴 굴렀다. 진진은 얼굴이 파랗게 질렸다.

"허걱! 이럴 수가! 나와라! 서방을 지키는 주작!"

닭의 부리와 제비의 턱, 용의 비늘과 기린의 머리를 한 괴조 주작이 당당한 자태를 드러냈다.

"난 새들의 왕! 진진을 지키기 위해 왔노라!"

"놀고 자빠졌네, 이 새대가리야!"

봉근은 주작에게 달려들어 인정사정없이 목을 비틀고 털을 뽑았다.

"꼬꼬댁~ 주작 살려~"

"놀고 있네! 하는 짓을 보니 닭이구먼!"

진진은 온몸을 부르르 떨다가 마지막 사신을 불러냈다.

"나와라! 동방을 지키는 무적의 청룡!"

상서로운 안개가 방에 깔리더니 여의주를 입에 문 청룡이 스르륵 하고 나타났다.

"진진을 위협하는 자… 용에게 죽으리라."

하지만 용 따위에 기죽을 봉근이 아니었다.

"어? 너, 또 나왔냐? 오늘 죽어봐라!"

봉근은 청룡의 목을 조르고 사정없이 흔들어댔다.

"캑… 캑… 또 너냐… 살려줘……."

봉근의 목 조르기에 놀란 청룡은 미꾸라지로 변신해 도망쳤다. 봉근은 진진에게 달려들어 두들겨 패기 시작했다.

"아이, 자식아! 팬더 세입자 주제에 괴물 딱지들을 불러내 집주인을 협박해? 너, 죽어볼래?"

"웅~ 아이구, 아파라~ 웅~ 살려줘, 봉근~"

두들겨 맞으면서 힘이 떨어진 진진은 둔갑 주술마저 풀려 자이언트 팬더로 돌아왔다.

"오냐! 이제 본모습을 드러내는구나! 야, 이 자식아! 방을 빼든지 집세를 더 내!"

"웅~ 알았어~ 고만 때려~ 대나무 잎도 안 흘릴게~ 배추 먹을 때도 흙 털구 먹을게~"

잠시 후 진진은 징징대며 배춧잎에 쌀을 뿌리고 집세를 만들고 있었다.

제3장

구조 조정

(주) XX카드 여의도 본사 기획 조정실에는 각 부서에서 올라온 구조 조정 계획서를 수합하고 있었다. 기조실장 한판구는 무테 안경 뒤로 날카롭게 빛나는 눈알을 굴리며 구조 조정 대상을 색출하고 있었다. 한 실장은 영업부 리스트럭처링 플랜을 검토한 후 채권추심부 강 부장이 올린 명단을 펼쳤다. 굵은 폰트의 제목이 눈에 들어왔다.

퇴출 대상 명단.
1순위 추봉근.
업무: 연체 독촉.
사유: 고객과의 잦은 마찰. 회수 실적 저조. 기물 파손.

2순위 이리나.

업무:사무 보조.

사유:굵은 허리. 유부녀.

3순위 고갑동.

업무:연체 독촉.

사유:회수 실적 저조.

"추봉근이라… 추봉근… 흠……."

한 실장은 퇴출 대상 명단을 덮고 한참 동안 봉근의 이름을 되읊었다. 무언가 꺼림칙하다는 표정이었다. 잠시 후 뼈만 앙상한 그의 손이 전화기 버튼을 누르고 있었다.

"강 부장? 나요. 그… 자네가 올린 퇴출자 명단 중에 추봉근이 말이야… 그 친구는 해고보다는 트랜스퍼시켜 주는 게 어떨까 싶은데……."

"네? 그게 무슨……."

"응… 그 친구 성깔도 있고 기골도 장대하니 말이야. 우리 계열사인 마초맨 서비스로 보내지."

"마, 마초맨 서비스루요? 추봉근이 분명 사고 칠 텐데요……."

"사고 치라고 보내는 거야. 시키는 대로 하게."

"네, 알겠습니다."

마초맨 서비스. 주식회사 XX카드의 위장 계열사로 주업무는 거액의 빚을 진 채무자들을 협박하여 원금의 몇 배를 뜯어내는 '해결사' 노릇을 하는 것이다. 조폭 출신 사장 박대근 휘하 2백여 명의 어깨들이 포진해 있으며 서울 유명 조직에서 스카우트해 온 악명 높은 칼잡이들이

박 사장에게 충성을 바친다. 봉근은 이 무시무시한 회사로 발령이 난 것이다. 그의 앞날에 먹구름이 잔뜩 드리우고 있었다.

주말 과천 경마장 관람대에는 발 디딜 틈도 없이 3만 명이 넘는 관중이 운집해 있었다. 봉근은 진진이 시킨 대로 복승식 1—7번 마에 베팅 한도액인 십만 원을 걸었다.

'진진 이 자식, 틀리기만 해봐라.'

진진은 봉근에게 큰돈을 벌게 해주겠다며 친구들인 밍밍, 소청, 메이린을 같이 살게 해달라고 부탁했다. 물론 봉근이 쉽게 허락하지는 않았다. 팬더 한 마리 같이 사는 데도 집 안이 엉망이 되는데 여우, 너구리, 구렁이까지 들어온다면… 하지만 진진의 한마디가 봉근의 마음을 바꿨다.

"웅~ 십만 원으로 천만 원 벌게 해줄게~"

한 번도 우승을 해보지 못한 신참 기수 오동팔은 떨리는 가슴을 안고 마사로 들어왔다.

'천둥이가 오늘은 잘 달려줘야 할 텐데……'

오동팔은 마사를 관리하는 직원이 천둥이에게 무언가를 먹이는 장면을 목격했다.

"아저씨! 천둥이한테 뭘 먹이는 거예요?"

직원은 손을 뒤로 감추며 씨익 멋쩍게 웃었다.

"아무것도 아녜요. 그냥 사탕 줬어요. 이뻐서……."

"경기 전에 말한테 그런 걸 먹이면 어떡해요."

"죄송합니다. 그럼 경기 잘하십시오."

쓸쓸한 표정으로 안장 위에 올라탄 오동팔은 고개를 갸웃거렸다.

'어? 저 사람… 처음 보는 얼굴인데?'

마사회 유니폼을 입은 남자는 마사에서 나오더니 이상한 말을 웅얼거렸다.

"웅얼웅얼~ 말 달리자~ 말 달리자~ 웅얼웅얼~"

남자의 유니폼이 부풀어 오르더니 검고 하얀 털이 솟아났다. 입은 쑤욱 앞으로 나오고 눈가는 까맣게 변했다. 자이언트 팬더였다. 팬더는 다시 둥그런 얼굴의 진진으로 변했다. 봉근은 열심히 경마 예상지를 들여다보는 중이었다.

"야, 진진, 어디 갔다 왔냐?"

"웅~ 말 좀 보고 왔지."

"야, 근데 네가 찍어준 말들 형편없어. 경기 전적이 영… 기수들도 시원찮고……."

"웅~ 그런 말일수록 우승하면 대박 터진다구~"

"그거야 그렇지만… 지면 어쩌냐?"

"걱정 마~ 이걸 먹였으니~"

진진은 은은한 푸른빛이 감도는 사탕을 꺼내 보였다.

"이게 뭐냐? 사탕이냐?"

"마력정(馬力錠)이라고… 옛날에 무사들이 전투를 앞두고 말에게 먹였던 강장제다."

"쳇~ 이딴 거 먹여서 금방 힘이 나겠냐?"

"웅~ 그럼~ 조자룡이 타던 말이 마력정을 먹고 양자강을 단숨에 건너뛰었다는 전설이 있다구."

순간 첫 번째 경주를 시작한다는 안내 방송이 흘러나왔다. 관람대가 술렁거리기 시작했다. 말들이 정렬하고 꾼들은 침을 삼켰다.

탕!

발주기의 문이 일제히 열리면서 말들이 질주하기 시작했다. 관람객들은 모두 일어서서 자신이 베팅한 말을 목이 터져라 응원했다.

"달려어어어어어~ 천둥아~ 달려어어어, 스위트~"

봉근의 우렁찬 고함 소리에 주위 사람들이 면상을 찌푸렸다.

"아따, 그거 목소리 한번 걸쭉하네."

"어디서 돼지 잡나."

"쳇, 맨날 꼴찌만 하는 말들을 뭘 저리 응원하나."

하지만 스타트에서 뒤졌던 천둥과 스위트는 중반을 지나면서 놀랍게 스퍼트하기 시작했다.

"그렇지이이이이이~ 달려라아아아~"

천둥은 순식간에 선두마를 추월했고 그 뒤를 스위트가 이었다.

"그렇지이이~ 1버어언~ 7버어언~"

봉근은 마권을 쳐들고 펄떡펄떡 뛰었다.

"배당률 138배!! 우하하하! 천삼백팔십만 원 벌었다!"

"웅~ 밍밍~ 소청~ 메이린~ 같이 살게 되었구나~"

서로의 손을 맞잡고 관람대에서 춤을 추는 진진과 봉근이었다.

봉근이 땀에 흠뻑 젖어 집에 돌아오자 배꼽티에 찢어진 청바지를 입은 밍밍이 반갑게 맞았다.

"어머~ 봉근 씨, 왜 이렇게 땀에 절으셨어용?"

"마력정 먹고 과천에서부터 뛰어왔어."

"어머머머~ 땀이 비 오듯 하네. 근데 봉근 씨 땀에 젖은 모습이 너무 섹시하당~"

"남자는 힘 아닙니까."

앞뒤로 팔을 구부리며 보디빌딩 포즈를 취하는 봉근이었다. 밍밍이 한쪽 팔에 매달리며 다리를 파닥거렸다.

"아잉~ 멋져멋져~ 봉근 씨~ 나 이뻐?"

봉근은 밍밍을 바라보며 무뚝뚝한 표정으로 말했다.

"미안하지만 넌 내 타입 아냐."

밍밍은 실망스런 표정으로 입을 삐죽 내밀었다.

"치이~ 그럼 어떤 타입을 좋아하는데? 글래머?"

밍밍은 팔딱팔딱 재주를 넘어 가슴이 깊게 파인 드레스를 입은 여인으로 변신했다.

"엥? 김혜수 아냐?"

밍밍은 다시 재주를 넘어 김희선으로 변신했다.

"아님 이런 타입?"

다시 휘딱 몸을 틀면서 카메론 디아즈로 변신하는 밍밍.

"이국적인 걸 좋아하시나?"

봉근은 한숨을 푸욱 내쉬더니 밍밍을 한쪽으로 밀쳤다.

"난 둔갑 같은 거 안 하는 인간이 좋아. 여우는 취미없어."

"캥! 미워!"

밍밍은 여우로 변해서는 창문 밖으로 뛰쳐나갔다. 한숨을 내쉬며 천장을 바라보는 봉근이었다.

"은경 씨……."

경마장에서 돌아온 진진은 방에 틀어박혀 무언가를 열심히 만들고 있었다.

미스 송은 책상에 앉아 열심히 영어 공부를 하고 있는 중이었다. 국제화 시대에 걸맞는 인재를 육성하자는 회사 방침에 발맞추어 요즘따라 맹렬하게 외국어 공부를 하는 은경이었다.

"굿 모닝 선 오브 비치. 굿 모닝 애스 홀. 하우 두 유 두 모론? 퍽 큐……."

테이프를 따라 발음 연습을 하던 은경을 창문을 쳐다보다 비명을 질렀다.

"꺄아악! 오, 마이 갓! 쉬트!"

커다란 자이언트 팬더가 창틀에 매달려 미스 송을 향해 앞발을 흔들고 있었다. 미스 송은 놀란 가슴을 진정시키고 제법 귀엽게 생긴 팬더를 쓰다듬어 주었다.

"어머, 팬더야, 위험하게 왜 높은 데 매달려 있니? 떨어지면 어쩌려고."

미스 송은 씨익 웃으면서 창틀을 붙잡고 있는 팬더의 앞발을 뒤로 제꼈다.

"꾸에엑~"

팬더는 비명을 지르며 밑으로 추락했다.

철퍼덕.

큰대 자로 뻗어 있는 팬더를 확인한 미스 송은 창문을 닫으며 중얼거렸다.

"변태 같은 팬더 놈, 어딜 감히 숙녀 방을 엿보는 거야?"

미스 송은 다시 책상 앞에 앉아 발음 연습을 시작했다.

"왓 이즈 댓? 잇 이즈 누드 픽쳐. 왓 이즈 디스? 잇 이즈 포르노 테이프."

미스 송의 발 밑에는 엄지손가락 크기의 팬더 인형이 놓여 있었다. 팬더 인형은 고개를 들어 미스 송을 쳐다보았다. 그리고 의자 다리를 부둥켜안고는 천천히 기어오르기 시작했다. 의자를 타고 책상 위까지 기어오른 팬더 인형은 살금살금 걸어서 미스 송의 정면에 섰다. 하지만 그녀는 발음 연습에 열중하느라 팬더 인형을 눈치 채지 못했다. 글로벌 시대의 리더가 되기 위한 피땀 어린 노력이었다.

"셧 더… 퍼크… 업… 셧 더 퍽 업… 갓… 땜… 갓 댐……."

미스 송이 '유아 언 이디엇'이라고 발음하기 위해 입을 오므리는 순간, 작고 검은 물체가 그녀의 입속으로 뛰어들었다.

"유… 캑! 캑! 캑!"

그녀는 목구멍을 파고드는 정체 불명의 물체를 토해내려 애썼으나 허사였다. 그녀의 식도가 불룩해지며 팬더 인형은 그녀의 몸속에 자리 잡았다.

미스 송은 눈동자의 동공이 풀리고 멍한 상태가 되었다. 귀에서 이어폰을 떼어내고 자리에서 일어난 미스 송의 시선은 전방을 응시하고 있었지만 딱히 무언가를 쳐다보는 것 같지는 않았다. 그녀는 천천히 발걸음을 옮겨 방문을 나섰다.

진진은 이마에 커다란 반창고를 붙인 채 정화수를 떠놓고 중얼중얼 주문을 외우는 중이었다. 사기그릇에 담긴 정화수에는 어떤 이미지가 떠올랐다. 옆에서 지켜보던 메이린이 참견을 했다.

"요건 송은경인가 하는 여자가 보는 영상인가?"

"웅~ 그렇지~ 말 걸지 마~ 조종 중이니까… 중얼중얼… 한 걸음 한 걸음 인형이 이끄는 곳으로… 중얼중얼……."

"근데 진진, 너 이마는 왜 그래?"

"웅~ 이층에서 떨어졌어. 웅~ 아퍼라~"

"근데 왜 이 여자랑 봉근이랑 맺어주려는 건데?"

"웅~ 방해 좀 하지 말라니깐… 중얼중얼… 몰라두 돼, 메이린… 가서 달걀이나 더 먹구 와."

"달걀… 일없어… 짹짹대는 참새나 한 마리 삼켜봤으면… 널름널름~"

봉근은 달빛을 보며 한숨을 푹푹 쉬다가 귓가에 들려오는 초인종 소리에 고개를 돌렸다.

'누구지, 이 밤중에?'

봉근이 문을 열고 눈앞에 서 있는 여인과 눈이 마주쳤을 때, 그는 심장이 멎을 뻔했다.

"은경 씨!"

"안.녕.하.세.요. 봉.근. 씨."

"으… 은경 씨 어쩐 일로 저희 집까지……."

"보.고. 싶.어.서. 왔.어.요."

무표정한 얼굴로 띄엄띄엄 말하는 미스 송. 입고 있는 옷은 간편한 운동복 차림이었다. 예민한 사람이라면 무언가 이상하다는 낌새를 알아챘을 터이지만 봉근은 그저 가슴이 두근두근하고 한없이 기쁠 뿐이었다. 얼굴이 발갛게 상기되어 은경의 손을 잡아끄는 봉근이었다.

"들어오세요, 은경 씨! 차라도 한잔 드시고 가세요!"

"고.마.워.요."

진진은 방 안에서 은경이 말할 때마다 입을 달싹거리고 있었다. 옆에 앉은 메이린이 감탄사를 터뜨렸다.

"하아~ 말하는 것도 원격 조정이야? 대단한 기술이야, 진진."

"응~ 잡음 넣지 마~ 주술 풀리겠다."

테이블을 가운데에 놓고 봉근과 마주 앉아 차를 마시던 은경은 고개를 들어 그를 말없이 쳐다보았다. 봉근은 은경이 집까지 찾아와준 데 대한 감격과 설레임으로 안절부절못하고 있었다.

"저… 은경 씨… 지난번에는 그렇게 매정하시더니만 오늘은 또 어쩐 일로……."

"아. 그. 날. 일. 은. 미. 안. 했. 어. 요."

"아니에요! 뭘 그런 걸 가지고… 저 그렇게 속 좁은 놈 아닙니다!"

"봉. 근. 씨."

"네?"

"저. 사. 실. 은. 봉. 근. 씨. 사. 랑. 하. 고. 있. 어. 요."

"우오옷~"

호르몬이 마구 분비되기 시작했다. 맥박이 빨라지고 호흡이 가빠졌다. 얼굴은 달아오르고 발가락은 좋아라 춤을 췄다. 봉근은 사랑하는 사람 앞에서 품위를 지켜야 한다고 생각했으나 어쩔 수 없었다. 분노를 감출 수 없는 남자 봉근은 기쁨 역시 가슴속에 담아두지 못했다. 소파 위로 펄쩍 뛰어올라 기쁨의 탄성을 질렀다.

"야후우~ 아자아자! 아싸라비야! 좌우지 장지지지 좌우지 장지지지……."

새침하게 생긴 여성 앞에서 좋아라 춤을 추는 봉근을 독기 서린 눈으로 쏘아보는 여인이 있었다. 밍밍은 질투심으로 가득 찬 표독스런 얼굴로 미스 송과 봉근을 번갈아 노려봤다. 날카로운 손톱으로 차이나 드레스를 찢으면서 성질을 죽이는 밍밍이었다.

'치잇, 저것들이……'

밍밍은 질투심을 불태우고 있었지만 봉근은 사랑의 성취를 기뻐하는 중이었다.

"은경 씨! 저두 은경 씨 사랑합니다! 이제야 제 진심을 알아주시는군요!"

"홋. 제.가. 그.동.안. 장.난. 좀. 쳤.어.요."

"하하! 그럴 줄 알았습니다. 마음씨 고운 은경 씨가 저한테 그리 냉정하실 리가 없지요."

봉근은 빙글빙글 웃으며 미스 송의 옆 자리에 앉았다. 은경은 봉근의 어깨에 손을 척 두르며 얼굴을 가까이 가져갔다.

"봉.근. 씨."

"으… 은경 씨……"

눈을 꾹 감고 두꺼운 입술을 쑤욱 내미는 봉근이었다. 젊은 남녀가 서로의 입술을 찾아가는 순간, 전광석화처럼 날아오는 검은 그림자가 있었다.

"이것들이 지금 뭐 하는 거야!"

밍밍은 봉근과 은경에게 몸을 날려 키스를 육탄으로 저지했다. 엄청난 속도로 날아와 부딪치는 바람에 봉근은 고개가 휘익 하고 돌아갔고 은경은 충돌 시의 타격으로 소파 뒤로 넘어가 마룻바닥에 이마를 찧었다.

"크윽! 캑! 캑! 우욱… 캑! 으웨에에엑!"

미스 송은 갑작스런 쇼크로 인해 헛구역질을 심하게 했고 결국 팬더 인형을 토해냈다. 미스 송의 목구멍에서 튀어나온 팬더 인형은 난처한 표정으로 뒷머리를 긁더니 진진의 방으로 들어가 버렸다. 그녀는 머리를 부르르 털더니 주위를 휘휘 둘러보다가 눈을 크게 떴다.

"엉? 여기가 어디지?"

"은경 씨, 괜찮으세요?"

"꺄아아아악!"

그녀는 봉근을 보더니 비명을 질렀다. 그리고는 번개처럼 따귀를 올려붙였다.

짝!

봉근은 얼얼한 뺨을 어루만지며 도통 모르겠다는 표정을 지었다.

"은경 씨… 왜 이러세요?"

"왜… 왜 이러냐구? 이 치한! 날 납치했어! 꺄아아아악~"

미스 송의 발작을 보다 못한 밍밍이 그녀의 머리채를 휘어잡았다.

"캥! 이년이 왜 난리야! 감히 어디다 손을 대!"

"꺄아아아악~ 이건 또 뭐야!"

미스 송은 밍밍의 차이나드레스를 부여잡더니 유도의 엎어치기 기술로 밍밍을 마룻바닥에 패대기쳤다.

"캥! 아이구, 여우 죽네……."

"은경 씨… 도대체 왜 갑자기……."

"시끄러, 이 치한아!"

미스 송은 멍한 표정으로 서 있는 봉근의 턱을 걷어찼다. 붕~ 하고 360도 회전하여 바닥에 처박히는 열혈청년 봉근. 가냘픈 몸매에 숨겨져 있던 엄청난 무공이었다. 진진은 방문을 열고 빼꼼 고개를 내밀었다. 인형 주술을 쓰느라 기운이 다했는지 팬더로 돌아와 있었다. 방문을 열고 나서는 팬더를 보자 미스 송은 질겁을 했다.

"꺄아아악·· 창문에 매달려 있던 변태 팬더! 이야이이얍~"

이단옆차기로 진진을 걷어차는 미스 송.

"꾸에에엑~"

공중을 날으는 팬더, 마루에 뻗어 있는 봉근, 엎어치기 한판에 허리를 다친 밍밍, 무서워서 발발 떨고 있는 구렁이와 너구리. 봉근의 사랑은 그렇게 무참히 깨졌다.

강 부장은 천천히 담배 연기를 뿜어올리며 시계를 쳐다보았다. 9시 45분. 출근 시간을 넘긴 지 오래이건만 봉근은 아직 자리를 비우고 있었다. 마음에 안 드는 직원은 반드시 사표를 쓰게 만들거나 다른 보직으로 보내 버리는 강 부장은 'XX카드의 독두꺼비'라는 별명을 가지고 있었다. 그는 유들유들한 얼굴 위로 야비한 웃음을 흘렸다.

'큭큭… 어차피 넌 이제 끝났어, 추봉근……'

봉근을 위장 계열사로 보내라는 기조실장의 명령은 생각할수록 절묘한 전략이었다. 역시 기조실장은 아무나 하는 게 아니라는 생각이 들었다. 입사 동기들을 하나씩 제거하고 결국 기조실장의 자리에 올라 호시탐탐 부사장 자리를 노리고 있는 한판구 기조실장. 강 부장은 자신도 한 실장을 본받아 어서 빨리 출세가도를 달려야겠다고 다짐했다. 담배를 비벼 끄는데 초췌한 모습의 봉근이 사무실 문을 열고 들어왔다. 옆 자리에 앉은 여직원이 봉근에게 귓속말로 속닥거리자 그는 고개를 들고 강 부장을 쳐다봤다. 강 부장은 고개를 끄떡거리며 이리 오라는 손짓을 했다.

"부르셨습니까?"

"그렇네. 자네 요새 실적이 아주 저조하더군."

"그거야 제가 맡은 사람들이 '최악의 상습 연체자 100인'이기 때문에 그런 거 아닙니까."

"음… 하지만 위에서는 그런 것까지 생각해 주지 않아. 어차피 자네는 여기 있는 사람들 중에서 최하의 근무 평점을 받았네."

"우오옷~"

봉근의 얼굴이 달아올랐다. 주먹을 불끈 쥐고 부들부들 떠는 봉근. 하지만 아랑곳하지 않고 자기 할 말을 이어가는 강 부장도 역시 강적이었다.

"구조 조정은 조직의 효율성을 최대한도로 높여 회사의 경쟁력을 강화하자는 것이 그 목표네. 물론 기조실에서는 각 부서의 인사 고과 결과를 토대로 이번 일을 결정했고."

"우오옷~ 제 근무 평점은 부장님이 작성하시는 거잖아요!"

"그렇지. 하지만 자네가 블랙 리스트를 맡았다고 가중치를 줄 수는 없지. 규칙은 규칙이니까. 내 재량대로 할 수가 없어요. 고과 시스템은 내가 설계한 게 아니거든."

"우오옷~ 그래서 뭐 어쩌자는 거예요!"

"회사의 경쟁력 강화와 인력 적소 배치의 원칙를 만족시키고 종업원 사기 저하 방지도 동시에 달성할 수 있는 절충적 이직 전략을 기본으로 삼아 국민의 정부 생산적 복지 정신을 이어받아 이 땅의 신용 사회를 정착시키기 위한 가열 찬 투쟁을 전개하는 기획 조정실의 결정에 따르고 모든 물건은 카드로 사세요. 연말 정산 때 소득 공제도 받아요. 카드로 사세요~"

"우오옷~ 진짜 열받게 만드네! 말 돌리지 말고 속 시원히 말씀해

주세요!"

"자네를 마초맨 서비스로 발령 내기로 했네."

"아우~ 열받어~ 이 치사한 자식아!"

봉근은 강 부장의 책상 위로 뛰어올라 부장의 멱살을 잡고 들어 올렸다. 강 부장은 짤막한 다리를 바둥거리며 비명을 질렀다.

"사람 살려! 이 무식한 놈이 사람 잡네!"

"아우~ 열받아~ 아우~"

봉근은 강 부장을 번쩍 들어 올려 접시 돌리듯이 빙빙 돌렸다. 강 부장의 비명 소리가 빌딩 안에 메아리처럼 울려 퍼졌다.

"아아아악~ 아아아악~ 아아아악~ 아아아악~"

하지만 부장을 도와주는 사람은 아무도 없었다. 여직원들은 킥킥대고 남자 직원들은 헛기침을 하면서 괜히 바쁜 척했다. 봉근은 부장을 위로 있는 힘껏 던졌다. 부장은 빙글빙글 회전하면서 천장에 부딪쳤다가 강 부장이 특별 주문한 중역용 안락의자에 거꾸로 처박혔다.

"아우, 열받아… 강 부장! 이 더러운 회사에서 잘 먹고 잘살아라!"

강 부장은 체면이 말이 아니었지만 짐짓 근엄한 표정을 지으며 넥타이를 고쳐 맸다.

'추봉근… 네놈은 그 회사 가면 살아남기 힘들 거야……'

씩씩하게 떠나는 봉근의 등짝을 바라보며 아쉬운 표정을 짓는 직원들이었다.

'아깝다… 부장을 아예 죽여 버리지.'

'카드맨의 무덤'이라 불리는 마초맨 서비스. XX카드 직원들에게 마초맨 서비스 발령은 완곡한 해고 통지나 다름없었다. 기조실에서 작성한 최고 경영자용 보고서 '만초맨 서비스 발령과 이직률의 상관 관계 연구' 13쪽에 나오는 통계 자료는 이 사실을 적나라하게 보여주고 있다.

마초맨 서비스 발령 후 사원들의 반응 연구.

1. 마초맨 서비스 입사 거부—52%

2. 첫 출근 후 퇴사—38%

3. 근무 1주일 내에 퇴사—5%

4. 한 달 내 퇴사—4%

5. 조폭으로 거듭남—1%

(자료, XX카드 부설 경영 연구소 제레미 박.)

제4장

조폭의 나날

봉근은 마초맨 서비스사의 사무실을 찾기 위해 삼십 분 이상을 헤매야 했다. 길눈이 밝은 봉근이었지만 인사부 미스 리가 적어준 약도를 아무리 들여다봐도 도통 알 수가 없었다.

'이상하네… 약도상으로는 분명 이 근처인데… 근데 이런 유흥가에 사무실이……?'

봉근은 지나가던 덩치 크고 인상 더러운 사내에게 물어보기로 했다. 빡빡 깎은 머리에 검은 폴라 티, 보통 사람 허벅지만한 팔뚝, 시커먼 눈썹에 칼 자국 흉터가 있는 턱… 웬만한 사람이라면 질겁을 할 만큼 살벌한 기운을 풍기는 남자였지만 봉근에게는 그냥 '나랑 비슷한 놈'에 불과했다.

"마초맨 서비스라는 회사가 어디 있습니까?"

사내는 대답 대신 장갑 낀 손을 들어 한곳을 지목했다. 손가락 끝을 주욱 따라가던 봉근의 시선은 '사시미와 건달들'이라는 네온사인 간판 앞에서 멈췄다.

"엥? 나이트클럽?"

"저 안에 마초맨 서비스가 있소."

사내는 의미심장한 미소를 지으며 봉근을 아래위로 뜯어보더니 솥 뚜껑 같은 손으로 봉근의 손을 덥석 잡았다.

"그럼… 몸조심하시오."

"아, 그러지요 뭐……."

봉근은 돌아서서 유흥가 골목으로 사라지는 사내의 뒷모습을 바라보며 별놈 다 보겠다며 콧김을 한번 쿵 하고 뿜어주고 나이트클럽 안으로 들어섰다. 클럽 문을 열고 들어서자 건장한 체격의 사내들이 봉근을 가로막았다.

"아직 영업 시간 아닌데… 어쩐 일로 오셨수?"

"사장님 뵈러 왔소. 나 추봉근이오."

"아, 신입 사원이군. 크크크… 들어와라!"

그는 머리에 피도 안 마른 것들이 반말을 하면서 뒤통수를 툭툭 치는 것이 기분 나빴다.

'끄응…….'

직장 생활에서 가장 힘든 일은 참는 것이었다. 봉근은 덩치들이 내온 차가운 생맥주를 꿀꺽꿀꺽 들이키면서 열을 식혔다. 잠시 후 호리호리하고 이마에 용 문신을 한 남자가 나타났다. 동양의 용이 아니라 서양의 드래곤을 새겨넣은 것이 특이했다. 그것도 이마 한가운데에. 쌀쌀한 날씨임에도 그는 짧은 팔 셔츠를 입고 있었는데 오른쪽 팔뚝에는 '부모님께 효도하자', 왼쪽 팔뚝에는 '나라에 충성하자'라는 글귀가 당당하게 궁서체로 새겨져 있었다.

"내가 바로 박대근이데이. 니 봉근이 맞제?"

"그렇습니다."

"잘 왔대이. 눈이 부리부리한 게 마음에 든다카이."

"……."

박대근은 날카롭게 찢어진 눈을 치켜뜨며 물었다.

"니, 의리가 뭔지 아나?"

"……."

박대근은 천 원짜리 한 장을 꺼내 이마에 처억 붙이며 말했다.

"이게 의린기라."

봉근은 입을 떠억하고 벌렸다.

'이런… 엄청나게 짠돌이군…….'

보스의 부하들이 '의리!' 라고 외치며 이마에 백 원짜리 동전을 붙였다. 봉근은 의기양양하게 지갑에서 만 원짜리 지폐를 꺼내 이마에 붙였다. 봉근의 돌출 행동에 부하들의 얼굴이 새파랗게 질리고 있었다. 보스는 입술을 부르르 떨더니 봉근의 따귀를 갈겼다.

"건방진 놈의 시키!"

세종대왕이 펄럭거리면서 나이트클럽 바닥으로 떨어졌다. 임금님의 용안에 봉근의 코피가 뚝뚝 떨어지고 있었다. 봉근은 코피를 옷소매에 스윽 닦고는 눈을 치켜뜨고 보스를 노려봤다. 에라이, 이걸 그냥 확 뒤집어 버려? 속이 부글부글 끓었지만 꾸욱 참고 있었다. 싸움이라면 한 가닥 하는 그였지만 '사시미의 강철대오' 조폭 앞에서는 아무래도 꿀렸다. 보스는 얼얼한 손바닥을 털면서 손자국 난 봉근의 일굴을 쳐다보며 눈살을 찌푸렸다.

"저 자슥 안면 근육이 억수로 딴딴하네… 하이고오, 손 저리라… 머, 저런 게 다 있노."

"형님! 건방진 신참은 그저 몽둥이가 약입니다. 저그들이 신입 사원 교육을 학실하게 시키겠심더."

"보래보래. 누가 우리 아우 두들겨 패라나? 내 저리 근육 두꺼븐 넘은 첨 본다카이."

"그래도 우리 형님을 화나게 했으니께 가만히 있어야 되겠심꺼?"

"아이다. 씰데없이 아 잡지 말고, 레귤러한 커리큘럼으로 베이직한 것부터 티칭해 바라."

"알겠심더."

"하이고오… 봉근이 저넘 목 좀 보래이. 코끼리 다리 안 같나? 칼침 맞아도 끄떡 없겠대이. 허허, 자슥……."

"맞습니더. 칼 부러지겠습더."

보스가 고개를 절레절레 흔들며 사무실로 들어가 버리자 어깨들이 봉근을 둥글게 에워쌌다. 보스와 부산 사투리를 주고받던 꽃 무늬 프린트 셔츠의 사내가 한쪽 다리를 의자에 올렸다. 봉근 역시 두 다리를 테이블에 턱 걸치고는 담배를 물었다.

"저 자슥이!"

사나운 인상의 한 건달이 잡아먹을 듯한 표정으로 봉근에게 주먹을 쳐들었다.

"아아… 참아라. 형님 앞에서도 싸가지없는 놈인데 우야겠노?"

꽃 무늬 셔츠 사내가 손을 들어 그를 제지했다. 꽃 무늬 셔츠 사내는 빙글빙글 웃으며 바지 주머니에서 지포 라이터를 꺼냈다. 봉근은 담배를 문 채로 고개를 앞으로 내밀었다. 뒤에서 지켜보는 건달들이 보기에 상당히 건방져 보이는 제스처였다. 하지만 꽃 무늬 셔츠 사내는 그런 봉근의 방약무도함을 잘 참아내고 있었다. 그는 담뱃불을 붙여주면서 말했다.

"아그야, 니 노래 한 곡 쌤빠르게 불러보래이. 니 노래가 우리들 맘에 들면 아까 형님한테 까불었던 거는 용서해 주꾸마."

"노래요?"

"함 불러보그라."

봉근은 담배 연기를 길게 내뿜고는 숨을 깊이 들어마셨다. 목에 핏줄이 툭툭 튀어나왔다. 곧 이어 우렁찬 봉근의 소리가 터져 나왔다.

"어흐ㅇㅇㅇㅇㅇㅇㅇ~ 어흐ㅇㅇㅇㅇㅇ~ 어흐ㅇㅇㅇ~ 어흐ㅇㅇㅇ~"

"어잉? 그게 지금 머 하는 기고?"

봉근은 아랑곳하지 않고 노래를 계속했다. 선배들은 귀를 막았지만 나이트클럽 사이키 조명등을 흔들리게 하는 기괴한 음향은 집요하게 귓속을 파고들었다.

"어흐ㅇㅇㅇㅇㅇ~ 어흐ㅇㅇㅇㅇ~ 어흐ㅇㅇㅇ~ 어흐ㅇㅇㅇ~"

"아아야, 머 하노? 참말로 고막 터지고 환장하겠네."

"어흐ㅇㅇㅇㅇ~ 어흐ㅇㅇㅇㅇ~ 어흐ㅇㅇㅇ~"

한참 만에 노래를 끝마친 봉근은 이마에 송골송골 맺힌 땀을 닦고 자리에 앉았다. 선배들은 지랄지랄 쌍욕을 해댔지만 그는 만족스런 표정이었다.

"아그야! 니가 방금 한 게 뭐꼬? 내 죽는 줄 알았대이."

봉근이 내뱉은 대답은 다혈질 조폭 집단을 폭발시키고 말았다.

"여인천하 주제가입니다."

"뭐라! 에이 X팔 새캬! 니 죽을래!"

"저놈 죽여!"

"조져!"

소나기 같은 펀치와 발길질이 전방향에서 날아들었다. 피할 겨를도 없이 고스란히 조폭 수십 명의 타격을 견디는 봉근이었다. 선배들은 지쳐서 더 이상 밟을 수 없을 때까지 봉근을 구타한 후에야 물러났다.

"자슥… 어디서 선배들을 놀려쌌노? 죽을라꼬……."

맷집 좋은 봉근이었지만 거구의 프로 싸움꾼 수십 명이 날리는 주먹질과 발길질을 받아낸 몰골은 처참했다. 시커멓게 멍든 두 눈, 히틀러 수염처럼 코 밑에 흥건한 핏자국, 너덜너덜 찢어진 입술. 하지만 그는 벌떡 일어나 다시 숨을 크게 들여 마셨다.

"어호ㅇㅇㅇㅇㅇㅇ~ 어호ㅇㅇㅇㅇ~"

"크아악… 또 시작이다……."

"으으으… 사, 살리도……."

선배들은 귀를 막고 데굴데굴 굴렀다. 꽃 무늬 셔츠는 눈자위를 희번덕거리며 척추를 배배 틀었다.

"어호ㅇㅇㅇㅇㅇ~ 어호ㅇㅇㅇㅇㅇ~ 어호ㅇㅇㅇㅇ~"

싸이키 조명등이 음향을 견디지 못하고 꺼져 나갔다. 테이블에 놓여 있던 생맥주잔에 크랙이 생겼다.

"어호ㅇㅇㅇㅇ~ 어호ㅇㅇㅇㅇ~"

유리 테이블에 금이 가더니 와장창 내려앉았다.

"어호ㅇㅇㅇ~ 어호ㅇㅇㅇㅇ~"

드디어 일부 멤버가 정신 착란을 일으키기 시작했다. 자기들끼리 주먹질을 하고 아무 데나 오줌을 눴다. 한 놈은 사시미를 꺼내 소파를 마구 찌르다가 스프링이 눈에 튀어 데굴데굴 굴렀다. 나이트클럽 '사시미와 건달들'은 그야말로 아비규환의 지옥도였다. 봉근의 노래가 끝났을 때 선배들은 반쯤은 정신이 나간 상태로 허공에 손을 내젓고 있었다.

"아이고오… 머 저런 게 굴러 들어왔노……."

"아아… 귀가 안 들려……."

"으흐흐흑… 형님, 살려주이소……."

"어흐으으~ 거참, 좋은 노래야. 히히히(정신 착란 상태)."

"박대근이… 내가 니 시다바리가(역시 정신 착란)."

어수선하고 시끄러운 소리가 계속 들려오자 보스는 여당 국회의원과의 전화 통화를 끝내고 홀로 달려왔다. 뛰면서 혹시 라이벌 조직에게 기습이라도 당한 게 아닐까 하는 걱정이 앞섰다. 그는 홀에 들어서는 순간 놀라고 말았다. 쟁쟁한 부하들이 하나같이 널브러져 있고 신입 사원이 홀 중앙에 당당히 서 있는 게 아닌가. 보스는 흐뭇한 표정으로 봉근의 어깨에 손을 얹고 사랑이 듬뿍 담긴 덕담을 해줬다.

"니 주먹 좀 쓰네? 잘 조졌대이."

보스는 부하를 시켜 사무실에서 무언가를 가져오게 했다. 그것은 기다란 케이스에 담겨 있었는데, 케이스가 뱀가죽 루이비통인 걸로 보아 매우 귀한 물건임에 틀림없었다.

"막내야… 니 아직 사시미 없제? 이기 내 최고로 아끼는 사시민데 니한테 주께."

그는 뱀가죽 케이스를 열고 번쩍번쩍 빛나는 회칼을 봉근의 손에 쥐어줬다. 회칼에는 봉근이 읽지 못하는 한자가 두 개 음각(陰刻)되어 있었다. 보스는 봉근의 어깨에 손을 얹으며 부드러운 목소리로 말했다.

"아그야, 이 칼은 묵향이라는 건달이 쓰던 사시미대이. 귀한 연장이니까 열심히 조져야 된대이."

이를 지켜보던 꽃 무늬 셔츠 사내는 얼굴을 감싸 쥐며 경악했다.

"저것은 건달 역사상 최강의 사시미 묵혼(墨魂)! 형님께서 어찌 저 귀한 걸 막내에게……."

꽃 무늬 셔츠 사내는 부러움과 질투심과 쪽팔림이 섞여서 올라오는 것을 느끼며 속으로 다짐했다.

'내 언젠가 저 자슥을 조질꺼라……'

무덤덤한 표정으로 회칼을 받아든 봉근은 휙휙 칼을 휘둘러보며 중얼거렸다.

"아우~ 열받아~ 아우~ 열받아~"

보스는 아주 만족스러운 얼굴이었다. 아무런 연고 없이 깡다구 하나로 건달 세계를 개척해 온 그로서는 오랜만에 나타난 터프가이, 마초맨, 근육맨, 싸움의 달인 추봉근이 너무도 반가웠다. 쩐(錢)만 밝히고 주먹 쓸 줄 모르고 연장질이나 할 줄 아는 요즘 양아치들에게 식상한 그에게 봉근은 신선한 충격이었다.

"아그야, 니는 교육 안 받아도 되겠대이. 내일부터 작업 들어가그래이."

"작업이요?"

"그래. 돈 많은 영감탱인데, 아주 악질 채무자라카이."

"악질 채무자! 아우~ 열받아~ 내가 그놈들 때문에 회사에서 밀려났는데! 아우~ 열받어~ 어딨수? 말만 해주슈! 아주 작살을 낼 것이야! 아우~ 열받아~"

묵혼을 머리 위로 휘두르며 방방 뜨는 봉근이었다. 보스는 흐뭇한 얼굴로 봉근을 바라보았다. 용감하고 물불을 안 가리는 행동대장이 필요했던 차에 썩 훌륭한 재목이 나타나 주었다. 그는 마음속으로 협객들의 수호신인 김두한 대천사께 감사의 기도를 드렸다.

'고맙습니다, 형님. 오늘도 우리에게 일용할 나와바리를 주시고 이렇게 깡다구 좋은 놈을 칼받이로 보내주시니 목숨을 다 받쳐 양아치들을 몰아내겠나이다. 모쪼록 우리 아그들이 배신의 유혹에 빠지지 말게 하시고 짭새들로부터 구하소서. 형님과 의리와 주먹의 이름으로 아멘.'

기도를 마친 보스는 봉근에게 다가가 등을 두드려 주며 기운을 북돋아주었다.

"아그야, 니 오늘은 집에 가 푹 자빠져 자고 내일 아침 아홉 시까지 사시미 챙겨 들고 나온나."

"내일부터 정식 출근이우? 그럼 내일 봅시다."

이 바닥에서 산전수전 다 겪은 보스에게 반말을 툭 던지고 돌아서는 봉근에게 마초맨 서비스 건달들은 경악했지만 보스는 대수롭지 않다는 표정이었다. 묵혼을 챙겨 들고 보무도 당당하게 문을 나서는 봉근의 뒷모습을 본 박대근의 부하들은 속에서 열불이 났다.

"어잉! 좀 보소, 형님! 저런 싸가지없는 자슥을 고이 보내실라꼬예? 여기가 어데라고 감히 형님한테 반말을 찍찍 합니꺼?"

"됐다. 키워줄 놈한테 서운한 거 없다."

"형님요! '세 살 싸가지 여든까지 개간다'고 안 합니꺼? 칵 직이뿌소, 형님."

"됐다카이. 지섭이 니두 애꾸눈 밑에서 일할 때는 나한테 안 개겼나?"

보스는 봉근에게 크게 기대하는 눈치였다. 꽃 무늬 셔츠 사내와 그의 패거리들은 그 점이 더욱 마음에 들지 않았다. 그들은 라이벌 조직들과 사투를 벌이며 바닥부터 차근차근 회사의 기반을 다져 온 창업 공신들이 아닌가. '큰형님'이 카드 회사 퇴출 직원을 전폭적으로 신임하는 초유의 사태를 곱게 바라만 볼 수는 없었다. 어느새 그들은 강한 연대감 아래 마음속으로 비슷한 다짐들을 하고 있었다.

'굴러온 돌이 박힌 돌을 빼내기 전에 저놈을 찍어내야 해, 반드시!'

집에 돌아온 봉근은 둔갑 동물들에게 자신이 카드 회사에서 쫓겨나 조폭들과 일하게 되었다는 사실을 털어놓았다. 물론 그전에 마루 탁자 위에 올라서 아우~ 열받아~ 를 외쳤고, 진진은 회칼과 봉근을 번갈아 쳐다보며 고개를 절레절레 흔들었다. 밍밍, 소청, 메이린도 걱정스럽다는 표정이었다.

진진은 팔짱을 낀 채로 긴 한숨을 내쉬며 말했다.

"깡패들이랑 일하게 되다니… 위험한 일이야……."

"아우~ 열받지만 할 수 없지. 내친 김에 전국구 제패를 해버릴까?"

"봉근… 네가 조폭들이 얼마나 무서운지 몰라서 그래……."

진진은 두 눈을 감고 조용히 말을 이어 나갔다.

"홍콩이 아직 영국령이었을 때 흑룡회라는 거대 범죄 조직이 있었다. 흑룡회 회장인 제임스 리는 일본으로 마약을 유통시키기 위해 한국에 지부를 세우려 했지. 회장의 오른팔이자 부두목이었던 토미는 부하들을 이끌고 서울에 잠입, 한국의 조폭들과 접촉을 했어. 그로부터 한 달 후, 토미는 피투성이가 되어 회장에게 돌아왔지. 회장은 물었어. '도대체 누가 감히 너에게 이런 짓을 했느냐!' 토미는 '양가 놈에게 당했다' 는 말을 남기고 숨을 거두었지. 회장은 화가 머리끝까지 나서 한국의 양기 놈을 찾아내라고 부하들에게 고래고래 소리를 질렀어. 흑룡회 최고 살수(殺手)들을 한국으로 보냈지만 모두 시체로 돌아왔지. 그중 한 살수가 팔에 피로 글을 써서 범인을 밝혔어."

"뭐라고 써 있었는데?"

"양.아.치."

"아우~ 열받어~ 너, 장난칠래!"

봉근은 진진에게 코브라 트위스트 기술을 걸었다.

"꾸에엑~ 아파~ 그만둬~ 그만큼 양아치가 무섭다는 말이야……."

한편, 꽃 무늬 셔츠 사내는 봉근을 제거하기 위해 발 빠르게 움직이고 있었다. 검은색 폴라 셔츠를 받쳐 입은 사내들이 번쩍이는 회칼을 치켜들고 꽃 무늬 셔츠 사내를 따라 봉근의 집으로 향했다. 그들의 눈에는 살기와 적의가 가득했다. 야음을 틈타 봉근의 집으로 잠입, 암습하여 저세상으로 보낸다는 것이 그들의 계획이었다. 운 좋게도 현관문이 열려 있었다. 검은 그림자와 번쩍이는 칼들이 하나둘씩 집 안으로 스며들었다. 한 사람의 생명을 앗아가기 위해 악귀 같은 눈동자들이 피 흘리며 쓰러질 몸뚱어리를 찾아 바삐 움직였다.

콰당!

방문이 갑자기 열리면서 검은 그림자가 문에 부딪쳐 넘어졌다. 그 위를 비호처럼 덮치는 한 남자.

퍽! 퍽! 퍽!

"으악!"

몽둥이로 내려치는 소리와 이어지는 비명들. 불을 켜자 피투성이가 된 자객들 위로 수려한 용모의 남자가 짧은 몽둥이를 들고 서 있었다. 짙은 눈썹에 오똑한 코, 우수에 젖은 눈빛… 폭력과는 도저히 양립할 수 없을 것 같은 이 남자는 방금 칼 든 남자 둘을 처치하고 꽃 무늬 셔츠 사내를 위협하고 있었다.

챙!

픽!

칼을 휘두르던 꽃 무늬 셔츠는 남자가 던진 몽둥이에 맞아 머리에서 피를 쏟으며 바닥에 뒹굴었다. 남자는 발목을 비틀며 꽃 무늬 셔츠를 고문했다. 우두두둑 뼈 부러지는 소리가 났다.

"으아아악… 끄윽……."

"누가 시켰노? 말해라. 준석이가 시키드나?"

"으으으윽… 사… 사실은……."

"말해라! 누가 시켰뇌!"

꽃 무늬 셔츠 사내는 징징 울면서 남자에게 애걸복걸했다.

"잉잉… 살려주이소… 추봉근이 잡으려고 내가 직접……."

잠시 동안 침묵이 흘렀다.

"니 집을 잘못 들어왔네… 그 사람은 옆집에 산다."

꽃 무늬 셔츠는 밤눈이 어두웠던 것이다.

다음날 아침. 평소보다 일찍 일어난 봉근은 냉수 한 사발 들이키고 팔굽혀펴기를 오십 회 실시한 후에 회칼을 챙겨 들고 집을 나섰다. 발걸음도 씩씩하게 인상은 험상궂게 어깨는 건들건들. 봉근은 자신이 타고난 건달임을 느끼고 있었다. 한 명의 조폭이 꽃피기 위해 초딩 때부터 소년은 그토록 사고쳤나 보다.

이른 아침, 나이트클럽 '사시미와 건달들'은 아직 셔터도 올리지 않은 상태였다. 거리 전체에도 정적이 감돌고 있었다. 밤이 되면 네온사인 조명이 화려하게 빛나고 삐끼들의 호객 소리와 술 취한 이의 혀 꼬부라진 소리가 어지럽게 섞일 테지만 '밤의 거리'는 태양이 빛나는 동안 잠들어 있는 상태다. 봉근은 어제 조직원에게 받은 열쇠로 쪽문을 열고는 클럽 안으로 들어갔다. 어제저녁 여인천하 주제가로 난장판을 만들었건만 어느새 말끔하게 정리되어 있었다. 규율이 팽팽하게 잡힌 서비스 업종 특유의 기민함이 느껴졌다. 사방을 둘러보았지만 홀에는 개미 새끼 한 마리 없었다. 봉근은 홀 중앙에 있는 테이블에 앉아서 담배를 피워 물었다. 첫 출근의 긴장을 풀기 위함이었다. 피어오르는 담배 연기 사이로 XX카드사에 첫 출근하던 날의 추억이 아련히 떠올랐다.

그날 봉근은 첫날부터 부장에게 야단을 맞고 시무룩해 있었는데 옆자리에 앉은 미스 송이 커피를 타주며 위로했었다. 위로해 주는 그녀의 표정과 말이 얼마나 자상했던가.

"원래 저런 XX예요. 성질 X 같은 놈이니까 신경 꺼요. 똥이 무서워서 피하나요, 더러워서 피하지."

봉근은 미스 송의 따뜻한 격려에 힘입어 강 부장에게 받은 스트레스를 떨쳐 버릴 수 있었다. 그녀가 타준 커피와 위로의 말은 그가 미스 송에게 호감을 가지게 된 계기가 되기도 했다.

"야이, 뻔뻔한 년아! 명품관에서 천오백이나 긁어놓고는 뭐, 돈이 없다구? 나도 못 입는 이런 비싼 옷들을 잔뜩 사 입고는 카드 빚을 연체시켜?"

전화통을 붙들고 악다구니를 하는 그녀의 모습에서 묘한 매력을 느끼는 봉근이었다. 조그만 입을 종알거리며 내뱉은 쌍욕들과 가녀린 목에서 툭툭 튀어나오는 핏줄이 너무도 사랑스럽게 느껴졌다.

"이 #$%@할 년아! #$%에 가서 $%·&해 버려라! %$#@! 돈 없으면 시장표나 사 입지 웬 %%#$ 투피스를 입고 &%#이야!"

누가 들으면 민망할 정도의 비속어들을 쏟아내는 그녀였지만 봉근에게는 한없이 이쁘게만 보였다.

'아구~ 구여워라… 아구~ 구여워……'

미스 송은 전화기를 탕 하고 내려놓더니 봉근을 쳐다봤다.

"신참! 독촉은 이렇게 하는 거야! 알았지!"

그는 그녀가 열받으면 가끔 반말을 내뱉는다는 것을 알았다.

"네! 알겠습니다!"

씩씩하게 대답하며 거수경례까지 붙이는 봉근. 일 년 뒤 그는 XX카드사에서 가장 성질 더럽고 물불을 안 가리는 열혈 독촉꾼으로 성장하게 된다.

봉근은 미스 송 생각을 하자 마음이 착잡해져 연거푸 담배 연기를 들이마셨다. 그녀에 대한 그리움과 담배 연기가 폐 속에서 마구 뒤섞여 그의 가슴을 혼란스럽게 했다. 사랑은 카오스였다.

"일찍 나왔구나."

인중에 커다란 사마귀가 있는 '사마귀 형님'이 홀에 들어오면서 봉근에게 인사를 건넸다. 원빵으로 붙는 싸움은 잘 못하지만 칼을 잘 쓰고 머리가 잘 돌아가서 보스의 참모 노릇을 하고 있는 인물이었다. 하지만 속 다르고 겉 다른 성격에다가 경쟁자들을 냉혹하게 제거한 이력 때문에 따르는 아우들은 적었다.

"큰형님은요?"

"자슥… 반말할 땐 언제고 오늘은 또 큰형님이가? 주무신다. 어제 과음하셔가꼬……."

사마귀 선배는 누런 서류 봉투를 꺼내 봉근 앞에 던졌다. 봉투 속에는 오늘 독촉할 사람에 대한 신상 정보와 채무 내역, 연락처와 거주지 등이 적힌 서류들이 들어 있었다.

"명동에서 중국 과자 만들어 파는 놈인데, 도박에 미쳐가꼬 빚을 많이 졌다. 그 빚의 절반만 받아와도 우리 아그들 한 달은 먹이고 입힐 수 있대이. 오늘은 가서 겁만 주고 오래이. 돈은 몬 받아 와도 기는 팍 죽여놓고 와야 한대이. 알긋제?"

봉근은 서류 봉투를 옆구리에 끼고 자리에 일어났다. 빚 독촉에는 잔뼈가 굵은 그였다. 별로 어렵지 않은 일인 듯했다. 전화상으로야 말문이 막히면 책상 위를 뛰어다니며 소리를 지르는 게 고작이지만 실제로 만나서는 멱살을 잡을 수도 있고 물건을 부수며 위협할 수도 있지 않은가. 봉근은 어쩌면 이쪽이 더 적성에 맞는 일인지도 모르겠다고 생각했다.

"잘 다녀오그래이."

사마귀 선배는 인사를 하면서 무언가를 휘익 하고 봉근에게 던졌다. 조그만 단추 같은 것이 봉근의 등 뒤에 찰싹 달라붙었다.

송달화는 월병을 진열하다가 문을 열고 들어오는 목 짧은 거두의 사내를 보고 한숨을 내쉬었다. 한눈에 빚 받으러 온 조폭임을 직감한 것이었다. 그는 앞치마를 풀러 의자 위에 내던지고는 조폭의 앞을 가로

막았다.

"내가 주인이우."

"아… 송달화 씨? 마초맨 서비스에서 나온 추봉근입니다. 송 선생님
께서 저희 회사에 갚으셔야 할 채무는……."

"난 못 갚겠수."

"네? 무슨 말씀이신지?"

"못 갚겠다고 했수. 이까짓 과자 팔아서 내가 어느 세월에 그 많은
빚을 갚겠수? 그냥 배 째슈. 등 따슈."

"뭐… 뭐라고요? 배 짜라구요? 등 따라구요? 아우~ 열받아! 아우~
열받아~"

봉근이 폭발했다. 카드 회사에서 근무할 때 봉근을 가장 열받게 하
던 '배 째라 수법' 을 유선상에서가 아닌 오프라인 현장에서 맞닥뜨리
게 된 것이었다.

"아우~ 열받아~"

봉근은 디스플레이 된 월병 더미를 뒤집어엎고 난동을 부리다가 주
인 송달화의 멱살을 잡았다.

"아우~ 열받아~ 내가 제일 싫어하는 인간들이 세 종류 있지. 첫
째는 돈두 없으면서 카드 팍팍 긁는 놈들! 둘째는 보증금 다 까먹고 집
세 안 내는 놈들! 셋째는 바로 당신처럼 빚지고 배 째라는 놈들이야!
아우~ 열받아~"

봉근은 송달화를 테이블 위에 던지고는 회칼을 꺼내 들었다.

"아우~ 열받아~ 그래, 너 오늘 한번 배 째봐라! 등도 따주마! 아
우~ 열받아~"

송달화는 얼굴이 하얗게 질렸다. 봉근의 번뜩이는 눈빛이 그를 떨게

만들었다. 세상에서 가장 무서운 눈. 그것은 빚쟁이의 눈이었다.

"사, 살려주시오. 흑흑… 나두 빚을 지고 싶어 진 게 아니라우. 나라에서 큰 상을 내린다는 말만 듣고 한국에 팬더 잡으러 왔었는데… 팬더는 못 잡고 이렇게 과자나 만들어 팔다 보니 속이 답답해서… 그래서 중국 친구들하고 어울려 마작에 빠지다 보니… 흑흑……."

"아우~ 열받아~ 그게 뭐 어쨌다는 거야! 빚을 졌으면 열심히 일해서 갚아야지!"

"흑흑… 그게 그럴 수가 없었다우. 마초맨 놈들이 빌려준 돈에 대한 이자를 연 800%나 받기 때문에… 빚 내서 빚 갚고 하다 보니… 흑흑……."

연 800%! 봉근은 뒤통수를 얻어맞은 듯한 느낌이었다. 도대체가 말이 안 되는 이자율이었다. 신용카드 이자율의 수십 배를 상회하는 악랄한 고리의 이자율이었다. 봉근은 회칼을 테이블에 쾅 하고 박았다. 칼날이 테이블을 뚫고 밑으로 비죽이 나와 있었다. 봉근은 두 주먹을 불끈 쥐고 온몸을 부들부들 떨었다.

"금융업에 종사하는 사람으로서 도저히 용납할 수 없군… 독촉맨의 긍지와 자존심에 먹칠을 하는 악랄할 고리대금 사업이야… 마초맨 서비스… 경제 정의의 이름으로 용서 못한다!"

봉근은 묵혼을 머리 위로 쳐들었다. 칼날에서 검기가 이글거렸다.

"타도! 양아치 두목 박대근!"

순간 월병 가게문을 열고 쏟아져 들어오는 건장한 체격의 사내들. 얼굴들은 하나같이 섬뜩하고 손에 손에 든 사시미칼. 송경화는 쭈그리고 앉아 벌벌 떨고 있고 봉근은 무슨 일인가 싶어 두리번거렸다.

"방금 한 말 큰형님께 꼬옥 전해주꾸마, 추봉근."

꽃 무늬 셔츠 사내가 다리를 절뚝거리며 들어와서는 봉근을 향해 비리하게 웃었다. 그는 귀에 꽂은 리시버를 손가락으로 톡톡 쳤다.

"사마귀 형님이 니 등에다 도청 장치를 붙여놨다꼬 잘 들어보라 카드라. 역시 사마귀 형님은 선견지명이 있는 분이대이."

꽃 무늬 셔츠 사내는 자신의 다친 다리를 가리켰다.

"느 때문에⋯ 어제 집을 잘못 찾아가가 죽도록 맞았다 아이가."

"흥! 네깟 놈들 하나도 안 무섭다! 서민들 피 빨아먹는 흡혈마귀(吸血魔鬼)들아! 내 오늘 아작을 내주마!"

묵혼의 푸른색 검기가 좌악 뿜어져 나오며 마치 제다이 광선검처럼 되었다. 루크 스카이 워커라도 그처럼 멋있지는 못할 터. 꽃 무늬 사내는 얼굴에 주전자를 뒤집어쓰고 굵은 목소리로 중얼거렸다.

"봉근, 내가 네 아버지다⋯⋯."

"무슨 귀신 씨나락 까 먹는 소리냐!"

"킬킬⋯ 내 다쓰베이다 흉내 좀 내봤다."

"썰렁하다, 이놈아!"

한편 밍밍은 집에서 열심히 과일나라 팩 마사지 중이었다. 소청이 못마땅한 얼굴로 밍밍을 나무랐다.

"쯧쯧⋯ 주술력 떨어지면 털투성이로 돌아올 얼굴에 뭘 그리 열심히 처바르니?"

"캥! 둔갑한 얼굴이라도 피부 관리는 해줘야 해! 인간들은 매끈한 피부를 동경한다구!"

"그러게 애초에 나처럼 노파로 둔갑하면 편하잖아. 옷값도 안 들고⋯⋯."

"캥! 인간 수컷들 홀리는 재미가 얼마나 쏠쏠한데… 양기(陽氣)도 마음대로 받고 예쁜 물건들도 공짜로 생기고……."

"쯧쯧… 저러니 못된 인간보고 여시 같다는 말이 나오지……."

"캥! 소청! 성질 돋울래! 내가 나이를 먹어도 너보다 오백 년은 더 먹었어!"

"오백 년 더 먹으면 뭐 해. 두 살 먹은 원숭이처럼 철이 없는데……."

"메야! 캥!"

소청과 티격태격하던 밍밍은 갑자기 추봉근이 궁금해졌다. 항상 온몸에 엄청난 양기(陽氣)가 넘쳐나는 봉근은 극도로 음기(陰氣)가 축적된 밍밍의 가슴을 설레게 하는 남자였다.

"우리 봉근이 오빠가 지금 뭐 하나 볼까나……."

밍밍은 손가락을 목젖 가까이 넣어 토악질을 유도했다.

"우웨엑……."

밍밍은 구역질과 함께 목구멍에서 무언가를 토해내려 애쓰고 있었다. 잠시 후 밍밍의 목젖이 불룩해지며 둥그런 물체가 밍밍의 손바닥으로 떨어졌다. 침이 잔뜩 묻은 주먹만한 청색 구슬이었다. 소청은 얼굴을 찡그리며 돌아앉았다.

"엥이… 더러운 동물이야. 하여튼……."

밍밍은 구슬을 티슈로 깨끗이 닦고는 손으로 살살 쓰다듬었다. 구슬 중앙이 뿌옇게 되면서 이미지를 만들고 있었다. 뿌옇게 인간의 형상이 맺히기 시작했다. 수정 구슬에 '터치 스크린 화면 조정 모드'라는 글씨가 떴다. 밍밍은 재빠른 손놀림으로 화면 밝기와 색상을 조절했다. 구슬 중앙에 봉근의 얼굴이 또렷하게 맺혔다.

"어머나! 봉근 오빠! 지금 뭐 하는 거야!"

봉근은 칼을 든 불량배들에게 둘러싸여 위기의 순간을 맞고 있었다. 그 커다란 얼굴이 벌겋게 상기되어 콧김을 증기 기관차처럼 치익치익 내뿜고 있었다. 밍밍은 다급하게 외쳤다.

"진진! 메이린! 봉근 오빠가 위험해!"

밍밍의 외침을 듣고 달려온 진진과 메이린은 수정 구슬을 들여다보았다. 봉근은 월병 가게 주인과 함께 구석으로 몰려 당장이라도 깡패들에게 난도질을 당할 판이었다. 진진은 후닥닥 자기 방으로 뛰어가더니 노란색 운동복을 차려입고 왔다. 밍밍이 고개를 갸웃거리며 물었다.

"진진? 그 촌스런 체육복은 왜 입은 거지?"

"웅~ 이 옷은 사망유희에서 이소룡이 입었던 옷이야. 내가 천 년 넘게 무공을 연마하면서 가장 잘했다고 생각하는 일은 최배달 선생에게 극진 공수도를 배운 일과 브루스 리에게 절권도와 쌍절곤을 배운 일이지."

진진은 허리춤에서 황금색 쌍절곤을 꺼내 찰랑찰랑 소리를 내며 돌리기 시작했다.

"쌍절곤. 원래 이름은 에스카리마로 필리핀 원주민들이 에스파냐 침략자들에게 대항하기 위해 사용했던 무기지. 물론 브루스 리가 영화에서 사용하면서 유명해졌지만⋯ 아뵤오오오~"

진진은 괴성을 지르며 황금 쌍절곤을 빠르게 돌렸다. 허리에서 어깨로 겨드랑이로 제비처럼 빠르게 움직이며 번쩍거리는 쌍절곤은 바라만 보기에도 자못 위협적이었다. 밍밍이 빽 하고 소리를 질렀다.

"진진! 폼 잡을 때가 아니야! 어서 봉근 오빠를 구해야지!"

"응~ 알았져, 밍밍… 메이린, 축지법을 써줘."

"오랜만에 써보는군. 냴름냴름~"

메이린은 커다란 서울 지도를 꺼내 방바닥에 펼쳤다. 메이린은 양재동을 밟고 선 후 명동 쪽으로 발을 내디디며 주문을 외웠다.

"천하의 모든 곳을 한걸음에!"

꽃 무늬 셔츠의 사내는 두 눈을 똥그랗게 떴다. 봉근을 조지려던 찰나에 어디선가 노란 체육복을 입은 놈이 나타나서 쌍절곤을 휘두르고 있었던 것이다. 뚱뚱한 몸에 착 달라붙는 체육복이어서 우스꽝스러운 모습이었지만 쌍절곤 돌리는 솜씨만은 일품이었다.

"진진? 어디서 나타난 거야? 밍밍! 소청! 메이린! 너희들……."

"캥! 봉근 오빠! 우리가 도와주러 왔어요!"

봉근은 둔갑 동물들의 우정에 감복해 콧물이 흘렀다.

"훌쩍… 고맙다, 녀석들……."

"이건 또 머꼬? 참말로 환장하겠네… 에라! 아그들아! 확 다 조지뿌라!"

"예, 형님! 우와아아아!"

"아뵤ㅇㅇㅇㅇ오~"

조폭들이 한꺼번에 달려들며 칼을 들이대자 진진은 괴성과 함께 쌍절곤을 돌려댔다.

챙! 챙! 챙!

사시미 칼과 황금 쌍절곤이 부딪는 소리가 날카롭게 울려 퍼졌다.

퍼억!

칼을 휘두르던 조폭 하나가 진진의 쌍절곤에 머리통을 얻어맞았다.

"아이고, 내 대갈빡······."

화려한 쌍절곤 묘기를 보여주던 진진은 이마에서 땀을 삐질삐질 흘리며 힘겨운 표정을 지었다. 안 하던 운동을 갑자기 하려니 기력이 떨어지고 있었던 것이다. 손등과 얼굴에서 까맣고 하얀 털이 돋아나기 시작했다.

'저런! 진진의 둔갑 주술이 풀리고 있어! 힘을 너무 뺐나 보군.'

소청은 진진이 더 이상 버티지 못할 것을 예상하고 가게 주인과 밍밍을 뒷문으로 대피시켰다. 꽃 무늬 셔츠는 믿을 수 없는 장면에 눈을 비벼야 했다. 노란 체육복의 사내는 어디로 가고 팬더 한 마리가 쌍절곤을 돌리고 있었던 것이다.

"이기 또 머꼬? 이거 팬더 아이가? 아, 쪽팔리라. 이 쉐키들, 팬더 한 마리한테 쩔쩔매나? 다구리로 붙어 조져뿌라!"

"예, 형님! 우와아아아아아!"

챙챙챙챙챙!

다급하게 쌍절곤을 돌리던 진진이 갑자기 뒤로 물러서더니 푹 앞으로 고꾸라졌다.

"안 돼~ 지이이인지이이인~"

봉근이 눈물을 뿌리며 진진에게 달려왔다. 사나이가 계집애처럼 울어서는 안 된다는 신념을 가지고 있는 그였지만 자신을 지키다 쓰러진 친구 앞에서 감정이 복받치는 것은 어쩔 수 없었다.

"진진! 정신 차려! 괜찮아? 칼침 맞았니?"

진진은 눈을 반쯤 감은 채 하품을 했다.

"웅~ 어쩌지… 졸려 죽겠어······."

봉근은 팬더의 뒤통수를 후려갈겼다.

"야, 이놈아! 이런 상황에서 잠이 오냐!"

봉근은 진진을 흔들어 깨우려 했으나 이미 코까지 골며 깊은 잠에 빠져든 후였다. 꽃 무늬 셔츠는 징그럽게 긴 혀로 사시미 칼을 핥으며 봉근을 노려보았다. 마치 악귀 같은 모습이었다.

"추봉근이… 각오하그래이… 으엑!"

"형님! 왜 그러십니까!"

"에버버버… 칼날에 혀 베였다."

"형님… 피납니다……."

"에버버… 쓰펄… 요즘 와이리 재수가 없노. 어서 조지뿌라!"

"예, 형님! 우와아아아아!"

사시미 칼을 번뜩이며 봉근과 진진에게 돌진하던 조폭들은 갑자기 그 자리에 얼어붙은 듯이 멈춰 섰다. 그들의 표정에는 공포심이 역력했다.

"배, 뱀이다……."

"보, 보아뱀이다……."

"아냐, 아나콘다야……."

그들의 앞에는 길이가 10미터는 됨 직한 거대한 뱀이 똬리를 틀고 혀를 낼름거리고 있었다.

"아이다, 저거는 구렁이다."

꽃 무늬 셔츠 사내가 확실하다는 말투로 결론 지었다.

"내 시골 살믄서 많이 보았재. 근데 이기는 무지하게 크네? 황소라도 잡아묵겠는… 캑!"

꽃 무늬 셔츠가 말을 마치기도 전에 구렁이는 꿀꺽~ 하고 그를 삼켜 버렸다.

"우와아악! 형님을 잡아먹었다! 도망치자!"

등을 돌려 달아나는 조폭들. 하지만 거대한 구렁이는 이미 가게 내부를 빙 둘러 포위하고 있었다. 조폭들을 가운데에 두고 천천히 조여들어오는 구렁이. 구렁이의 똬리에 갇혀 옴짝달싹 못하게 된 조폭들은 절망적인 표정을 지었다.

"엉엉~ 칼 맞아 죽는 것도 아이고 뱀에게 잡혀 묵으따고 소문나면 우짜노… 쪼팔리가……."

"그라게 말이다… 몸보신한다고 뱀탕을 마니 묵어떠니만 이제 업보를 치르는갑다……."

십 분 뒤. 징징 울면서 떠들던 조폭들은 모두 구렁이의 뱃속으로 들어가 버린 상태였다. 구렁이는 입을 크게 벌리고 혀를 낼름거리더니 트림 소리를 냈다.

"꺼억~"

구렁이의 몸은 조금씩 줄어들더니 사람의 형상으로 변했다. 밍밍은 메이린에게 다가와 어깨를 둘렀다.

"메이린, 수고했다. 근데 배가 불룩한 게 꼭 임산부 같다, 얘."

"응, 전부 소화되려면 한 달은 있어야 돼."

암흑 속에 갇혀 버린 조폭들은 패닉 상태에 빠져 있었다.

"형님… 여기가 우뎁니꺼? 캄캄해 가꼬 암것두 안 보임더."

"어데긴 어데고, 구렁이 뱃속이제."

"아이고오… 우리 그럼 인자 다 죽는 겁니꺼?"

"사시미 칼 꺼내봐라. 뱃가죽 가르고 함 나가보자."

"형님요… 칼날이 다 흐물흐물해졌는대예?"

"지두요, 형님. 손잡이만 빼고 다 없어졌심더."

"아그들아… 지금 소화되는갑다."

"아이고오… 형님, 제 다리가 녹고 있심더…….."

"시끄럽다! 니 주둥이부터 녹여뿌라!"

구조 조정으로 인원이 대폭 감축된 뒤 XX카드사의 직원들은 격무에 시달려야 했다. 봉근의 업무를 모두 떠맡은 미스 송 역시 저녁을 먹고 잔업을 해야만 그날 일과를 모두 끝마칠 수 있었다. 지하철을 타고 집으로 돌아오는 그녀의 몸은 천근만근. 내일자 가판 신문을 사 들고 앉았지만 종합면을 읽는 도중에 고개가 꾸벅꾸벅 숙여졌다. 정신이 흐려지면서 의식과 무의식의 경계에 들어서고 있었다.

강 부장은 왕처럼 높은 의자에 앉아 사원들에게 호령하고 있었다. 미스 송과 동료 직원들은 등에 전화기를 지고 엉금엉금 기어가는 중이었다.

"목표량! 목표량! 달성해야 돼! 정신 차려! 멈추면 죽는다!"

강 부장이 손에 채찍을 쥐고 쩌렁쩌렁한 목소리로 사원들을 독려했다. 미스 송은 강 부장을 올려다보면서 한마디 내뱉었다.

"저 인간 누가 안 잡아가나…….."

그때였다. 그녀를 향해 달려오는 커다란 그림자가 있었으니.

'저것은?'

말을 탄 남자 같았다. 가슴이 두근거리기 시작했다.

'나를 구해주러 온 백마 탄 왕자님인가?'

말은 상당히 짧은 다리와 뚱뚱한 몸을 가지고 있었다. 남자 역시 짧은 사지와 커다란 머리를 가지고 있었다. 쳇 소리 나는 시끄러운 소리가 귓전을 때렸다.

"은경 씨! 당신을 구하러 왔습니다!"

'이 목소리는?

그 남자가 은경의 눈앞에 나타났다. 커다란 자이언트 팬더의 등에 올라타고 있는 추봉근이었다. 봉근은 솥뚜껑 같은 손을 그녀에게 내밀었다.

"갑시다, 은경 씨."

"꺄악~ 싫어요! 싫어, 싫어, 싫어, 싫어."

그녀는 머리를 세차게 흔들다가 누군가와 머리를 쿵 하고 부딪쳤다.

"아이고오… 머리야… 아가씨, 왜 가만 있는 사람한테 박치기를 하고 그래."

옆 자리에 앉은 대머리 아저씨가 얼굴을 찡그리며 반들거리는 이마를 쓰다듬고 있었다. 미스 송은 고개를 들어 창밖을 쳐다봤다. 신대방삼거리라는 역사명이 눈에 들어왔다. 이런… 내려야 할 역에서 두 정거장이나 더 지나왔다. 전동차 문이 닫히려 하고 있었다. 후닥닥 일어나 좁아지는 문 틈 사이로 몸을 던졌다. 빠져나왔다고 생각하는 순간 핸드백 줄이 문에 걸리면서 앞으로 넘어졌다. 철퍼덕 하고 바닥에 슬라이딩하면서 치마가 뒤집어졌다. 팬티 스타킹이 뭇남성들의 시선에 노출된다.

"아가씨, 괜찮아요?"

누군가 물었다. 괜찮을 리가 없다. 개망신이다. 화가 난다. 이게 다 추봉근 때문이다. 택시를 잡아타고 집으로 오면서도 괜히 기분이 더럽고 짜증이 났다. 옆에 있는 것도 싫은데 프로포즈까지 하고, 이상한 최면을 걸어 집으로 납치를 하고, 회사를 떠나면서 일거리만 잔뜩 늘려주었다. 웬수덩어리였다. 회사에서 제 발로 나가주니 더 이상 얼굴 볼 일 없다는 것이 그나마 다행이었다.

집에 돌아오니 아버지가 자리에 몸져 누워 있었다. 마작을 좋아하고 가끔 바람을 피기는 해도 잔병치레 한번 안 할 정도로 건강한 분이었다.

"아버지! 어디 아프세요?"

"은경이 왔니……."

"무슨 일이세요? 얼굴이 파랗게 질려서는……."

"무슨 일이긴. 오늘 가게에 빚쟁이들이 몰려왔다더라."

어머니가 부엌에서 마뜩치 않은 목소리로 말했다.

"정말이세요, 아버지?"

"그래, 은경아… 깡패들이 칼을 들고 몰려왔단다……."

"세상에! 어디 다치신 데는 없으세요?"

"다행히 도와주러 온 사람들이 있어서 험한 꼴은 면했구나……."

"흑… 아버지… 이제 마작일랑 그만두세요."

"오냐… 내 미안하구나… 근데, 은경아. 나 오늘 말이다."

아버지는 은경의 손을 꼬옥 잡았다. 눈에서 빛이 나는 것이 무언가 중요한 말을 털어놓으려는 기세다.

"내가 오늘 팬더를 보았단다."

"아, 또 그놈의 팬더 얘기! 집어치우슈! 내가 당신 헛바람 잡느라고 얼마나 고생을 했는데!"

해물죽을 끓여서 방 안에 들여오던 어머니가 화를 벌컥 냈다.

"팬더를 보셨다구요?"

"응. 보구말구. 커다란 자이언트 팬더가 쌍절곤을 휘두르더라니까.

말도 하더구나."

"그렇다면… 아버지가 말한 팬더가……."

"그래. 바로 그놈이다. 진진!"

"세상에… 아버지. 사실 저도 며칠 전에 팬더를 봤어요."

"팬더를 봤다고? 자세히 말 좀 해보려무나."

송씨는 어느새 자리에서 일어나 딸의 말을 경청하고 있었다. 부인은 죽이나 먹으라고 잔소리를 해댔지만 들은 체 만 체하는 송씨였다.

"지금은 다른 회사로 갔지만 전에 제 옆 자리에서 일하던 추봉근이란 사람이 있었어요. 얼마 전에 그 사람 집에 가게 된 일이 있었는데 팬더랑 같이 살더라고요. 아버지가 말한 대로 큰 팬더였어요. 나올 때 보니까 봉근 씨가 그 팬더한테 말을 거는 것 같아서 좀 이상하다 생각했어요."

"추봉근? 가만… 어디서 들어본 이름인데……."

턱을 괴고 잠시 생각에 잠긴 송씨는 무릎을 탁 쳤다.

"그래! 그 사람이다! 오늘 가게에 왔던 조폭! 내 말을 듣고 날 도와줬던 남자!"

"보, 봉근 씨가 아버지 가게에 왔었어요?"

"그렇단다. 아무래도 그 추봉근이란 사람이 진진이랑 같이 사는 모양이구나."

"아버지! 드디어 이십 년 숙원을 푸시게 됐군요!"

"그래… 정부에서 우리 추적자들에게 약속한 보상은 아직 유효한단다. 그 무능한 음양국 관리들이 아직도 진진을 못 잡은 게야. 은경아! 진진을 잡으면 너도 고생 끝이다! 그놈의 알량한 직장 때려치우고 훌륭한 혼처를 잡아주마!"

"아버지!"

"은경아!"

두 부녀는 서로 부둥켜안고 감격의 눈물을 흘렸다. 부인은 죽을 푸던 주걱으로 남편의 뒤통수를 때렸다.

"이 화상아! 또 팬더 잡으러 다닌다고 하면 경칠 줄 알어!"

송씨는 뒤통수에 묻은 해물죽을 슥슥 닦으며 딸에게 말했다.

"은경아, 가서 그물이랑 마취총 가져오너라."

"네, 아버지."

"아니, 저년이! 어이구, 이 화상아! 이제 딸년까지 끌어들여? 아이고오, 내 팔자야……."

"임자, 걱정 말어. 이제 우리 중국 가서 저택에 하인 두고 떵떵거리며 살자고."

"아이고오, 이 양반아… 낼 그리 고생시키고… 아직도 정신 못 차렸나… 아이고오……."

부인의 머리 속에 돌아가신 친정 부모의 얼굴이 스치고 지나갔다.

"말자야, 그 되놈이랑 결혼해서 뭘 어쩌자는 거냐… 멀쩡한 한국 사람 놔두고 웬 쭝국 놈이냔 말이여… 다시 생각해라, 말자야……."

그녀는 부모의 말을 거역한 과거의 자신을 탓하며 회한의 눈물을 주르르 흘렸다. 하지만 후회한들 어쩌랴. 이미 돌아오지 못할 다리를 건넜으니. 눈물로 흐려지는 시야에 마취총을 들고 집을 나서는 남편의 모습이 보였다.

진진이 꺼내 놓은 것은 아주 오래된 모래시계였다. 나무 받침에는 정교한 식물 문양의 세공이 들어가 있고 유리 호리병 주위의 네 기둥에도 용 모양의 부조가 들어가 있었다. 뒤집으면 모래가 다 떨어지기까지 5분이 조금 더 걸렸다.

　"웅～ 이건 '시간을 뒤집는 모래시계' 야……."

　"시간을 뒤집어? 무슨 소리야?"

　"이 모래시계를 뒤집으면서 주문을 외우면 시간을 거슬러 과거로 돌아가지."

　"헤에～ 그럼 이게 타임머신이라고?"

　봉근은 진진이 이런 물건을 가지고 있는 줄은 몰랐다. 하긴 진진은 낡은 스포츠백에서 별별 희한한 요물들을 다 끄집어내곤 했다. 성욕을 극도로 증진시키는 색마환(色魔丸), 주력을 향상시키는 마력정(馬力錠), 사람을 마음대로 조종하는 주술 인형… 시간을 거슬러 올라가는 시계를 가지고 있다고 해서 별로 이상할 건 없었다.

　"근데 되게 오래되어 보이네. 골동품인가?"

　"웅～ 청나라 서태후(西太后) 때 물건이지. 색(色)을 좋아했던 서태후가 절정의 순간을 반복해서 즐기려고 요술사(妖術士) 주홍(周弘)에게 만들게 했던 요물이야. 나중에 음양국(陰陽局) 관리들이 날 잡는데 써먹어서 내가 아예 뺏어버렸지."

　"거참, 재밌는 물건이네."

　"진진! 봉근 오빠! 저녁 먹어!"

　앞치마를 두른 밍밍이 고개를 내밀고 소리쳤다.

　"웅～ 밥 먹으러 가자～"

　"아이고～ 배고파라."

밍밍은 각자가 좋아하는 요리들로 다양하게 저녁을 차려놓았다. 진진에게는 대나무 잎으로 싼 딤섬을, 소청에게는 날밤과 화과자를, 봉근에게는 백반과 게장을 내놓았다. 밍밍 자신을 위해서는 돼지 간과 얇게 저민 소고기를 준비했다. 메이린은 통째로 삼킨 조폭들이 소화가 덜 된 상태라 요즘 저녁을 먹지 않는다.

"아아~ 밍밍이 내가 좋아하는 게장을 맛있게 담갔구나! 잘 먹을게, 밍밍!"

봉근이 입이 함지박만하게 벌어졌다.

"응~ 많이많이 먹어, 오빠아~ 많이 먹구 밍밍이 많이 이뻐해 조오~"

식성이 워낙이 좋은 데다가 마침 허기가 졌던 봉근은 1분 만에 뚝딱 밥 한 그릇과 게장을 먹어치웠다.

"밍밍! 밥 한 그릇 더! 게장도 추가!"

"캥~ 우리 오빠 진짜 잘 먹네. 많이 드세요오~ 봉근 오라버니이~"

밍밍이 봉근의 어깨를 토닥거리며 아양을 떨자 소청이 얼굴을 찡그렸다.

"밍밍… 밥맛 떨어진다. 제발 닭살 돋는 짓은 나 안 보는 데서 해 줘."

봉근이 추가된 밥그릇을 싹 비우기까지는 채 30초가 걸리지 않았다.

"한 그릇 더! 게장 추가!"

봉근이 다섯 그릇째를 주문하자 밍밍은 입을 따악 벌리고 그를 쳐다봤다.

"오빠… 밥이 없는데… 게장도 떨어졌어용… 캥… 무서운 식성이다……."

"그래? 거참… 더 먹고 싶은데……."

봉근은 입맛을 쩝쩝 다시며 아쉬워하던 중 좋은 생각이 났는지 이마를 탁 쳤다.

"그렇지! 모래시계!"

봉근은 진진의 방으로 뛰어들어 가더니 시간을 뒤집는 모래시계를 꺼내왔다.

"웅~ 봉근… 그건 뭐 하려고 꺼내왔어?"

"웅! 게장 더 먹으려고!"

"웅~ 대단한 식탐(食貪)이야……."

"진진! 주문이 뭐지?"

"웅~ 시간의 지배자여… 나에게 5분을 빌려다오……."

"시간의 지배자여! 나에게 5분을 빌려다오! 게장 좀 더 먹게……."

봉근이 모래시계를 홱 뒤집자 시간은 비디오 테이프를 뒤로 돌린 것처럼 5분 전으로 돌아갔다.

*Replay.

"밍밍! 밥 한 그릇 더! 게장도 추가!"

"캥~ 우리 오빠 진짜 잘먹네. 많이 드세요오~ 봉근 오라버니이~"

"밍밍… 밥맛 떨어진다. 제발 닭살 돋는 짓은 나 안 보는 데서 해 줘."

"쩝쩝쩝……."

봉근은 모래시계를 아홉 번이나 더 뒤집은 뒤에야 식사를 멈췄다. 진진이 물었다.

"웅~ 모래시계 몇 번이나 뒤집었어?"

"아홉 번! 이제 게장 맛이 좀 질리네……."

"웅~ 미처 말을 못했는데, 시간 뒤집기는 너무 자주하지 않는 게 좋아."

"잉? 그건 또 왜?"

"모래시계를 한 번 뒤집을 때마다 수명이 일 년씩 줄어들거든……."

"허걱……!'

"웅~ 시간의 지배자에게 5분을 빌릴 때마다 이자를 쳐서 일 년씩 갚아야 된다구. 엄청난 고리지……."

봉근은 식은땀을 흘렸다. 나의 수명이 9년이나 줄어들었단 말인가……. 잠시 후 봉근은 진진을 십자꺾기로 조이고 있었다.

"진진! 그런 건 진작 말해 줬어야지!"

"꾸에엑~ 아파~ 내가 말하려고 할 때마다 네가 시계를 뒤집었잖아……."

제5장

진실을 쫓는 자들

　딸의 안내로 봉근의 집 앞까지 찾아온 송달화는 주위를 두리번거리며 지형지물을 살폈다. 그는 봉근의 살고 있는 빌라 건너편에 있는 낡은 4층 건물로 들어갔다.

　"아버지, 왜 여기로 들어오신 거예요?"

　미스 송이 물었다.

　"응, 이 건물 이층 복도 창문에서 보면 저 반지하 창문이 보일 거야. 자, 봐라."

　"정말 그렇네요. 밤이라서 그런지 실내가 환히 보여요."

　송씨는 낚시 가방에서 마취총을 꺼낸 뒤 스코프를 조립했다. 가슴이 두근거리고 있었다. 중공군 저격수로 활약했던 청년 시절이 떠올랐다. 단 한 번의 소총탄으로 적의 허를 찌르고 전세를 뒤집는 저격수들은 보병 수십 명에 필적하는 역할을 했다. 송씨는 그중에서도 상위 1% 내에 드는 최우수 스나이퍼였던 것이다. 여우처럼 교활하고 뱀처럼 냉혹하게. 그는 저격수의 신조를 머리 속에 되뇌며 스코프에 눈을 갖다 댔다. 진진이 방 안으로 들어오더니 벌렁 누워 TV를 시청하기 시작했다.

"흐흐… 저놈이 진진이로구나… 마침 창문이 열려 있군……."

송씨의 손가락이 슬며시 방아쇠에 걸렸다. CF가 끝나자 진진은 거실에 있는 친구들을 향해 소리쳤다.

"얘들아~ 명성황후 한다~"

우르르 몰려오는 소리가 났다. 봉근은 문을 벌컥 열고 들어오더니 갑자기 푹 쓰러져 드르렁드르렁 코를 골기 시작했다. 진진은 빙그레 웃었다.

"웅~ 봉근이 피곤한가 보구나."

봉근에 이어 소청이 들어오더니 역시 푹 쓰러져 잠을 잤다.

"웅~ 웬일이지? 좋아하는 드라마도 안 보고……."

밍밍도 팔짝팔짝 뛰어들어 오다가 철퍼덕 넘어지더니 그대로 쿨쿨 잠을 잤다. 진진은 고개를 갸웃거렸다.

"웅~ 다들 들어오자마자 곯아떨어지네… 잠귀신들이 붙었나……."

송씨는 얼굴을 찡그리며 스코프에서 얼굴을 떼어냈다.

"거참, 더럽게 안 맞네."

"아버지! 잘 좀 맞춰 봐요! 중공군 저격수 맞아요?"

"조용히 해! 마지막 탄환이야."

진진은 친구들 엉덩이에 주사기 같은 것이 하나씩 꽂혀 있는 것을 보고 고개를 갸웃거렸다.

"얘네들 히로뽕 하나?"

순간 엉덩이에 뜨끔하는 통증이 왔다. 진진은 이게 뭐지… 라고 엉덩이를 더듬는 동안 눈앞이 흐려지면서 정신을 잃었다. 의식이 아득한 어둠 속으로 침잠하면서 옛날 추억이 불쑥 떠올랐다.

산다옹(山茶翁)은 산에서 차를 기르는 노인으로 열심히 과거 시험 준비를 하는 착한 유생(儒生)들에게 일 년에 한 번씩 선물을 주었다.

"자아~ 이번 설에도 우리 귀여운 소년 유생들에게 찻잎이랑 다기(茶器)들을 주고 와야지~"

나이가 들어 사서삼경을 독파하고 시서화(詩書畵)에 능숙한 경륜에 이르면 더 이상 산다옹은 찾아오지 않았다. 그러기에 산다옹은 모든 유생의 동심 속에 살아 있는 신비로운 할아버지였던 것이다.

"진진 코는 빨개~ 진진 코는 딸기코오~"

팬더 진진은 술을 좋아해서 항상 코가 빨갰다. 그래서 썰매를 끄는 다른 팬더들에게 딸기코라고 놀림받고 따돌림당했다. 진진은 그럴수록 더욱 속이 상해 술을 마시게 되고 코는 점점 더 빨개졌다. 진진의 코는 붉다 못해 선홍색을 띠게 되었고, 밤이면 주위의 어둠을 밝혔다. 설날이 되었을 때, 산다옹은 난처한 표정을 지었다. 안개가 너무 심하게 껴 한 치 앞을 볼 수가 없었던 것이다. 산다옹은 썰매를 끌 팬더들을 고르다가 진진을 보고 씽긋 웃었다.

"진진이 코가 밝으니 네가 맨 앞에서 썰매를 끌어주렴."

진진은 그날부터 왕따의 외로움에서 벗어나 썰매 팬더들의 리더가 되었던 것이다. 친구들이 그를 위해 노래를 불러주었다.

진진이 팬더 코는 매우 반짝이는 코~
만일 누가 봤다면 불붙는다 했겠지~

다른 모든 팬더들 딸기코라 놀려댔네~

가엾은 저 진진이 외톨이가 되었네~

안개 낀 설날 산다웅 말하길~

진진이 코가 밝으니 썰매를 끌어주렴~

그 후론 모든 팬더들 그를 매우 사랑했네~

진진이 딸기코는 길이길이 기억되리~

"웅~ 진진이 코는… 딸기코오… 음냐음냐……."

잠꼬대하는 진진을 바라보는 미스 송은 매우 신기해하는 표정이었
다.

"어머나… 아버지, 이놈 잠꼬대 좀 들어보세요… 팬더가 말도 해
요… 노래도 하고……."

송씨 부녀는 진진의 팔다리를 낚시줄로 포박하고 갤로퍼 승용차에
실어 인천항으로 이동 중이었다.

"말뿐이겠냐. 그놈은 둔갑도 하고 마술도 부리는 놈이다. 살기는 또
얼마나 오래 살았다고. 한 삼천 년은 살았을 거다."

"우와, 굉장한 팬더군요."

"참, 은경아. 공안국에다 전화했니?"

"네, 진진이 엉덩이에 주사기 꽂히는 순간 바로 했죠."

공안국 미제사건 담당 수사관인 말다(未茶) 요원과 수걸리(手乞吏)
요원은 국수를 삶아 먹으며 야근 중이었다. 두 사람 모두 수려한 외모
에 냉철한 지성의 소유자로 중국 내에서 내로라하는 엘리트였다.

"말다(未茶) 씨, 한국에서 진진이 잡혔다는 소식 들었어요?"

"네, 수걸리(手乞吏) 씨. 음양국 관리들이 아니라 이십 년 전에 보낸

추적자가 잡았다고 하더군요."

"우리 공안 요원도 실패했어요."

"주능송 말이군요. 그 친구 원래 무능해요. 한국에도 송혜교 얼굴
보러 간 거래요."

"세상에… 국고를 낭비하는 자군요."

"그러게 말이에요."

수걸리는 국수 가락이 콧구멍으로 나오자 창피함을 무마하기 위해
화제를 돌렸다.

"참, 그 진진이라는 팬더, 정말 몇천 년을 살았을까요?"

"그럼요. 팬더 진진은 삼천 년에 걸쳐서 역사상에 계속 등장하는 동
물이에요."

"하지만 동일 인물, 아니, 동일 동물이라는 증거가 없잖아요? 그냥
상상 속의 이야기일지도……."

"수걸리 씨, 이걸 봐요."

말다 요원은 서랍 속에서 빛 바랜 두루마리 그림을 꺼냈다. 한 여인
과 팬더가 술상을 앞에 놓고 대작하는 그림이었다.

"이건 청나라 때 화가가 그린 '서태후와 진진의 대작도'라는 수묵
화예요."

말다는 또 한 점의 그림을 펼쳐 그녀에게 보여줬다. 오버헤드 킥을
날리는 팬더가 역동적인 필치로 표현되어 있었다.

"자, '공을 차고 노는 진진과 측천무후'라는 목판화입니다."

말다는 그림을 둘둘 말아 다시 서랍 속에 넣으면서 말했다.

"시대상으로 봐도 두 그림은 천 년 이상 간격이 있어요. 타임머신이
있는 것도 아니고… 결국 진진이 천 년 이상 살았다고밖에 해석할 수

없는 거죠."

"그렇군요. 하지만 말다 씨, 우리는 수사관이고, 과학적으로 검증할 수 있는 것만 믿어야 해요. 천 년 이상 세포 분열할 수 있는 생물 따위가 존재할 리 없어요."

"수걸리 씨, 보이는 것만이 진실은 아니에요. 진실은 저 너머에 있습니다."

말다는 우수에 젖은 눈으로 창밖의 별을 바라보았다. 수걸리는 애틋한 마음이 생겨 말다에게 물었다.

"어릴 때 여동생이 팬더에게 납치되었다고 들었어요. 정말인가요?"

"네… 지금 살아 있다면 숲 속 어딘가에서 죽순을 먹고 있겠죠……."

눈물이 글썽거리는 말다 요원이었다. 수걸리는 창밖을 바라보는 말다를 뒤에서 살며시 껴안았다. 최고의 파트너로서, 뛰어난 경쟁자로서 말다를 인정하고 존경하는 수걸리였지만 마음속 깊은 곳에는 그에 대한 연정(戀情)이 자리 잡고 있었다. 극도로 위험하고 정치적으로 민감한 사건들을 수사하는 그들이었다. 이성의 동료와 교제하는 것은 복무규칙 위반이다. 하지만 엄격한 규칙도 자연스럽게 일어나는 사랑의 감정마저 막을 수는 없었다.

"말다 씨… 납치된 여동생 이름이 뭐였죠?"

"말자… 조말자……."

"말자가 보고 싶겠군요……."

"그래요… 동생을 납치하던 팬더의 발바닥을 잊을 수 없어요."

"팬더의… 발바닥이요?"

밀다는 홱 뒤돌아서더니 갑자기 진지한 태도로 돌변했다.

"말자를 안고 숲 속으로 사라지기 전에 팬더는 나에게 앞발을 들어 빠이빠이~ 하고 흔들더군요. 그때 분명히 봤어요. 발바닥에 새겨진 두 글자!"

"뭐라고 새겨져 있던가요?"

"앞발(前足)."

"……."

말다는 수걸리의 두 어깨를 꽈악 잡았다.

"아야… 아파요, 말다 씨……."

"수걸리, 저들이 무엇 때문에 진진을 애타게 찾고 있다고 생각해요?"

"글쎄요… 불로불사(不老不死)의 비밀과 고대의 마법을 손에 넣기 위해서가 아닌가요? 아니면 단순한 호기심에서……."

"수걸리, 틀렸어요. 저들은 무언가를 알아내려고 하는 게 아니에요."

"그럼?"

"무언가를 은폐하려고 하는 거예요."

"설마……."

수걸리는 말다의 눈빛이 예사롭지 않음을 느꼈다. 보통 때의 꿈꾸는 듯한 부드러운 눈빛이 매처럼 먹이를 쏘아보는 날카로운 눈빛으로 변해 있었다. 수걸리는 말다의 눈을 피해 고개를 옆으로 돌렸다.

"말다 씨… 눈곱 좀 떼세요."

말다와 수걸리가 야근을 하고 있는 미제사건 담당 수사관실은 1층 복도 끝에 위치하고 있었다. 출입문과 멀찍하게 떨어져 있어 인적이 드물고 조용해서 무언가를 깊이 생각하기에는 아주 좋은 위치다. 바로 그 사무실 위층에 숨겨진 회의실이 있었다. 들어오고 나가는 문을 찾을 수 없는 미지의 방. 공안국 최고위급 간부들만이 드나들 수 있는 공간이었다. 전체적으로 어두운 조명으로 인해 엄숙하고도 안정된 분위기를 주는 널찍한 방 안에는 푹신한 안락의자가 띄엄띄엄 배치돼 있다. 의자에 앉아 있는 인물들은 이름만 대면 알 만한 유력인사들이었지만 단 한 명, 정체를 알 수 없는 중년 남성이 있었다. 얼굴에는 주름이 가득하고 음침한 분위기를 풍기는 그 남자는 쿠바 산 시거를 문 채로 배석한 자들의 말을 경청하고 있었다.

"주 국장, 왕정문 시디 빌려간 거 왜 안 가지구 와? 우리 아들놈 거란 말야."

"줄게… 사람이 쫀쫀하기는……."

"뭐야? 지난번에 이영애 브로마이드도 꿀꺽했잖아!"

"조용, 조용!"

담배 피우는 남자가 소리를 지르자 모두 입을 다물었다.

"회의 시간에 잡담 좀 하지 말아요. 중화인민공화국을 이끌어가는 대인들께서 채신머리없게스리… 쯧쯧."

떠들던 사람들이 무안한 표정을 짓고 있는 동안 젊고 핸섬한 청년이 벌떡 일어나 담배 피우는 남자를 향해 몸을 틀었다. 청년은 배석한 사람들 가운데 가장 젊었으나 고위층 인사들에게 전혀 위축되지 않는 자신감이 온몸에서 배어 나왔다.

"인천항에서 여기까지 진진을 데려오는 데 3시간이면 충분합니다."

"3시간? 정말인가?"

"네. 쾌속정을 이용하면 됩니다."

"흠, 좋아. 하지만 해경(海警)들 눈에 띄지 않도록 주의해야 해."

"알겠습니다."

"이번 프로젝트에서 가장 중요한 건 비밀 유지야. 잊지 말도록."

청년은 자리에서 일어나 목례를 한 뒤 뚜벅뚜벅 소리를 내며 어둠 속으로 사라져 갔다. 담배 피우는 남자의 얼굴이 천천히 일그러졌다. 무언가 불쾌한 일이 있는 듯했다. 남자의 얼굴을 살피던 배석자들의 표정이 굳어졌다. 안락의자 팔걸이를 붙잡은 남자의 두 손이 부들부들 떨리고 있었다. 상대적으로 나이가 젊어 보이는 자의 얼굴이 파랗게 질렸다. 담배 피우는 남자는 신음 소리를 내며 의자에서 약간 엉덩이를 들었다. 방 안의 정적을 깨는 인육마찰음(人肉磨擦音)이 울려 퍼졌다.

뿌우웅~

담배 피우는 남자가 안도의 한숨을 내쉬고 다른 사람들은 일제히 코를 막았다. 뚱뚱한 노인 한 명이 일어나더니 방석을 휘휘 저으며 환기를 시켰다. 인민복을 입은 한 남자가 불만을 터뜨렸다.

"지독하군… 왜 꼭 회의 때마다……."

"야채 좀 드시오, 선생. 육류와 밀가루 음식만 즐겨 드시니 이렇게 냄새가 심하지……."

뚱보 노인이 거들었다. 담배 피우는 남자는 아무 일 없다는 듯이 시치미를 뚝 떼고 서류를 넘겨보고 있었다. 서류 파일 커버에 찍힌 붉은 글씨가 선명했다.

일급기밀: 둔갑 팬더 프로젝트.

주능송은 유전자 추적 장치를 들여다보며 고개를 갸웃거렸다.

"이상한데… 위치가 다르게 나오는데……."

위씨 노인은 주능송의 어깨에 손을 얹으며 괜찮다는 듯이 다독거렸다.

"이 집이 맞습니다. 우리 아들놈이 몇 번이나 확인한 거라오."

"그건 나도 알고 있소. 지난번에 진진을 잡으러 왔다가 이 집 주인과 주먹 대결까지 벌이지 않았소."

"기계가 항상 정확한 건 아니지요. 진진은 잠이 많은 동물이니 이 시간이면 집에 있을 겁니다."

위씨 노인이 눈짓을 하자 진번이 가방에서 팔괘 나무통을 꺼내 들고 잽싸게 달리기 시작했다. 진번은 집 주변을 돌면서 팔괘 나무통을 하나씩 바닥에 내려놓았다.

"남동쪽에 곤(坤)괘!"

"남서쪽에 감(坎)괘!"

진번은 마지막 지점에서 재주넘기를 하며 뛰어올라 공중에서 땅으로 나무통을 박아넣으며 외쳤다.

"북쪽에 건(乾)괘!"

진번은 두 팔을 하늘에서 크로스시키며 포즈를 취했다.

"삼각결계가 완성되었도다!"

위씨 노인이 아들에게 다가와 물었다.

"살짝 갖다 놔도 될 걸 왜 생쇼를 하니?"

"아버지두 참… 멋있잖아요."

주능송이 출입문 쪽에서 위씨 부자를 향해 안으로 들어가자는 손짓을 하고 있었다. 위씨 노인과 진번이 등 뒤에 와서 서자 능송은 아미 나이프를 꺼냈다. 나이프에서 뾰족한 만능키가 튀어나왔다.

찰칵.

만능키를 열쇠 구멍에 밀어넣자마자 자물쇠 풀리는 경쾌한 소리가 났다. 위씨 부자는 서로의 얼굴을 바라보며 빙그레 미소를 지었다. 조상 대대로의 숙원을 푸는 순간이 눈앞에 다가오고 있었다. 그동안 타향에서 고생한 생각을 하니 눈물이 핑 돌았다. 말도 잘 안 통하는 나라에서 진진을 추적하는 일은 쉬운 일이 아니었다. 입에 안 맞는 음식과 생경한 풍습에 적응하며 악으로 버텼다. 오직 진진을 잡기 위해……. 이제 진진이 거의 손에 잡힐 듯했다. 그런데… 그런데 뭔가 이상했다. 마루에 흙발자국이 어지럽게 찍혀 있는 걸로 보아 누군가 침입했음이 틀림없었다. 발자국은 집 안 여기저기를 돌아다닌 듯했다. 진번은 문간방의 방문을 살며시 열었다. 집 주인 봉근은 여우, 너구리와 함께 깊은 잠에 빠져 있었다. 진번은 얼굴이 하얗게 질렸다.

"패… 팬더가 없잖아!"

능송은 봉근의 엉덩이에 꽂힌 주사기 탄환을 유심히 살폈다.

"이거… 중국제로군."

"무, 무슨 말씀이세요?"

능송에게 묻는 위씨 노인의 표정은 절망하기 일보직전이었다.

"중국 정부에서 추적자들에게 지급한 마취용 탄환과 같은 모델이오. 일반 마취용 탄환보다 효과가 더욱 빠르고 강력하지."

"그, 그렇다면?"

"진진이 추적자에게 납치된 것 같소."

능송은 무시무시한 표정으로 입술을 깨물며 우두두둑 주먹 관절을 꺾었다. 열받은 진번은 벽을 타고 다다다다 뛰어다니는 중이었다.

"오오오옷~ 어떤 놈이 내 밥을 가로채! 잡히면 죽인다!"

송달화의 갤로퍼 지프가 요란한 디젤엔진 소리를 내며 부두 근처 주
차장으로 들어오고 있었다. 주차 솜씨가 서툴러 좌우 차량의 범퍼와
문짝에 주욱 흠집을 낸 뒤에야 겨우 파킹을 했다. 차창 밖으로 넘실대
는 바다가 눈에 들어왔다. 부옇게 밝아오는 하늘 아래 아득한 수평선
이 보였다. 송씨는 엔진을 끄고 잠시 생각에 잠겼다. 중화 최고의 요리
사가 되겠다며 매일 칼 쓰는 연습만 하던 아버지가 떠올랐다.

"아버지는 왜 맨날 식칼만 가지고 노세요! 왜 돈을 안 벌어오냔 말이
에요!"

"무슨 소리냐! 아버지는 이제 도기(刀氣)를 마음대로 부릴 수 있는
수준에 이르렀단 말이다! 이제 비천어도술(飛天御刀術)만 익히면 대림
각 주방장이 될 수 있단 말이다!"

"대림각 주방장은 칼만 쓰면 되는 줄 아세요! 요리를 알아야 된다구
요!"

"다, 달화야… 네 어찌 이 아비에게……."

"아버진 평생 헛된 꿈만 꾸다가 어머니를 돌아가시게 했어요."

"달화야……."

"아버지… 저, 팬더 잡으러 한국에 갈 거예요."

송씨의 두 눈에서 뜨거운 액체가 흘러내렸다. 헛된 꿈을 쫓는다고
아비를 탓하던 자신이 어느새 똑같은 전철을 밟아 중년의 나이가 된
것이다. 하지만 이제 진진을 잡았으니 허송세월에 대한 보상은 어느
정도 된 셈이었다. 고개를 돌려 뒷 칸에 실려 있는 진진을 바라보았다.
아직 마취에서 깨어나지 못해 쿨쿨 잠을 자고 있었다. 흐뭇한 마음으
로 자신의 포획물을 감상하고 있는데 딸의 날카로운 비명이 귓전을 때

렸다.

"아버지! 수상한 사람들이 나타났어요!"

차창 밖을 내다보니 얼굴을 검은색 보자기로 가린 두 사람이 이쪽으로 다가오고 있었다.

"팬더 잘 지켜라."

송씨는 딸에게 당부하고 지프에서 내렸다. 복면한 두 남자는 우뚝 서서 송씨 쪽을 바라보고 있었다. 한 명은 키가 크고 체구가 당당했으나 한 명은 조그맣게 오그라든 노인의 체형이었다.

"웬 놈들이냐?"

"어이~ 당신, 진진이를 넘겨라."

"역시 네놈들은 팬더 도둑… 아니, 강도들이로구나."

"닥쳐! 감히 내 밥을 가로채? 나 위진버… 흡."

작은 체구의 사내가 급하게 입을 틀어막았다.

"얘야, 이름을 말하면 어떡하니……."

"흠흠… 암튼 말이 필요없다! 진진이를 넘겨라!"

"그렇게는 안 되지. 진진은 내 젊음을 다 바친 노력의 결정체다."

"좋아, 그럼 힘으로 뺏어주마!"

복면의 사내가 공중으로 솟구치면서 학처럼 양팔을 쫘악 펴고 한 다리를 올렸다. 그는 하강하면서 온몸을 회전시켰다. 가볍게 땅에 착지한 복면사내는 앞발을 쭈욱 앞으로 내밀고 양손은 호랑이 발톱처럼 손톱을 세웠다. 송씨는 너털웃음을 터뜨렸다.

"쇼맨십이 강한 친구로군."

"타앗!"

호랑이 발톱처럼 웅크린 복면사내의 손이 송씨의 안면으로 날아들었다. 송씨는 얼굴을 슬쩍 옆으로 돌리며 사내의 공격을 피한 후 그의 손목을 재빨리 나꿔챘다.

"허억……."

손목을 잡혀 당황한 복면사내. 그는 손목을 빼내려 했으나 이미 송씨의 관절꺾기 기술이 들어가는 중이었다.

"으아아악!"

팔목이 비틀어지면서 고통이 전해왔다. 복면사내는 자신도 모르게 몸이 붕 회전하면서 바닥에 내동댕이쳐지는 것을 느꼈다.

"으그그……."

복면을 벗어버린 진번은 절뚝거리면서 위씨 노인에게 돌아왔다.

"아부지… 저 자식 무지 강해요……."

"쯧쯧, 한심한 놈. 그러게 화려한 초식보다는 실용적인 기술을 익히라고 하지 않았느냐."

위씨 노인은 품에서 조그만 부채를 꺼내 들었다.

"진번아, 이게 뭔지 아느냐?"

"부채 아니에요? 모양이 좀 옛스러운데……."

위씨 노인은 부채를 살랑거리면서 의기양양하게 웃었다.

"단순한 부채가 아니야. 우마왕의 파초선이다!"

"엑? 그런 말도 안 되는……."

"돈황 유적에서 이것이 발굴되기 전까지는 문학 작품 속에 나오는 가상의 신물(神物)로만 알았지. 이건 돈황 발굴 현장에서 도굴꾼들이 빼돌린 보물이다."

위씨 노인은 송달화를 쏘아보며 파초선을 고쳐 잡았다.

"각오해라! 우리 아들 때린 놈! 날려 버리겠어!"

노인이 부채를 머리 위에서부터 힘껏 내질렀다. 순간 놀라운 일이 벌어졌다. 노인이 서 있던 곳부터 흙먼지가 일더니 순식간에 광풍(狂風)이 되어 송씨를 덮쳤다.

"우와아아아아~"

송씨는 폭풍에 휘말려 날아가다가 주차장에 세워진 세단의 와이퍼를 붙잡았다. 송씨의 몸이 깃발처럼 펄럭였다.

쿠콰콰콰콰!

굉음과 함께 엄청난 바람이 휩쓸고 지나간 주차장은 참혹할 정도였다. 티코나 마티즈 같은 경차들은 뒤집어지고 송씨의 갤로퍼 지프도 바람이 부는 방향으로 타이어 자국을 내며 밀려 있었다. 번쩍거리는 멋진 외제 승용차는 바람에 날려온 벽돌에 맞아 앞 유리가 대파되었다.

송씨는 만신창이가 된 몸을 추스렸다. 와이퍼에 찢긴 손바닥에서는 피가 흘렀다. 지프에서 내린 딸이 달려와 송씨 품에 안겼다.

"은경아… 너 괜찮니?"

"네, 아버지. 손에서 피가 나요."

미스 송은 손수건을 찢어 송씨의 손에 감아주었다.

"이놈들이… 날 바람으로 날려 버리려 했겠다……!"

송씨는 품속에서 나일론 치마를 꺼내 들었다.

"어머? 아버지 그게 뭐예요?"

"뭐긴 뭐냐. 네 엄마 월남치마다."

"그걸로 뭘 하시려고……."

송씨는 대답 대신 위씨 부자를 향해 치마를 펄럭거렸다. 송씨가 치마를 펄럭거릴 때마다 바람이 조금씩 일어났다. 치마에서 나오는 바람은 조금씩 세지더니 어느새 매서운 폭풍이 되어 위씨 노인과 진번을 덮치고 있었다.

"으아아아~ 바람이 무척 센데요, 아버지!"

"진번아… 조금씩 뒤로 밀리고 있구나. 정말 매서운 바람이다."

송씨는 치마를 더욱 빠르게 펄럭거리고 있었다.

"으아아아아아아~"

위씨 노인과 진번은 결국 바람에 떠밀려 공중으로 치솟은 뒤에 차가운 겨울 바다에 빠졌다.

풍덩. 풍덩.

송씨는 나일론 치마를 투우사처럼 옆으로 늘어뜨리고 싱긋 웃었다.

"이놈들아! 이게 바로 '한국 엄마의 치맛바람'이란 거다!"

위씨 부자가 허우적대는 동안 지프 쪽으로 접근하는 조그만 보트가 있었다. 인민복을 입은 사내가 선실에서 키를 잡고 있었다.

'왔군!'

송씨는 활짝 웃으며 손을 흔들었다. 배가 접안하는 것을 도와주는 송씨에게 사내가 물었다.

"팬더는 어딨소?"

"차 안에 있습니다."

"봅시다."

인민복의 사내는 발이 묶이고 재갈이 물린 진진을 보고는 만족스럽다는 표정을 지었다.

"수고했소. 국가에서 당신에게 큰 상을 내릴 거요."

"감사합니다!"

좋아서 어쩔 줄 몰라 하는 송씨 부녀를 남겨두고 배는 하얀 포말을 일으키며 떠나갔다. 미스 송은 아버지 품에 안겨 바닷가의 소금기 섞인 바람 냄새를 맡았다.

"이제 다 끝난 건가요……?"

"그런 것 같구나. 이제 기다리기만 하면… 엥?"

송씨는 입을 쩍 벌렸다. 또 한 척의 배가 송씨 쪽으로 빠르게 다가오고 있었던 것이다. 선박 이름으로 보아 중국배가 틀림없었다. 갑판 위에 서 있는 인민복 차림의 남자는 송씨에게 일말의 불안감을 안겨주었다. 설마… 인민복의 사내가 배에서 내리자마자 송씨에게 물었다.

"팬더를 받으러 왔습니다."

"허걱……."

사기를 당한 것인가… 송씨의 두 눈에서 주르륵 눈물이 흘렀다.

진진은 슬며시 눈을 떴다. 햇살에 눈이 부셨다. 웨에엥 하는 모터 소리에 귀가 아팠다. 팔뚝에 털이 가득한 걸 보니 둔갑을 하지 않은 상태다. 몸을 일으켰다. 눈이 시리도록 푸른 바다가 눈에 들어왔다.

'여기는… 바다 위?'

배가 작아서인지 심하게 흔들려 멀미가 났다. 인민복 입은 남자가 힐끔 뒤돌아보더니 키를 고정시켜 놓고 진진에게 다가왔다.

"깨어났나, 진진?"

"음음……."

진진은 주둥이에 물린 재갈을 풀어달라는 시늉을 했다.

"그래, 어차피 도망갈 데도 없으니."

남자는 아미 나이프로 결박과 재갈을 풀어주었다. 진진은 얼얼한 주둥이를 만지면서 남자를 두려운 눈으로 쳐다보았다.

"넌… 지난번에 봉근이한테 얻어맞은 놈이구나……."

"크크… 그래. 공안 주능송이다. 포기해라, 진진. 이제 넌 독 안에 든 팬더다."

"팬더가 들어가기에 쌀독은 너무 좁아."

"말장난하지 마. 네가 도망갈 곳이 없다는 뜻이야."

"응~ 웃긴다. 꾹꾹꾹……."

"왜 웃는 거지?"

진진은 갑판 뒤쪽으로 기어가더니 앞발을 양쪽으로 쫘악 펼치며 일어섰다.

"둔갑 팬더를 우습게 보지 말아! 하늘을 새처럼 날아다니던 몸이야!"

놀라운 현상이 일어났다. 진진의 네 발과 옆구리 사이에 피부가 주우욱 늘어나면서 박쥐 날개 같은 것이 넓게 형성됐다. 진진의 몸 전체를 덮을 정도의 날개가 형성되자 진진은 힘차게 외쳤다.

"팬더 비상술(飛翔術)!"

능송은 놀라움에 뒤로 엉덩방아를 찧으며 주저앉았다.

"오오… 저것이 팬더인가, 날다람쥐인가."

진진의 날갯짓이 시작됐다. 펄럭펄럭~ 능송의 모자가 날아갈 정도의 큰 바람이 일었다. 그러나 진진의 몸은 꿈쩍도 하지 않았다. 진진은 숨이 차는지 혀를 빼고 헥헥거리더니 다시 날갯짓을 시작했다.

"팬더 비상술(飛翔術)!"

파닥파닥파닥!

십 분 동안 파닥거리며 날갯짓을 하던 진진은 팔을 늘어뜨렸다.

"응~ 살이 너무 많이 쪄서 안 되나 봐……."

진진의 자신의 뱃살을 집어보며 한숨을 푸욱 내쉬었다.

"유비의 비육지탄(肥肉之嘆)하던 심정을 이해하겠군……."

"푸하하하하! 아이고, 배야……."

주능송이 배를 잡고 갑판 위를 데굴데굴 굴렀다.

"저런 멍청한 팬더를 봤나. 어이, 포기해. 나랑 조용히 천진까지 가자고……."

작은 고기잡이 배가 통통거리며 능송의 배를 스쳐 지나가고 있었다. 진진은 콧구멍에서 조그만 알약을 꺼냈다.

"이런 순간이 올 줄 알고 마력정(馬力錠)을 가지고 다녔다!"

진진은 마력정을 삼킨 뒤에 심호흡을 하며 앞발을 앞뒤로 흔들었다.

"하나둘~ 하나둘~ 이야앗~"

거구의 자이언트 팬더는 갑판을 박차고 뛰어올라 10미터가량을 날아가 고기잡이 배에 떨어졌다. 주능송은 경악하는 얼굴로 자신도 모르게 박수를 쳤다.

"오오… 저것이 팬더인가 개구리인가."

그물을 끌어 올리던 어부 박씨는 어디선가 날아온 팬더 밑에 깔려 있었다. 도와주러 달려온 동료들이 팬더를 치워내고 박씨를 일으켰다. 박씨는 화가 머리끝까지 났다.

"에잉~ 고기 안 잡혀 성질나 죽갔는데 이건 또 뭐여?"

"거참, 요상한 동물이네. 던져 버려! 재수없다!"

"꾸에엑~ 살려주세요~"

불쌍한 진진은 성난 어부들에게 의해 푸른 파도 속으로 던져졌다. 주능송은 바다 속에서 허우적거리는 진진을 향해 배를 몰았다. 갈고리가 달린 긴 장대를 꺼낸 능송은 선미 쪽으로 이동했다. 갈고리를 휘두르며 진진을 잡으려던 능송은 어디선가 들려오는 엔진 소리에 고개를 휙 하고 돌렸다. 경비정 한 정이 빠른 속도로 접근하고 있었다. 그의 얼굴에 두려움이 일었다.

"젠장! 해경(海警)이잖아! 쳇… 진진! 다음에 보자!"

진진을 바다에서 건져 올린 해경들은 갑판 위에서 두 눈을 멀뚱멀뚱 뜨고 팬더를 신기한 듯이 쳐다보았다.

"와~ 이게 뭐지?"

"팬더잖아……."

"근데 이게 왜 바다 한가운데 떠 있냐?"

"글쎄……."

"혹시 북극에서 떠내려온 거 아닐까?"

"바보야, 북극에 사는 건 백곰이야."

"아, 그렇지. 그럼 남극에서 왔나?"

"그건 펭귄이지."

수군대는 부하들을 헤집고 나타난 사람이 있었다. 경비정의 선장이었다.

"구조한 사람은 좀 어떤가?"

"사람이 아니라 팬더인데요."

진진은 눈앞에 서 있는 사람이 자신의 운명을 결정해 줄 실권자임을 대번에 알아보았다. 또다시 바다에 던져지면 곤란했다. 진진은 옆에 있는 튜브를 붙들고 갑판에서 뒹굴면서 해죽해죽 웃었다.

"꾸엑꾸엑(저 귀엽죠?)~"

선장은 양미간을 찌푸렸다.

"우욱, 이놈이 지금 재롱부리는 건가?"

"그런 것 같은데요……."

"바다에 처넣어라."

"꾸에에엑(살려줘)~"

참모격으로 보이는 자가 선장의 귀에다 대고 소곤거렸다.

"희귀 동물을 학대하면 문책을 받게 됩니다. 육지로 옮겨서 동물원에 인도하시죠."

"알았네. 좋을 대로 하게."

진진은 안도의 한숨을 내쉬었다. 해경들이 자꾸 쿡쿡 찌르며 귀찮게 했지만 집에 돌아갈 방도가 생겨서 기뻤다.

"야~ 이놈한테 먹을 걸 줘야 할 텐데……."

"그러게… 과자를 줘볼까?"

"아냐, 유칼리 나뭇잎을 줘야 돼."

"그건 코알라가 먹는 거야, 병신아."

야근을 마치고 집으로 돌아가던 말다 요원은 상관의 긴급 호출을 받았다. 연이은 야근으로 피로가 누적된 상태라 약간 짜증이 났다. 호출 내용을 확인한 그의 표정이 묘하게 일그러졌다.

나이 47세. 이혼남. 공무원. 다정하고 열정적. 짜릿한 만남을 원하시는 분 콜.

말다 요원은 휴대 전화기의 폴더를 열고 저장된 번호를 불러들였다. 찌리릭~ 하는 송신음에 이어 뚜르르르 하는 소리가 수화기를 타고 들려왔다. 잠시 후 굵은 목소리의 남자가 전화를 받았다.

—여보세요.

"부국장님, 죄송하지만 전 여자 취향입니다."

—메시지가 잘못 갔어. 다시 보내겠네.

휴대 전화기는 도청의 위험이 있어 보안이 필요한 기밀 사항은 호출기를 이용하고 있었다. 부국장의 새로운 메세지가 호출기 액정 화면에 나타났다.

말다, 수걸리 요원 긴급 업무 지시 있음. 즉각 복귀할 것

위험하고 피곤한 직업이었다. 긴급 상항이 발생하면 부국장은 시도 때도 없이 본부로 불러들였다. 월급은 겨우 먹고 입는 것을 해결할 정도에 불과했다. 트라이어드(중국 마피아)가 관련되어 있는 사건을 수사할 때는 목숨을 걸어야 했다. 하지만 말다에게는 이 모든 어려움을 버텨낼 수 있는 힘이 있었다. 그것은 수걸리가 가지고 있는 과학에 대한 신념과 직업에 대한 자긍심과는 달랐다. 말다를 지탱하고 있는 힘은 감춰진 진실을 향한 열망이었다.

"어서 오게, 말다 요원. 이쪽으로 앉지."

부국장이 어색한 얼굴로 그를 맞았다. 실수로 보낸 메시지 때문이리라. 수걸리는 이미 도착해 사건 파일 속에 얼굴을 파묻고 있었다. 부국장은 성실하고 자상한 사람이었으나 반들반들하게 벗겨진 머리와 변변치 않은 말주변으로 재혼에 어려움을 겪고 있었다.

부국장의 얼굴에 긴장된 모습이 역력했다. 무언가 심각한 상황이 발생했음이 틀림없다.

"말다… 진진을 잡았다는 소문 들었나?"

"네, 알고 있습니다."

"역시… 기밀 사항인데 자네는 잘도 알고 있군."

"관심이 있으니까 독자적으로 정보를 수집하고 있을 뿐입니다."

"그래… 그럼 호송 중에 괴한에게 탈취되었다는 건 알고 있나?"

"네? 그럼 진진을 빼앗겼다는 말씀입니까?"

"이걸 좀 읽어보게."

말다는 부국장이 건네주는 서류철을 넘겨보았다. 중년 여성의 사진이 빼곡히 붙어 있었다. 말다는 소리 내어 서류들을 읽기 시작했다.

"이름 류소화. 나이 39세. 남편 사별. 직업 판매원. 자식은 아들 둘 딸 하나. 취미는 열대어 키우기. 이상형은……."

부국장은 얼굴이 벌겋게 달아올라서는 말다에게서 서류철을 빼앗아 갔다.

"흠흠, 내가 엉뚱한 파일을 줬군. 이게 진짜네."

낡은 흑백 사진과 프로필이 적혀 있는 서류였다.

"송달화… 23번째 추적자로 78년 한국 여성과 결혼. 현재 딸 송은경, 부친 송주보와 동거 중……."

"진진을 붙잡았다고 주장했던 추적자네."

"정말 오래전에 보냈던 사람이군요."

"그렇지. 사료에 따르면 진진은 19세기 말에서 20세기 초에 한국으로 건너간 것으로 추정되네. 그동안 진진을 잡기 위해 국가에서 비밀리에 파견한 추적자 수만 해도 백여 명을 훨씬 넘지. 그중 대다수가 포기하고 본국으로 돌아왔고 일부는 송달화처럼 한국에 눌러앉았지."

"저와 수길리가 할 일은요?"

"송달화는 진진을 잡았지만 인천항에서 괴한에게 팬더를 빼앗겼다고 했네. 그의 말이 진실인지, 사실이라면 누가 진진을 가로챘는지 조사해 보게."

"알겠습니다."

"아, 그리고……."

부국장은 무언가 중요한 말을 하려는 듯 머뭇거렸다. 대머리에서 땀방울이 데구르르 굴러내렸다.

"하실 말씀이라도?"

"자네… 진진에 대해 많이 조사했더군."

"네, 하지만 예산 한도 내에서 남는 시간에 한 겁니다."

"말다, 둔갑 팬더에 대해 너무 깊숙이 알려 들지 말게. 너무 많이 알면 위험해져."

"……."

"부국장님 말이 맞아요, 말다. 여동생 일은 안됐지만… 그래도 조심하는 게 좋겠어요."

수걸리가 다가와 어깨를 어루만지며 위로했다. 말다와 수걸리는 말없이 서류들을 주섬주섬 챙겼다. 그들은 이번 일도 매우 위험하고 정치적으로 고도로 민감한 사안임을 느끼고 있었다. 부국장실을 나서던 말다는 뒤를 돌아보며 조용히 말했다.

"제발 올해는 꼭 장가드세요."

"시꺼… 니가 뭐 보태준 거 있냐."

부국장은 재혼 희망자들의 신상 정보가 담겨 있는 과부 파일을 열심히 들여다보는 중이었다.

제6장
터프한 울음과 진진

둔갑 구렁이 메이린은 다락방에서 잡은 생쥐를 잡아먹다가 눈앞에 아른거리는 물체를 보고 놀라서 벌떡 일어났다.

'나비?'

이 추운 한겨울에 나비라니… 있을 수 없는 일이었다. 메이린은 그것이 서툰 둔갑술을 사용하는 선녀(仙女)임을 알아보았다.

"오랜만이구나, 배달 선녀. 요새는 신문이 왜 이리 뜸한 거야."

"그러게 말이에요. 요새 광고가 안 들어와서 십 년에 한 번씩 신문을 찍는답니다."

나비는 어느새 아리따운 선녀의 모습으로 변해 있었다. 선녀는 나비처럼 팔락거리는 소매 사이에서 고이 접은 화선지를 꺼냈다.

"저런… 십 년에 한 번씩 나와서야 어디 신문인가. 적어도 오 년에 한 번은 나와야지."

"죄송해요. 그래도 천상계가 워낙 변화가 없는 곳이라 별 뉴스는 없어요."

"내가 구독하는 이유를 모르겠어……."

"그럼 전 이만 가볼게요. 바다 소식에 관심있으면 '용궁관보'도 구독 신청하세요."

메이린은 화선지를 펼쳐 들고 '천상신보'의 1면 톱기사를 읽었다.

'옥황상제 폐하, 인간들에게 선행을 촉구하시다.'

하품이 나왔다. 신선(神仙)면과 천상(天上)면에는 눈을 씻고 봐도 흥미로운 기사가 없었다. 음양(陰陽)면에 나온 예측 기사들도 엉터리였다. 해가 갈수록 신문의 퀄리티가 떨어지고 있었다.

"에잉~ 이거 신문을 끊던지 해야지 원……."

사이비 도사(道士)들이 낸 제자 모집 광고만 가득했다.

'아니 이건 뭐지?'

광고면을 살피던 메이린의 눈이 번쩍하고 뜨였다. 천상계에서 낸 시험 공고였다.

'아아… 용(龍)을 뽑는 승천 고시(昇天考試)로구나.'

가슴이 두근거렸다. 근 백 년 만에 뽑는 시험이었다.

천상계 공고 제1999-1719호

제1895회 승천 고시(昇天考試) 시행 계획 공고.

용이 되고자 하는 지상의 짐승들에게 승천의 기회를 부여하는 승천 고시 시행 계획을 다음과 같이 공고합니다.

원시천존력 1만 2457년 옥황상제.

1. 선발 예정 마리 수.

○ 교룡 4마리, 응룡 12마리, 촉룡 2마리, 백룡 1마리, 황룡 3마리, 청룡 2마리, 적룡 1마리, 해룡 2마리, 독룡 1마리.

2. 시험 방법.

　　○ 제1차 시험: 필기 시험.

　　○ 제2차 시험: 도력(道力) 시험.

　　○ 제3차 시험: 천제 알현 시험.

3. 응시 자격.

　　가. 용이 되고자 하는 지상의 짐승.

　　나. 응시 우대자.

　　○ 구렁이, 살모사, 도마뱀, 도룡뇽, 기타 파충류.

　　○ 잉어, 붕어, 기타 어류.

　　다. 선행(善行)을 쌓은 짐승은 가산점 부여.

　　라. 세 번 낙방한 이무기는 응시 불가.

4. 시험 장소 및 합격자 발표.

　　가. 잉어, 붕어 등 어류.

　　○ 황하(黃河) 상류 등용문(登龍門).

　　나. 기타 짐승.

　○ 해당 지역 승천 시험장.

※ 합격자 발표는 고시과 선녀가 개별 통보할 예정.

메이린은 창문을 열고 푸른 하늘을 우러러보았다. 창룡(蒼龍)이 되라 하셨던 엄마 구렁이의 말씀이 떠올랐다.

"얘야, 이 어미는 평생 개구리나 쥐 같은 지저분한 생물만 먹고 사람들의 혐오하는 시선을 받으며 살았다. 너는 이 어미처럼 살지 말고 부디 용(龍)이 되어 비와 바람을 주재하고 춘분(春分)에 하늘에 오르고 추분(秋分)에 연못에 잠기며, 번개로 호령하고 구름으로 뒤덮어 인간들에게 두려움과 존경을 받으며 살거라."

"엄마, 용이 되려면 어떻게 해야 되는데요?"

"응, 우선 열심히 공부해서 필기 시험에 붙어야 된다. 필기 시험에 붙으면 신통술과 조화술을 시험하는 도력(道力) 시험을 보고, 여기까지 붙으면 마지막으로 옥황상제를 알현하는 면접 시험을 본단다."

"엄마… 너무 어려운 시험 같아요."

"무슨 소리! 황룡을 두 마리나 배출한 명문 구렁이 가문의 일원으로서 긍지를 가져야 한다."

"그래두 저같이 하찮은 시골 구렁이가 용이 될 수 있을까요?"

"메이린… 어제 사회면 기사 안 읽었니? 흙탕물 미꾸라지 소년이 낮에는 꿈틀대고 밤에는 책을 읽어 결국 교룡이 되었다잖니. 그리고 역사상 가장 위대한 용이었던 토룡 거사는 원래 빈민가 지렁이였단다."

"치이… 말 그대로 개천에서 용났네요."

메이린은 엄마의 간청을 귀담아듣지 않았던 자신의 철없음을 후회했지만 이미 엄마는 오래전 세상을 뜨고 말았다. 뒤늦게 철이 들어 둔갑술과 신선방약(神仙方藥)을 익혔지만 게으른 천성으로 용의 자리에는 오르지 못하고 있었다.

"엄마… 저 다시 공부해서 용이 될게요… 저승에서 지켜봐 주세요."

메이린의 폭탄 선언에 소청과 밍밍은 펄쩍 뛰었다.

"뭐어? 신림동 고시촌에 들어가겠다고?"

"응… 공부를 하려면 제대로 해야지."

"잘 생각해라… 거기에 용 못 된 이무기만 2만 마리가 산다더라."

"그래, 메이린. 괜히 고생만 하고 못된 이무기 되지 말고 그냥 우리랑 재미나게 살자."

"아냐, 얘들아. 난 이미 청운지지(靑雲之志)를 품었으니 내 앞길을 막지 말아줘."

소청과 밍밍의 만류에도 불구하고 짐을 싸는 메이린이었다. 밍밍은 못마땅한 표정으로 중얼거렸다.

"캥… 이런 상황에 진진은 도대체 어딜 간 거야? 소식도 없고……."

"그러게… 산중수련(山中修鍊)이라도 하는 건가? 벌써 며칠째 안 보이는 거지?"

소청은 진진이 얼굴이라도 보고 가라고 옷깃을 잡았지만 메이린은 가끔 들르겠다며 그녀의 손을 살며시 뿌리쳤다. 밍밍은 독한 계집애라며 캥캥댔지만 서운한 마음에 눈물을 글썽이고 있었다.

"훌쩍… 메이린… 공부 열심히 하구… 자주 놀러 와야 돼. 알았지? 흑……."

"울지 마, 밍밍아… 내가 멀리 떠나는 것두 아니구… 바보같이 왜 울어……."

여우가 정이 많은 동물이라더니 사실이었다. 메이린의 모든 소지품은 작은 배낭 하나에 모두 들어갔다. 사실 둔갑 구렁이에게 짐 따위가 필요할 리 없었다. 단지 인간들의 눈을 속이기 위한 소품일 따름이었다.

"캥~ 잘 가, 메이린! 연락하구!"

"진진이 오면 한번 신림동으로 찾아갈게."

"웅, 고마워, 소청. 잘 있어, 밍밍. 낼름낼름~"

메이린은 택시 뒷좌석에 앉아 손을 흔드는 친구들을 하염없이 바라보았다. 택시가 모퉁이를 돌아서자 메이린은 자세를 바로하고 앉았다. 미러를 통해 폭삭 늙은 운전 기사 아저씨의 얼굴이 보였다. 고생을 많이 한 얼굴이었다. 깊게 패인 주름 사이로 고단한 삶의 애환이 배어 나왔다.

"고시촌이라⋯ 무슨 공부하러 가시우?"

"네. 승천⋯ 아니, 사법 고시요."

"사법 고시라⋯ 거 어렵지⋯ 되기만 하면 좋다만."

"무지 어렵죠⋯ 용 되기가 쉽나요."

"요즘은 1차 과목에 뭘 본답니까?"

"기상학, 비상학, 여의주 기본법, 역린강화술, 음양 조화술이요."

"⋯⋯?"

"2차 시험에서는 다년간 수도한 도력(道力)을 테스트하구요, 3차에서는 천제를 알현하는 면접 시험을 본답니다."

"⋯⋯?"

"되기만 한다면야⋯ 지하에 계신 어머니가 기뻐하실 텐데⋯⋯."

"암튼 열심히 하슈. 나두 옛날에 고시 공부하다가 십 년을 내리 떨어지고는 결국 운전대 잡았수."

"알아요. 어설프게 공부하다간 이무기 되기 딱 좋죠. 게으른 구렁이 독한 미꾸라지 못 당한다는 말도 있구요."

"⋯⋯?"

메이린이 짐을 부릴 장소는 도림천을 끼고 언덕배기를 바라보고 있는 승천(昇天) 고시원. 승천 고시생만을 받는 전문 고시원으로 전국에서 난다 긴다 하는 구렁이, 살모사, 비단뱀, 미꾸라지, 지렁이, 잉어, 도마뱀들이 모두 몰려와서 공부를 하는 곳이었다. 입구에는 지난번 전체 수석 합격자인 응룡(應龍)과 응시생의 이름이 당당히 새겨진 플래카드가 걸려 있었다.

　　축(祝) 전체 수석—호주 비단뱀 제니스 리.

　　조만간 저 플래카드에 오를 자신의 이름을 상상하자 가슴속에 뿌듯한 감정이 복받쳤다. 메이린은 배낭을 경쾌하게 흔들면서 고시원 안으로 들어섰다. 건물 안으로 들어서자 외부 환경과는 괴리된 듯한 무거운 분위기가 흘렀다. 시험에 몇백 년씩 세월을 저당잡힌 짐승들이 기거하는 곳이기에 정체된 기(氣)가 건물 안을 가득 채우고 있었다. 입구 정면을 바라보고 있는 총무실에는 얼굴이 허연 총각이 두꺼운 안경을 쓰고 책을 읽고 있었다. 메이린은 그 총각이 둔갑한 물뱀임을 한눈에 알아봤다.

　　"방 있죠?"

　　"뱀들 묵는 방은 다 나갔는데요?"

　　"네? 그게 무슨 말씀이세요?"

　　"미꾸라지 방이랑 잉어, 지렁이 방은 있는데요, 파충류 방은 다 나갔어요."

　　"방이 나뉘어져 있나 봐요?"

　　"그럼요. 신경들이 예민해서 간혹 원생들끼리 잡아먹는 사태가 벌어지거든요."

"저런……."

신림동에 있는 유일한 승천 고시 전문 시설이다. 공부하는 과목들이 너무 티가 나서 인간들이 모여 있는 고시원으로 들어가기도 곤란했다. 메이린이 이러지도 저러지도 못하고 난처한 얼굴로 서 있자 물뱀 총각이 나섰다.

"정 있을 곳이 마땅치 않으면 제가 하숙집을 하나 소개해 드릴게요."

"하숙집이요?"

"네. 집주인은 오백 년 묵은 살쾡이인데 하숙비는 얼마 안 받을 거예요."

합격률 높기로 유명한 승천 고시원에 못 들어가서 아쉬웠지만 하숙집이라도 들어가서 공부를 해야 하는 입장이었다. 아무래도 이 동네 있으면 정보를 구하기도 쉬울 테고 선배들의 도움도 받을 수 있을 것 같았다.

물뱀 총각이 소개해 준 하숙집은 언덕배기를 삼십 분가량 힘들게 올라가서야 나타났다. 지은 지 이십 년은 된 듯한 낡고 허름한 이층 양옥이었다. 메이린은 집 전체에 강한 요기(妖氣)가 서려 있는 것을 느꼈다.

'집주인이 기운을 감추는 재주가 부족하구나. 나중에 좀 가르쳐 줘야겠다.'

초인종을 누르자 낡은 알루미늄 현관문을 밀치고 머리가 허옇고 허리가 꼬부라진 노인네가 얼굴을 내밀었다. 메이린은 둔갑술은 그럴 듯하다고 속으로 생각했다.

"누구시오?"

"하숙하러 왔어요."

"아, 물뱀 총각이 전화했던 그 아가씨구먼. 들어오시구랴."

낡고 허름한 외벽에 비해 하숙집 내부는 비교적 깨끗하고 잘 정돈되어 있었다. 방금 전 식사를 했는지 부엌 쪽에서 피 냄새가 났다. 메이린은 거실 소파에 앉아 내부 구조를 살펴보았다. 귀퉁이에 악귀(惡鬼)를 막는 귀불침부(鬼不侵符)가 붙어 있었다. 잠시 후 집주인이 찻잔을 쟁반으로 받쳐 들고 부엌에서 나왔다.

"차 좀 드시오, 아가씨."

"고맙습니다."

"근데 뱃속엔 뭐가 들었수?"

집주인이 메이린의 불룩한 배를 가리키며 물었다.

"조폭들이요. 소화되려면 아직 멀었어요."

"꿀꺽했수?"

"네."

"많이두 삼켰군… 우리 집에 있는 동안은 인간들 먹지 마시우. 시끄러워지니깐……."

"그럼요."

"승천 고시 준비하신다고?"

"네."

"잘됐네. 마침 우리 집에도 승천 고시 준비하는 구렁이 총각이 있는데."

"그래요?"

방문이 열리면서 한 청년이 얼굴을 내밀었다.

"아저씨, 방금 제 얘기 하셨어요?"

"원, 뱀 주제에 귀두 밝군."

"어? 지 아가씬 누구예요?"

청년이 메이린을 보더니 하얀 이를 드러내며 웃었다. 수려한 외모였다. 조각 같은 얼굴 선에 맑고 하얀 피부, 크고 반짝이는 검은 두 눈은 웬만한 인간 처녀들의 혼을 쏙 빼놓을 듯했다.

"메이린이라고 해요. 만나뵙게 되어서 반갑습니다. 낼름낼름~"

"승천 고시 재수생 유승주입니다. 낼름낼름~"

청년은 허락도 없이 메이린의 옆 자리에 앉아 연인이라도 되는 듯 다정한 눈빛으로 그녀를 응시했다. 메이린은 무안해져서 천장을 바라보며 혀를 낼름거리다가 청년을 쏘아붙였다.

"둔갑술이 서투르시군요."

"네? 무슨 소리를… 이렇게 완벽한 외모를 만들었는데도요?"

"둔갑술의 기본은 자신을 숨겨서 안전을 보장받는 거예요. 그렇게 화려한 외모를 가지고 다니면 어딜 가나 눈에 띄게 돼요. 당연히 위험해지겠죠."

"물론 그렇지요… 하지만 어느 정도 경지에 이르면 들킬 염려는 없어요. 아직까지 정체가 탄로난 적은 없거든요."

"하지만 그 얼굴은 분명 사람을 끌어들이는 매력이 있어요. 설마 젊은 처녀들을 잡아먹기 위해서?"

"하하하… 전 아가씨처럼 사람은 안 먹어요."

메이린은 자신의 불룩한 배를 어루만지며 얼굴을 붉혔다.

"어쩔 수 없었어요… 제 친구가 위험했기 때문에……."

"친구라면… 인간?"

"아뇨, 팬더예요."

"팬더라… 구렁이하곤 안 어울리는 동물이군."

두 자웅이 한창 이야기꽃을 피우고 있는데 누군가 쾅 하고 문을 열어젖혔다. 얼굴이 길쭉하고 두 눈 밑이 거무튀튀한 것이 폐인의 얼굴을 하고 있었다. 그는 메이린과 승주를 번갈아 쏘아보았다.

"누가 이렇게 떠들어! 공부 좀 하자!"

그는 메이린을 힐끔 쳐다보더니 다시 쾅 하고 문을 닫았다.

"천 년 묵은 이무기예요. 응시 제한이 생겨서 저래요. 이번에 또 떨어지면 평생 이무기죠."

"저 이무기… 사악한 기운이 느껴져요……."

"착한 이무기 봤어요?"

"흣~ 그건 그래요……."

메이린은 가슴속에서 승주에 대한 좋은 감정이 새록새록 자라나는 것을 느꼈다. 그녀는 어쩌면 이 감정이 이성에 대한 끌림이 아닐까 생각했다.

경비정에 구조되어 목숨을 건진 진진은 해경들의 보호 아래 무사히 서울에 있는 한 동물원에 인도되었다. 하지만 팬더처럼 희귀한 동물이 왔음에도 원장은 떨떠름한 표정이었다.

"지금 우리가 꽉 차서 수용할 곳이 없는데… 뭐 불곰이랑 같이 넣어 둡시다."

아, 무심하고 무식한 사람들의 무책임한 결정으로 진진은 불곰 우리에 갇혔으니. 온몸이 갈색의 털로 뒤덮이고 자신보다 두 배는 됨 직한 체구의 불곰은 험상궂은 얼굴로 진진에게 다가왔다. 잔뜩 위축된 진진은 바깥의 관람객들을 향해 재롱을 부리며 딴전을 피워보지만 불곰 청년이 등 뒤에서 툭툭 어깨를 두드린다.

"크르르르… 어이, 신참. 통성명이나 하지. 난 이반이라고 해."

"웅~ 진진입니다."

"크르르르… 근데 넌 왜 털 색깔이 그 모양이야?"

"웅~ 네?"

"온통 허옇고, 눈탱이는 멍든 것처럼 시커멓고, 발도 새카맣고. 열라 재수없다, 너. 니 엄마가 뭐 잘못 먹었대냐?"

"웅~ 전 포유류 식육목 팬더과에 속하는 자이언트 팬더예요. 곰이 아니라구요."

"크르르르… 아~ 새끼, 거 어려운 말 쓰네."

불곰은 말보로 한 개비를 꺼내 물고는 군용 지포 라이터로 불을 붙였다. 그는 진진에게 담배를 권했다.

"휴우… 자, 너두 한 대 피워."

"웅~ 전 담배 안 피워요."

"안 피워? 새끼~ 빼기는."

"웅~ 근데 여기서 흡연해도 괜찮아요?"

"괜찮긴. 사육사한테 걸리면 뒤지게 맞지. 원장한테 걸리면 엽총으로 즉결 처분이야."

"허걱… 담력이 대단하시네요."

"당연하지. 사람들이 괜히 웅담 먹는 줄 알아."

불곰은 이마에 난 흉터를 가리키며 말했다.

"시베리아 숲 속에서 밀렵꾼이랑 맞장 뜨다가 생긴 상처야. 난 이 정도지만 그 자식은 아예 골로 갔지."

"우와~ 대단하시네요… 근데 왜 잡혀오셨어요?"

"쓰펄~ 북한 벌목공이랑 보드카 마시다가 취해서 한잠 잤는데, 깨 보니까 쇠창살 우리에 갇혀 있더라구… 에이~"

그때 철컹 하고 철문이 열리면서 사육사가 먹이통을 들고 들어왔다. 불곰은 재빨리 담배를 비벼 끄고는 시치미를 뚝 떼었다. 사육사는 머리숱이 별로 없는 중년의 남자로 시커먼 뿔테 안경을 쓰고 있었다.

"곰탱아~ 배고팠지? 자, 저녁 먹어라~ 꿀에 버무린 사료다~"

"꾸우우웅(박수를 치며 좋아하는 불곰)~"

"좋지? 아이구, 우리 구여운 곰탱이 자식… 많이 먹어라~"

"꾸우우웅(쓰다듬는 사육사의 손길을 부끄러워하며)~"

진진은 속이 메슥거렸지만 꾸욱 참았다. 뱃가죽과 등가죽이 상봉할 지경이라 무엇이든 먹어야 했다. 사육사는 작은 먹이통에 손을 넣으며 진진에게 다가왔다.

"자~ 넌 오늘 처음 왔으니까 특식이다. 짜잔~ 어때, 이 아저씨가 좋아 죽겠지?"

진진은 사육사가 손에 쥐어준 고등어를 보고 어이가 없었다.

'저런 무식한 작자가… 우욱… 비린내……'

사육사가 콧노래를 부르며 우리 밖으로 나가 버리자 불곰은 표정을 싹 바꾸고는 먹이통을 발로 걷어찼다.

"에이~ 비위 맞추는 것도 드러워서 못해먹겠네."

불곰은 화가 나는 듯 다시 불을 붙인 말보로를 급하게 빨아댔다. 진진은 담배를 피우는 불곰의 앞발에 동그란 상처가 있는 것을 발견하고 그에게 물었다.

"웅~ 앞발에 있는 상처는 뭔가요?"

"아, 이거? 내가 담배빵 한 거야. 선배들한테 신고식 할 때."

"담배로 지졌다구요? 안 아프셨어요?"

"이까짓 깡으로 참아야 수컷이지."

"웅~ 대단하시네요……."

"퉤! 어때? 한번 볼래?"

불곰은 빨던 담배를 집어 들고 왼쪽 앞발에 지졌다.

"크르르르… 우욱……."

"괘… 괜찮으세요?"

"크르르르… 이 정도쯤이야… 따뜻한 거지……."

"어… 연기나는데요?"

"살 타는 냄새 죽이지 않냐?"

"그게 아니라… 우앗! 털에 불붙었어요!"

"우와아앗! 뜨거! 아, 뜨거! 뜨거! 아, 뜨거워!"

불붙은 앞발을 들고 우리 안을 뛰어다니는 불곰을 바라보며 진진은 한숨을 길게 내쉬었다.

'웅~ 한심한 친구로다… 빨리 여기서 나가야겠다…….'

기력을 회복하기만 하면 둔갑술을 써 동물원에서 탈출한다는 것이 진진의 생각이었다. 그때까지는 잘 먹어두고 푹 쉬면서 운기조식(運氣調息)을 통해 피로 회복과 내공 증진을 도모해야 할 것이다. 진진은 운기조식을 하기 위해 조용히 가부좌를 틀고 앉았다.

입신(入神)의 경지에 이른 소수의 팬더만이 가부좌를 틀 수 있다. 팬더는 다리가 짧기 때문이다.

사육사 오씨는 동물들에게 먹이를 나눠 주고 숙소로 돌아오는 길이었다. 새로 태어난 아기 원숭이 생각에 흐뭇해져 콧노래를 흥얼거렸다. 커다란 눈을 껌뻑거리면서 품에 안기려 드는 아기 원숭이는 큰 행복감을 맛보게 해줬다. 기껏 고생해서 키운 자식들은 서운함만 안겨주었지만 동물들은 한번도 그를 배신한 적이 없었다. 갑자기 마음이 어두워졌다. 그가 돌보는 동물들은 일방적으로 그를 믿고 따랐지만 그는 항상 애정만을 주지는 못했다. 아니, 그는 자신을 사랑해 준 동물들을 배신해 왔다. 그 악독한 원장을 위해서.

"나쁜 놈……."

문을 따면서 자신도 모르게 욕이 나왔다. 숙소 안은 칠흑처럼 캄캄했다. 벽을 더듬거려 스위치를 찾았다. 실내가 화악 밝아지면서 그는 비명을 질렀다.

"에그머니!"

"뭘 그리 놀라나."

원장 백족(百足)은 어둠 속에서 사육사 오씨를 기다리고 있었다. 그는 종종 이렇게 사람을 놀라게 했다. 때로는 동물 사료를 우유에 타서 먹기도 하고, 회식을 할 때는 엄청난 양의 육회를 주문해서 혼자서 다 먹어치웠다. 다른 직원들이 원장이 이상해졌다고 쑥덕거렸지만 원장은 전혀 신경 쓰지 않았다.

"저한테 오실 때는 기별이라도 넣으세요. 원, 심장 떨어지겠네……."

"크크크… 자네의 노쇠한 심장 따위야 관심없네……."

"오늘은 또 무슨 일로 오셨습니까?"

오씨는 잔뜩 못마땅한 얼굴이었다.

"보름달이 뜨려 하고 있어."

"그래서요?"

"만월(滿月)이 뜨면 요기(妖氣)가 주체할 수 없이 솟아오른다… 동물을 먹어야겠어."

"또요? 지난 달에도 잡수셨잖아요."

"말했잖아. 주체할 수 없다고. 백호(白虎)를 먹게 해줘."

"안 돼요! 그 녀석은 우리 동물원에서 가장 인기있는 동물이라고요."

"크크크… 거절하면 네놈이 사료비를 빼돌린 사실을 폭로하겠다. 크크… 그 나이에 옷 벗으면 생계도 막막할 거야… 안 그런가?"

오씨는 얼굴이 빨개져서는 고개를 푹 숙이고 한숨을 푹푹 쉬었다. 꽉 쥔 주먹이 부르르 떨렸지만 감정 표출은 그게 다였다.

"백호는 절대로 안 됩니다."

"이놈이!"

원장이 오씨의 멱살을 감아쥐고 머리 위로 번쩍 들어 올렸다. 체구에 어울리지 않는 괴력(怪力)이었다. 원장의 눈에서 살기(殺氣)가 쏟아졌다.

"이놈! 그럼 불곰이라도 내놔! 강하고 야성이 살아 있는 짐승을 먹겠다!"

원장의 강한 손아귀 힘은 점차 사육사의 목을 조이고 있었다. 오씨는 주머니에서 열쇠를 꺼내 원장에게 건넸다.

"큭… 캐액… 여기… 불곰사 열쇠……."

원장은 열쇠를 받아 들자 오씨를 내려놓고 스르륵 사라졌다. 그는 바닥에 엎드려 흐느꼈다.

"크흐흑… 미안하다, 이반… 나 살자고 너를 팔았구나……."

불곰 이반은 속이 상해 계속 궁시렁대고 있었다. 앞발에 입은 화상은 경미했지만 털이 홀라당 타버려 보기가 흉했다.

"아우~ 괜한 짓 해가지구… 이래 가지구 어떻게 암컷을 꼬신담… 아우~"

불곰은 진진 쪽을 쳐다봤다. 가부좌를 틀고 앉은 팬더는 달빛을 받으며 명상에 잠겨 있었다. 억지로 구겨서 가부좌를 만든 짧은 다리가 바르르 떨렸다.

"자식… 거참, 되게 불편한 자세로 자는구나. 하여튼 희한한 놈이야."

철커덩—

철문이 열리면서 사람의 그림자가 우리 안으로 스윽 들어왔다. 불곰은 귀를 쫑긋 세웠다.

'이 야심한 밤에 누구지… 사육사?'

그러나 달빛 아래 나타난 것은 길죽한 송곳니를 드러내고 웃는 원장의 얼굴이었다. 불곰은 느닷없는 백 원장의 출현에 당황해 화상 입은 앞발을 뒤로 숨겼다. 어린이들이 많이 찾는 동물원에서 담배를 핀다는 것은 공중파 방송에서 음란 영화를 보여주는 꼴이라고 엄격한 금연의 시행을 실시했던 백 원장이었다. 백 원장이 흡연 사실을 알게 되면 끝장이었다.

"크아아아악!"

마치 야수와 같은 괴성을 지르며 원장이 달려들었다. 쿵 하는 소리와 함께 원장과 충돌한 불곰의 거체는 붕 떠서 날아가 쇠창살에 부딪쳤다가 바닥에 추락했다. 참을 수 없는 고통이 노도와 같이 밀려왔다.

"끄아아악… 원장님, 다신 담배 안 피울게요……."

원장은 바닥에 엎드린 불곰을 번쩍 들어 올렸다가 내려치면서 무릎으로 허리를 꺾었다.

"꾸아아악… 곰 살려… 진짜 금연할게요……."

원장의 날카로운 송곳니가 달빛을 받아 반짝 하고 빛났다. 겁에 질린 불곰은 건아들의 노래를 부르기 시작했다.

"후뚜뚜뚜, 싫어~ 그대의 담배 연기~ 후뚜뚜뚜, 싫어~ 그대의 담배 연기~ 원장님, 잘못했어요~ 살려주~"

명상을 하다가 잠이 들었던 진진은 불곰이 토해내는 소음에 눈을 떴다. 진진의 눈앞에 잔혹한 장면이 펼쳐지고 있었다.

'저것은?'

원장이 날카로운 이빨로 기진맥진한 불곰의 목덜미를 물어뜯으려는 찰나였다. 진진은 전속력으로 육탄 돌격, 불곰의 목이 뾰족한 이빨에 박히기 직전에 원장을 밀어냈다. 원장의 이빨이 허공에서 딱 하는 소리를 내며 부딪쳤다.

"츠츠츠츠… 웬 놈이냐?"

원장은 이상한 소리를 내며 진진 쪽을 노려봤다. 진진은 원장의 온몸에서 뿜어져 나오는 강한 요기(妖氣)를 감지했다.

'저놈은… 인간이 아니다!'

진진이 깊게 숨을 들이마셨다. 가슴이 풍선처럼 부풀어 올랐다. 팽팽하게 터질 듯이 부풀어 오른 가슴은 어느 순간 빠르게 줄어들며 녹색의 입김을 뿜어냈다. 바람에서는 기합 소리가 묻어 나왔다.

"팬더 브레스(상대방의 주술을 파괴하는 팬더의 강력한 입김. 힘의 원천은 오랜 수련에 따른 기의 응축이라고 팬더 족에 의해 주장되고 있으나 구취라는 설이 유력함)."

싱싱한 대나무 잎의 색깔을 띤 팬더 브레스가 원장의 온몸을 휘감았다. 의복이 투둑 뜯어지면서 원장의 신체가 길어지기 시작했다. 한마디 한마디 체절이 생기면서 양쪽으로 팽창하는 신체는 기괴한 형상으로 점차 변해갔다. 몸통은 길고 납작해졌고 백 개도 넘는 다리가 솟아나 꾸물꾸물 징그럽게 움직였다. 이윽고 진진과 불곰의 눈앞에 나타난 것은 거대한 지네의 모습을 갖춘 생물이었다.

"츠츠츠츠, 방해하면 너도 먹어주겠다! 취소. 드럽게 밥맛없게 생겼군."

"웅~ 지네가 천 년을 묵으면 인간으로 둔갑한다더니… 사실이었군!"

진진은 양쪽 허리에서 털을 한 움큼씩 뽑았다.

"팬더 분신술! 웅얼웅얼 종알종알……."

후~ 하고 털을 불어내면서 주문을 외우자 수백 마리의 작은 팬더들이 생겨났다. 그들은 꼬물거리며 지네를 향해 기어갔다.

"나의 분신들아! 지네를 향해 돌격!"

그러나… 진진의 분신 군단은 조금씩 움직임이 느려지더니 결국 행진을 멈추었다.

"분신들아! 뭣들 하는 거야! 돌격!"

분신들이 제각각 조그만 소리들을 내기 시작했다. 코 고는 소리였다.

"이것들이… 자고 있잖아?"

그들은 주인을 완벽히 닮아 있었다. 의기양양해진 지네는 어느새 턱받이를 하고 불곰을 뜯어 먹으려 했다. 지네가 인간의 모습을 유지하려면 싱싱한 야수의 살과 피가 필요했다. 살아 있는 야생 동물의 피는 양기를 보충시켜 주었고 고기는 요기를 억제했다. 콱 하고 불곰의 목줄기를 물자 찌익 하고 피가 뿜어져 나왔다. 불곰은 공포에 질려 비명 소리조차 내지 못했다. 진진은 출렁거리는 양동이를 들고 지네에게 걸어갔다.

"츠츠츠츠, 뭐냐?"

얼른 양동이를 내미는 진진.

"물이랑 같이 드세요. 목이 메이실 텐데……."

"츠츠츠츠, 고맙구나. 마침 칼칼했는데……."

탕! 하고 빈 양동이가 바닥에 떨어져 시끄러운 소리를 내며 굴렀다. 지네는 바닥에 기다란 몸을 누이고 정신없이 꼬고 비틀기 시작했다.

"크으으윽… 팬더, 너! 도대체 양동이에 뭘 담아서 준 거냐?"

"응~ 살충제요."

"츠츠츠츠, 저, 저 죽일 놈……."

몇 분간 계속 몸을 비틀던 지네는 결국 온몸이 추욱 늘어져 죽었다. 지네가 죽은 것을 확인한 진진은 지네에게 물려 신음하고 있는 불곰에게 다가갔다. 알 수 없는 주문을 외우면서 다리를 벌리는 팬더.

"우욱… 진진아, 지금 뭐 하는 거냐?"

"응~ 신장을 조절해서 오줌에 암모니아가 많이 섞여 나오도록 생리 주술을 거는 중이에요."

진진은 신체 장기를 마음대로 조절해 원하는 화학 물질을 생산해 내는 주술 생리학의 전문가였다.

"그건 뭐 하러 하는 건데?"

"응~ 지네 독(毒)은 강한 산성이라서 암모니아로 중화해야 됩니다."

팬더의 세찬 오줌이 불곰의 목덜미를 씻어내고 있었다.

"에퉤퉤퉤! 이 자식이! 더럽게 뭐 하는 거야!"

"웅~ 살고 싶으면 가만 계세요."

진진은 불곰의 상처를 치료해 준 뒤 사육사의 숙소로 향했다. 지네가 우리 문을 열고 들어온 덕택에 생각보다 탈출이 수월하게 된 것이다. 하지만 집으로 돌아가기 전에 사육사의 입을 통해 전후 관계를 확실하게 알아둘 필요가 있었다. 동물원에 있는 모든 동물들과 불곰의 안전을 위해서.

오씨의 숙소 창문에서는 밝은 빛이 새어 나오고 있었다. 진진은 살금살금 다가가 창문 안을 슬쩍 넘겨다보았다. 오씨는 괴로운 표정으로 법문을 암송하며 염주를 돌리고 있었다. 진진은 창문 밑에 쭈그리고 앉아서 머리를 굴렸다.

'불교 신자로구나. 그렇다면 부처의 모습으로 둔갑해 주지.'

죄책감을 달래기 위해 열심히 부처님을 찾던 오씨는 갑자기 눈을 찌르는 강한 빛에 놀라 고개를 들었다. 거대한 자이언트 팬더 한 마리가 가부좌를 튼 채 공중에 둥둥 떠 있었다. 눈은 반쯤 감은 듯하고 머리는 후광을 받아 빛나고 있었다. 팬더의 입이 달싹거렸다.

"나는 대나무 숲에서 깨달음을 얻어 해탈한 웅묘대불(熊猫大佛)이다."

오씨는 겁을 집어먹고 머리를 조아렸다.

"부, 부처님, 저를 벌하려 오셨습니까?"

"아니다, 나는 대자대비(大慈大悲)하느니라. 너의 죄를 씻어주고자 하니 네가 지은 죄를 토설해 보아라."

오씨는 눈물을 펑펑 쏟기 시작했다.

"으흐흐흑… 저는 이 동물원에서 백 원장님을 모시고 이십 년을 일했사옵니다. 한데 아들딸 시집 장가 보내다 보니 돈이 궁해져 그만 공금을 횡령하는 죄를 짓고 말았습니다… 죄책감과 불안감으로 하루하루를 보냈사온데 어느 날 꿈에 커다란 지네가 나타나 얼룩말 한 마리를 바치면 원장님을 없애주겠다고 했습니다. 저는 꿈속에서 그러겠다고 약속을 했습죠. 그런데 그 꿈속의 일이 정말로 현실이 되어… 크흑흑……."

"그랬구나. 요괴(妖怪)는 인간의 약한 마음을 파고드는 법."

웅묘대불은 앞발을 들어 허공에서 납작한 종이 박스를 꺼냈다. 울고 있는 오씨에게 박스를 건네주는 웅묘대불.

"이것이 무엇이옵니까?"

박스 안을 열어보니 동그랗고 납작한 것들이 다닥다닥 붙어 있었다. 웅묘대불이 말하기 시작했다.

"이곳은 인간보다 짐승의 기(氣)가 강해 요괴들이 모여들기 십상이다. 내가 준 '컴배트 요괴'를 동물원 구석구석에 붙여놓도록 하여라. 다시는 요괴들이 얼씬거리지 못할 것이다."

"감사합니다, 부처님! 감사합니다!"

"다만 컴배트 요괴는 약효가 석 달이다. 석 달에 한 번씩 갈아서 붙이도록 하라."

"예."

연신 절을 올리는 오씨에게 웅묘대불이 배를 움켜잡고 말했다.

"내 너에게 자비를 베풀어 살게 했으니 너도 나에게 공양을 하도록 하라."

"예, 내일 정암사 큰스님에게 쌀 다섯 가마를 시주하도록 하겠습니다."

"아, 아니다. 나에게 지금 성성한 대나무 줄기 열 개를 공양해라."

"대나무 줄기요? 그런 거 없는뎁쇼."

"없다고? 네 이노옴! 천벌을 받고 싶은 게냐!"

웅묘대불의 이마 위에서 번개가 치고 코에서 검은 구름이 나왔다.

"아, 알겠습니다요. 구해봅지요."

사육사 오씨가 허둥지둥 숙소 밖으로 달려나가자 진진은 공중 부양을 풀고 바닥으로 내려왔다.

"웅~ 술법을 쓰니까 더 배고파… 아이고, 죽겠다……."

잠시 후 사육사 오씨가 무언가 둘둘 말린 것을 옆구리에 끼고 돌아왔다. 진진은 에너지를 쥐어짜서 간신히 공중 부양을 했다.

"가져왔느냐."

"죄송합니다… 이것밖에는 구할 수가 없었습니다."

"엥… 이게 뭐야?"

"대나무 돗자리입니다."

"나보고 돗자리를 먹으란 게냐!"

"아이구, 용서하십쇼. 그것밖에는 없습니다."

결국 진진은 돗자리를 뜯어 먹어 허기를 채우고 동물원을 나섰다. 터프한 불곰은 진진과의 이별을 아쉬워했지만 체면 때문에 붙잡지는 않았다. 말없이 담배를 피우며 앞발을 흔들었을 뿐. 인간의 모습으로 둔갑한 진진은 택시를 잡아타고 양재동 봉근의 집으로 돌아왔다. 송씨 부녀에게 잡혀간 지 보름 만의 귀가였다. 문을 열어주는 봉근의 얼굴이 험악했다.

"이 자식이! 집세도 안 내고 어딜 그렇게 싸돌아다닌 거야! 앙!"

"웅-- 미안미안-- 내가 그만 납치를 당하는 바람에……."

"납치? 어느 할 일 없는 놈이 팬더를 납치하냐?"

"그렇게 됐어. 웅~ 봉근아… 부탁이 있는데."

"뭔데?"

진진은 집 안으로 얼른 들어와 소파 위에 벌렁 드러누워서 말했다.

"택시비 좀 대신 내줘."

집 앞에 버티고 선 개인 택시가 봉근에게 전조등을 깜빡거리고 있었다.

"아우~ 열받아~ 아우~ 열받아~"

궁시렁거리며 지갑을 뒤적이는 봉근은 월세를 더 올려야겠다고 다짐했다.

제7장

조폭의 복수 나집

마초맨 서비스 사의 오야붕 박대근은 간부급 회의를 주재하면서 신경질을 내고 있었다. 빚 받으러 보낸 추봉근은 감감무소식이고 꽃 무늬 셔츠를 비롯한 유능한 부하들이 대거 행방불명이었다. 이마에 새겨진 용 문신이 꿈틀거렸다.

"도대체 우에 된 기고? 으잉? 이 자슥들 다 우데 갔노?"

"형님, 가자미파랑 맞장 뜨다가 뒈져 버린 거 아닐까요?"

"가자미파? 그런 피래미들한테 우리 아그들이 당할 리가 있나?"

"형님, 드릴 말씀이 있습니다."

회의 시작 후 줄곧 침묵을 지키던 작전 참모 사마귀가 입을 열었다. 종알거리던 말단 사원들의 눈길이 사마귀 형님에게 쏠렸다. 박대근이 담배를 피워 물었다.

"말해 보그라."

"형님, 추봉근이 놈의 짓입니다."

"추… 봉근이?"

"네. 봉근이, 그놈이 송달화에게 빚 받으러 갈 때 제가 몰래 도청기를 붙였습니다. 녀석이 배신할 거 같아서 애들을 보냈더니……."

"무, 무라꼬? 그럼 우리 아그들이 봉근이한테 칼침 맞았단 말이가?"

"아무래도……."

"우, 우째 이런 일이……."

망연자실한 얼굴로 담배 연기를 뿜던 박대근은 두 주먹으로 책상을 쾅 하고 내려쳤다.

"아그들아, 내 건달계에 입문할 때 글자 문신을 세 개 했다. 오른쪽 팔뚝에는 비록 건달이지만 인간의 도리를 다하자는 뜻에서 '부모님께 효도하자'라꼬 새겼고, 왼쪽 팔뚝에는 비록 범법자로 살더라도 나라와 민족을 팔아먹지는 말자는 의미에서 '나라에 충성하자'라꼬 새겼제. 그라꼬, 마지막으로 배때기에다가는 이걸 새겼다!"

박대근은 셔츠를 화악 걷어 올렸다. 축 처진 뱃살 위로 검은 문신이 새겨져 있었다. 잠시 정적이 흘렀다. 누군가 입을 뗐다.

"형님, 뱃살이 접혀가꼬 글자가 안 보임더."

"아, 미안하대이. 요새 살이 쪄가꼬."

박대근은 손으로 접힌 살을 펴서 글자를 보여주었다.

베신자는 죽인다.

한 말단 사원이 지적했다.

"형님, 베 자 틀렸심더."

"내도 안다. 입문할 당시에 맞춤법을 잘 몰랐다 아이가."

"우예댔든 간에 행임의 결연한 각오와 의리가 느껴짐더."

"고맙대이."

박대근은 사원 명부를 열고 추봉근이라는 이름에 회칼을 꽂았다. 탕! 하고 회칼이 종이를 뚫고 나와 탁자에 박히는 순간 모든 똘마니들이 침을 꿀떡하고 삼켰다. 비장한 얼굴로 명하는 보스.

"아그들아, 가서 봉근이 자슥 목을 따온나."

"알겠심더, 행임!"

나이트클럽 '사시미와 건달들'에서 덩치가 산만한 건달들이 우르르 쏟아져 나왔다. 그들은 모두 머리를 짧게 깎았고, 검은 양복을 입고 있었으며 옷깃에는 주먹 모양의 황금빛 배지가 빛났다. 그들은 봉근이라는 순수하고 열정적인 청년을 영원히 파묻으려는 어둠의 무리였다.

신림동에 있는 고시 전용 하숙집으로 거취를 옮긴 메이린은 맹렬히 승천 고시 공부에 매진하고 있었다. 새벽 5시에 기상, 관악산에 올라가 간단한 기공 체조를 한 뒤 7시에 방으로 돌아와 용이 알아야 할 기상의 변화와 조화술을 익히는 기상 학개론을 2시간 정도 공부한다. 9시에는 작은 생쥐를 한 마리 잡아먹고 거실에서 아침 프로를 시청한 뒤 11시부터 용이 하늘을 날아다니기 위한 비상학을 2시간가량 공부한다. 1시부터 용의 표식인 역린을 튼튼하게 하는 역린 강화술을 배우고, 4시부터는 만물을 변화무쌍하게 부리는 음양 조화술을 익힌다. 6시에 잠시 산책을 하며 공부로 소진된 기를 보충하고 7시부터 객관식 문제 풀이에 들어가 10시나 11시경에 그날 일과를 끝낸다.

시계 톱니바퀴처럼 꽉 맞물려 빈틈없이 돌아가는 일상생활이었지만 메이린은 즐겁기만 했다. 자신의 꿈을 이루기 위한 공부이기 때문이었다. 게다가 구렁이 총각 승주가 옆에서 든든한 힘이 돼주었다. 승주는 그녀의 약점이었던 음양 조화술을 가르쳐 주고 요점 정리한 노트를 복사해 주기도 하였다. 잠들기 전에는 꼭 찾아와서 군것질거리를 전해주고 자신의 방으로 돌아가는 자상한 구렁이 총각이었다.

메이린은 자기 전에 비상학 객관식 문제를 풀면서 오늘 공부한 사항을 정리하고 있었다. 손에는 승주가 주고 간 죽은 참새를 들고 조금씩 뜯어 먹었다. 참새 고기를 오물거리는데 오늘 낮에 그와 머리를 맞대고 공부하던 순간이 생각났다.

병아리를 뜯어 먹는 그녀에게 승주는 밝게 웃으며 혀를 낼름거렸다.

"처녀 구렁이가 이쁘게 먹어야지. 그렇게 먹을 걸 뜯어 먹어야 쓰나."

승주는 붕어빵 봉지에 담아온 병아리 한 마리를 꺼내 꿀꺽 삼키고는 싱긋 웃었다.

"뱀답게 먹어야지. 한입에 통째로. 낼름낼름~"

"홋~ 알았어요. 한입에 아~"

메이린은 자신도 모르게 웃음이 새어 나왔다. 목부터 뜯어 먹은 참새의 시체를 한입에 털어넣고는 꿀꺽 삼켰다.

"캑~"

목이 메었다. 뱀답게 먹는 것도 힘들다. 주전자에 입을 대고 벌컥벌컥 물을 들이켰다. 객관식 문제집을 덮고 거울에 얼굴을 비춰보았다. 뚱뚱하고 아무렇게나 머리를 빗어 넘긴 촌스런 여자였다. 어차피 자신의 본모습은 아니지만 승주에게 보이고 싶은 모습은 아니었다.

'좀 더 예쁘게 둔갑을 해볼까.'

거실에서 스포츠 연에 신문을 들고 왔다.

'흠… 누구로 둔갑을 할까나……'

고소영, 김규리, 김남주, 김희선, 명세빈, 소유진, 심은하, 윤손하, 이제니, 이태란, 전지현, 채시라, 최지우, 한고은… 귀엽고 이쁘고 쭉쭉빵빵한 미녀들의 사진이 신문에 하나 가득이다. 메이린은 조용히 둔갑 주문을 외웠다.

"맨얼굴에서 기초 화장으로 기초 화장에서 색조 화장으로 화장에서 변장으로 변장에서 성형으로 성형에서 둔갑으로……."

고시 전용 하숙집에 푸른색 안개가 깔리더니 지지직 하고 번개가 쳤다. 안개가 걷히면서 나타난 것은 몸무게 47kg, 키 167cm, 고혹적인 눈빛의 탤런트 겸 영화배우 하. 지. 원. 메이린은 전신 거울에 자신의 모습을 비춰보다가 얼굴을 찡그렸다. 배가 볼록 나와 마치 올챙이 같은 모습이었기 때문이다.

"아직 조폭들이 소화가 덜 됐구나, 쯧!"

그녀는 책상 서랍 속에서 소화제를 꺼내 입에 털어넣었다. 조폭들은 근육이 단단해서 그런지 먹고 나서 계속 더부룩하고 소화가 안 됐다. 역시 속 편하고 맛 좋은 고기는 조류(鳥類)들이었다.

새로 둔갑한 얼굴에 만족하며 거울을 바라보고 있는데 방문이 쾅 하고 열렸다. 씩씩거리면서 숙녀의 방에 침입한 자는 천 년 묵은 이무기였다. 그는 계속되는 낙방으로 신경이 날카로웠다. 메이린은 날카로운 이빨을 드러내며 혀를 낼름거렸다.

"캬아악~ 낼름낼름~ 무슨 일이에요? 남의 방에!"

"너… 응시 과가 뭐냐?"

"그건 알아서 뭐 하게요!"

"말해! 응시 과가 뭐냐고!"

"청룡과예요."

"뭐야! 청룡과!"

하늘의 사신(四神) 중 하나이며 동방의 수호신인 청룡. 단 2마리밖에 뽑지 않아 경쟁도 그만큼 치열했다. 이무기는 사악한 미소를 흘렸다.

"청룡과라고… 크크크… 재밌군. 승주 녀석도 청룡과 응시생인데……."

"당신이 무슨 상관이죠?"

"나 역시 청룡과거든. 이거 재밌어… 크크크… 같은 하숙집 안에 경쟁자가 둘이나 있다니……."

이무기는 들어올 때처럼 방문을 쾅 닫고 나가 버렸다. 메이린은 왠지 음침하고 기분 나쁜 자라고 생각했다. 인간으로 둔갑했어도 눈 밑이 검고 이상한 기운이 감돌아 정상인처럼 보이지 않았다.

메이린의 방에서 나온 이무기는 두 주먹을 꽉 쥐었다. 메이린은 구렁이임에도 불구하고 상서로운 기운이 감돌았다. 그런 기운은 지난 회 수석 합격자인 비단뱀 제니스에게서 느껴본 뒤로 처음이었다. 이무기는 5백 년 동안 계속 낙방한 주제에 빼어난 수험생을 발견하기만 하면 터무니없는 경쟁심을 불태우곤 했다. 그것은 오랜 고시 생활이 이무기에게 가져올 수 있는 치명적인 병, 바로 고시병이었다. 과거 역사상 고시병에 걸린 많은 이무기들이 얼마나 많은 민폐를 끼쳤던가. 그 역시 병이 깊어 가끔 길 가던 처녀를 납치해 잡아먹거나 고시촌 수험생들을 죽였다. 메이린은 그의 신경을 건드리는 새로운 방해물이었다.

둔갑 팬더 관련 프로젝트에 긴급 투입된 말다와 수걸리 요원은 인천
국제공항에 도착해 입국 심사대를 빠져나오고 있었다. 말다는 임무에
대한 중압감으로 경직된 얼굴이었으나 수걸리는 오랜만의 해외 출장에
들떠 있었다.

"수걸리 씨, 우선 팬더를 잡았다가 놓쳤다는 추적자부터 만나봅시
다."

수걸리는 어이가 없다는 표정이었다.

"무슨 소리예요? 백화점부터 가야죠."

"백화점은 왜요?"

"서울에 왔는데 쇼핑도 안 해요? 우리 엄마 화장품도 사고 제가 입
을 옷도 좀 살 거예요."

"수걸리… 임무부터 수행해야죠. 그리고 여긴 물가가 장난이 아니
에요."

"싫어! 쇼핑하구 롯데월드에도 가볼 거야. 그리고 경복궁이랑 남대
문도 보고……."

말다는 정색을 하고 말했다.

"마음대로 해요. 난 추적자를 만나보러 갈 테니."

수걸리는 풀이 죽어서 말다의 손을 잡았다.

"미안해요, 말다 씨. 당신 말이 맞아요. 임무 수행부터 해요."

"괜찮아요, 수걸리. 쇼핑하고 좀 놀다 오세요. 오랜만에 외국 나왔
는데……."

"정말이요? 정말 그래도 돼요? 제가 미안해서 어쩌죠?"

"아니에요. 난 일하는 게 즐거운 사람이에요."

"고마워요, 말다 씨. 우리 나중에 합류해요. 꺄호호호······."

수걸리는 깔깔거리며 모범택시를 잡아타고 명동으로 향했다. 말다는 수걸리가 떠나는 것을 확인한 뒤 공중전화기의 수화기를 들었다.

"여보세요? XX공사 유한공사 서울 사무소죠?"

―네, 그렇습니다.

"전 미제사건 담당 수사관 조말다입니다."

―아이구, 오셨습니까! 지금 공항에 계십니까? 제가 모시러 갑지요.

말다는 서울 상사 주재원에게 룸살롱 접대를 받기로 약속이 되어 있었다. 눈앞에 고급 양주와 한국 미녀들의 홀딱 쇼가 어른거리고 있었다. 말다는 좋아서 혼자 입을 가리고 웃었다. 두 요원의 직무 유기는 둔갑 팬더 프로젝트 팀에서 전혀 예측치 못했던 심각한 사태였다.

제18장

"깡패 지옥

봉근의 목숨을 노리는 암흑가의 무리들은 고급 승용차 다섯 대에 나
눠 타고 봉근의 집으로 향했다. 그들은 모두 퍼렇게 날이 선 연장들을
옷 속에 품고, 가슴속에서 복수심을 불태웠다. 허울 좋은 의리를 내세
워 인명을 무자비하게 살상하는 그들은 폭력의 화신(化身)들이었다.

"행임, 다 왔습니더."

"오야. 여그가 봉근이 집이가?"

"그렇심더."

"가서 조지뿌자."

"예!"

덩어리들이 눈에 불을 켜고 차에서 튀어나왔다. 웬 소란인가 싶어
창밖으로 고개를 내밀었던 동네 아주머니는 '에그머니나' 하면서 창
문을 걸어 잠궜다. 도난 방지를 위해 봉근이 설치했던 특수 도어록이

거한이 휘두르는 해머에 여지없이 부서졌다. 집 안으로 밀려들어 오는 검은 양복의 장정들.

"봉근이 어딨노! 어잉! 봉근아!"

조폭들을 이끌고 들어온 점박이 사내가 외쳤다.

"봉근이는 여기 없다."

부엌에서 웬 꼬부랑 할머니가 나오면서 조폭들에게 말했다.

"할매! 할매는 머꼬?"

"버르장머리없는 놈… 난 소청이다!"

"할매, 좋은 말로 할 때 봉근이 자식 내놔."

"고렇게는 못하지."

할머니는 배추김치를 자르던 큰 가위를 둘로 쪼개어 각각 양손에 쥐었다. 그리고 앙칼지게 대갈일성.

"꿇어!"

조폭들은 어이가 없어 서로의 얼굴을 바라보았다.

"놀~구 있네. 이 할망구가!"

조폭들은 소청에게 달려들어 발길질을 퍼부었다. 비 오듯 쏟아지는 구둣발에 소청은 가위를 떨구고 비명을 질렀다.

"아이구우~ 너구리 죽네~"

펑! 하고 둔갑이 풀리면서 노파는 너구리로 변해 도망치기 시작했다.

"저 너구리를 잡아!"

조폭들은 집 밖으로 달아난 너구리를 쫓기 시작했다. 너구리는 잡힐 듯 잡힐 듯 약을 올리며 계속 달아났다. 한참을 달리던 조폭들은 자신들이 한 번도 와본 적이 없는 장소에서 달리고 있다는 사실을 깨달았다. 좌우로는 안개가 자욱하게 끼어 아무것도 보이지 않고 포장되지 않은 발 밑의 흙 길은 끝 간 데 없이 이어지고 있었다. 뒤를 돌아보면 지금까지 달려온 길이 역시 끝이 보이지 않을 정도로 길게 이어져 있었다. 주위는 점점 어둑어둑해지고 있었다. 자신들이 쫓던 너구리는 어디로 갔는지 보이지도 않았다. 간간이 먼 곳에서 사람들의 비명 소리가 들려와 오싹하게 했다.

"형님, 여기가 어딥니꺼?"

"내도 모른다. 내가 우예 알겠노."

"행임요, 돌아가입시더. 왠지 찜찜합니더."

그들은 왔던 길을 되돌아가기 시작했다. 이미 너구리나 봉근에 대한 생각은 까맣게 잊어버리고 오직 이 으스스한 곳에서 벗어났으면 하는 마음뿐이었다. 하지만 아무리 걸어도 자욱한 안개와 흙 길만이 계속될 뿐이었다.

"거참, 이상하대이. 분명 우리가 서울에 있었는데, 불빛 하나 안 보이고……."

"귀신이 곡할 노릇이라예……."

앞서서 걷던 점박이 사내가 크게 외쳤다.

"불빛이다!"

자욱한 안개 사이로 조그만 불빛이 깜빡거리고 있었다. 그들은 망망대해를 헤매다가 등대 불빛을 발견하기라도 한 듯이 기뻐했다.

"아, 정말 불빛이네. 이제 살았대이."

"머 하는 델까?"

"함 가보자."

조폭들은 정신없이 달리기 시작했다. 봉근을 죽이려고 품고 왔던 연장들도 다 팽개치고 달렸다. 화려한 도시의 불빛에 익숙한 그들에게 어두운 시골 길은 걷기 힘든 권태와 두려움이었다.

"아니, 이건?"

점박이 사내는 눈앞에 나타난 불빛의 정체에 놀랐다. 아담한 규모의 단란주점이 길가에 서 있었던 것이다. 핑크 빛 간판의 글자가 선명했다.

단란주점 밍밍.

"아니, 이런 외딴 곳에 우예 술집이 있노?"

"그라게 말임더, 행임."

"일단 함 들어가 보자."

조폭들은 우르르 몰려들어 갔다. 큰 방과 작은 방이 서너 개 정도 있고 중앙에 널찍한 홀이 있었다. 홀에는 최신식 노래방 기계가 손님을 기다리고 있었다.

"이야~ 이게 웬일이고. 행임! 분위기 죽이는데에."

"근데 주인은 어데 갔노?"

"제가 주인이에요."

조폭들은 야들야들한 여자 목소리가 들려오는 쪽으로 일제히 고개를 돌렸다. 검정색 이브닝 드레스를 걸친 섹시한 여성이 하얀 손을 살랑거리며 그들에게 걸어오고 있었다.

"오~ 마담이가? 억수로 젊고 이쁘네."

"호호, 고맙습니다."

여인은 그들을 주욱 둘러본 뒤에 리더의 분위기를 풍기는 점박이 사내의 옆 자리에 앉았다.

"어떻게… 술은 뭐로 드시겠어요?"

"술? 제일 비싼 걸로 내온나."

"안주는요?"

"마른안주로 내주소."

"잠깐만 기다리세요."

여인은 엉덩이를 실룩거리며 부엌 안으로 사라졌다.

"이야~ 행임! 마담 몸매 직이는데에."

"걸떡대지 마라. 저 마담은 내가 찍은 기라."

잠시 후 여인이 양주와 마른안주들을 내오자 조폭들의 걸쭉한 술 파
티가 벌어졌다. 먹고 마시고 노래하고 소리 지르고 게워내고 썰렁하던
단란주점은 순식간에 난장판으로 변했다. 점박이 부두목은 마담을 옆
에 앉혀놓고 연신 싱글벙글이었다.

"마담, 이름이 뭐라고 했제?"

"호호, 밍밍이라고 했잖아요."

"밍밍… 거참, 웃기는 이름이네, 허허……."

"중국 이름이에요. 자~ 아~ 안주 하나 드세요~"

"그래? 허허… 화교였구만. 마담, 애인 있나?"

"아니요~ 아직 없어요."

"없나? 그럼 나랑 애인하믄 어떻겠노? 응?"

마담은 부끄러운 듯 몸을 빼며 웃었다.

"아잉~ 전 좋아하는 사람 있어요."

"좋아하는 사람? 그럼 짝사랑이고? 아니, 이 이쁜 마담을 외롭게 하
는 썩을 놈의 자슥이 누꼬?"

"있어요… 봉근이라고……."

"보, 봉근?"

점박이 사내는 술이 확 깼다. 봉근이라는 이름을 듣는 순간 자신의 임무와 처지가 떠올랐다.

"왜 그러세요? 아는 분이세요?"

"아, 아이다. 동명이인이젰제."

점박이 사내는 주점 안을 휘 둘러봤다. 모두들 만취되어 제정신들이 아니었다. 대취(大醉)하여 잠든 자도 있었다. 점박이 사내는 마담의 어깨를 잡고 물었다.

"마담! 근데 여기가 우데꼬? 서울이가?"

"글쎄요… 호호호… 서울은 아니에요."

"그라나? 우리는 서울로 가야 카는데, 우야믄 되겠노?"

"좀 있으면 버스가 와서 설 거예요. 그걸 타고 가시면 돼요."

"버스가 온다꼬? 알았다. 아그들아! 갈 준비해라! 이제 술 고만 묵고!"

너구리 쫓다가 생전 보지 못한 길로 접어들고, 외딴 곳에 덩그러니 서 있는 술집에 들어와 술을 마셨다. 뭔가 이상했다. 어서 여기서 빠져나가야겠다는 느낌이 들었다.

부하들을 추슬러 주점 밖으로 나오자 어느새 시커먼 버스가 대기하고 있었다.

"이기 서울 가는 버슨갑다. 아그들아! 타자!"

"예에, 형님… 딸꾹!"

"에이, 더 놀다가 가지… 더 마십시대이, 행임……."

점박이 사내는 혜롱대는 부하들을 모두 버스에 실었다. 마담이 주점

앞에 서서 손을 흔들었으나 고개를 돌렸다. 매력이 넘쳤지만 왠지 섬뜩한 느낌이 드는 여자였다.

버스는 덜컹거리며 한참을 달렸다. 하지만 불빛 하나 보이지 않고 계속 안개 속을 헤매는 중이었다. 점박이 사내는 불길한 예감이 들어 버스 안을 둘러보았다. 이상한 버스였다. 요금 내는 통도 없고 광고나 노선 안내도 없었다. 운전사에게 다가가 물었다.

"이거 서울 가는 버스 맞습니꺼?"

운전사는 말없이 운전대만 잡고 있었다. 가만히 살펴보니 복장이 이상했다. 머리에는 갓을 쓰고 옷은 검정색 도포를 입었다. 그는 부아가 치밀어 소리를 버럭 질렀다.

"서울 가는 차 맞냐고! 이 씨붕새야!"

운전사는 고개를 천천히 돌렸다. 눈 언저리와 입술이 새카맣고 얼굴이 백짓장처럼 하얀 것이 꼭 죽은 사람 같았다.

"서울 안 갑니다."

"뭐, 안 간다꼬? 그럼 어디 가는 차야?"

"저승 가는 차입니다."

"머… 머라꼬? 저… 저승?"

그는 의자에 털썩 주저앉았다. 오줌이 찔끔거리고 턱이 덜덜 떨렸다. 어쩐지 뭔가 이상하다 싶었다. 밖을 내다봤으나 안개만이 계속되었다.

한참을 달린 끝에 버스가 정차했다. 삿갓 쓴 운전사가 조용히 말했다.

"다 왔습니다. 내리시지요."

"여기가 어딘데?"

"깡패 지옥."

"까‥ 깡패 지옥?"

"당신들같이 폭력으로써 행패를 일삼는 무리들이 죽어서 오게 되는 지옥입니다. 어서 내리십시오."

"시, 싫다! 우린 안 내릴 끼다! 우린 안 죽었다!"

부하들이 점박이 사내 주위로 몰려들었다. 그들은 모두 두려움에 질려 있었다. 이상하게도 술에 만취했던 부하들이 모두 말짱하게 돌아와 있었다.

"행임요, 예가 어뎁니꺼?"

"내… 내도 모른다."

"무서바 죽겠심더. 하늘이 온통 핏빛이라예."

"괴상한 동물들이 돌아다님더. 저것 보이소! 머리가 둘 달린 개라예!"

삿갓 쓴 운전사는 그들을 차츰 윽박지르기 시작했다.

"어서들 내리시지요. 좋은 말 할 때……."

"싫다카이! 우린 안 내린다! 차 돌리라!"

점박이 사내는 회칼을 꺼내 들고 삿갓 운전사를 위협했다. 운전사의 얼굴이 일그러지기 시작했다.

"이것들이… 어서 내리지 못해! 캬아아악!"

운전사의 얼굴이 옆으로 주욱 늘어나면서 입이 옆으로 찢어졌다. 머리에서는 뿔이 솟아나고 눈에서는 불꽃이 이글거렸다. 혀는 길게 늘어져 낼름거리고 날카로운 이빨이 조폭들을 향해 딱딱거렸다.

"히엑!"

"으아아!"

놀란 조폭들이 앞 다투어 버스 밖으로 쏟아져 나왔다. 버스는 조폭들을 토해내자 연기처럼 사라졌다. 점박이 사내와 부하들은 자신들이 무시무시한 거인(巨人) 네 명에게 둘러싸여 있음을 인식했다. 그들은 키가 4미터 정도 되었으며 손에는 큰 창을 들고 있었다. 거인들은 모두 수염을 길렀고 무서운 인상들이었다. 한 명의 거인이 쩌렁쩌렁한 목소리로 말했다.

"우리는 깡패 지옥의 간수들이다. 한 명도 빠짐없이 나를 따라오너라."

조폭들은 도저히 거역할 수 없는 상대들임을 깨닫고 순순히 발걸음을 옮겼다. 구두가 녹을 정도로 뜨거운 도로를 한 시간가량 걸어가니 많은 죄인들이 우글거리는 재판정이 나타났다. 그들을 심판하는 염라대왕은 얼굴이 보이지 않을 정도로 까마득히 높은 의자 위에 앉아 있었다. 재판은 경범죄인을 다루듯이 신속하게 행해졌다. 점박이 사내가 가장 먼저 끌려가 염라대왕 앞에 무릎을 꿇었다. 굵은 목소리가 위에서 들려왔다.

"이름 최남봉! 죄를 많이 지었구나! 여봐라! 저놈을 지옥6도에 끌고 루 돌려라!"

"요… 용서해 주세요, 대왕님!"

"이미 늦었다. 다음!"

점박이 사내는 거인 간수에게 떠밀려 마치 코스 요리를 먹듯이 6개의 지옥을 차례로 맛봐야 했다.

깡패 지옥의 여섯 지옥

1. 라이벌의 지옥.

생전에 패권을 다투던 라이벌 조직의 건달에게 수모를 당한다. 점박이 사내는 가자미파 부두목의 다리 사이를 지나고 그의 구둣발을 핥았다. 치욕을 못 이겨 혀를 깨물었으나 금방 지혈이 되고 새살이 돋았다. 자살 기도는 고통만 가중될 뿐이다.

2. 짭새의 지옥.

경찰들에게 취조를 받다가 고문을 당하는 지옥. 똑같은 질문을 일만 갑자 이상 받으며 혀가 마비될 때까지 대답한다. 반항하거나 대답을 늦게 하면 무시무시한 고문이 기다린다.

3. 다구리의 지옥.

사시미칼 한 자루 들고 자. 축. 인. 묘. 진. 사. 십이지신(十二支神)과 다구리로 붙는다. 온몸이 찢어질 때까지 두들겨 맞게 된다.

4. 돌림빵의 지옥.

여섯 마리 음탐괴수(淫貪怪獸) 들에게 성폭행을 당한다. 항문이 찢어질 때까지.

5. 배신의 지옥.

가장 아끼는 부하에게 온몸이 너덜너덜해질 때까지 연장질을 당한다. 칼침을 일천 갑자 이상 맞은 후에 '고마 해라. 마니 묵으따아이가' 라고 외치면 다음 지옥으로 넘겨진다.

6. 나와바리의 지옥.

살아생전에 삥을 뜯었던 술집 주인들, 노래방 주인들, 오락실 업주들, 노점상들에게 몰매를 맞는다. 머리통이 터질 때까지 얻어맞은 후에 다시 1번 지옥으로 넘겨져 끝없이 순환한다.

봉근은 깊은 잠에서 깨어나 눈을 부볐다. 밍밍이 타주는 차를 마시고 잠들었는데 벌써 여섯 시간이 지났다. 초인종이 울렸다. 문을 열어 주니 밍밍과 소청이 피곤한 얼굴로 들어왔다.

"니들 어디 갔다 오니?"

"호호, 나쁜 놈들 지옥에 보내 버렸죠."

"……?"

"봉근 오빠! 저녁 먹었어요?"

"아니… 방금 일어났어."

"식탁에 앉으세요. 제가 금방 맛있는 저녁 해드릴게요~"

밍밍은 앞치마를 두르고 된장찌개를 끓였다. 소청은 쪼개진 가위를 다시 합치려 낑낑대고 있었다. 거실 바닥에 구두 발자국이 어지럽게 나 있었으나 봉근은 신경 쓰지 않았다. 요즘 너무 이상한 일들이 많이 일어났기 때문이다.

서울 소공동에 위치한 한 호텔 객실. 수걸리 요원은 모닝콜을 받고 싱글 침대에서 무거운 몸을 일으켰다. 어제저녁 시내 구석구석을 돌아 다닌 탓에 다리가 붓고 기운이 없었다. 하지만 이틀이나 농땡이를 부리다가는 임무 수행에 차질이 생길 수 있었다. 룸 서비스로 아침 식사를 받아 먹은 후 양치질을 하고 양변기 위에 쭈그리고 앉아(수걸리는 재래식 변기에 익숙했다) 큰 덩어리를 두 개 정도 투하한 뒤 엉덩이에 튄 물기를 닦았다. 수사와 격투에 지장이 없도록 디자인된 정장을 갖춰 입고 장전된 권총을 확인한 뒤 객실을 나왔다.

말다 요원이 묵고 있는 건너편 객실 문을 두드렸으나 응답이 없었다. 손잡이를 돌려보니 문은 잠겨 있다. 혹시 긴급한 상황이 발생했을 수도 있으므로 이런 경우 잠금 장치를 해제 또는 파괴하고 들어가 동료 요원을 돕는 것이 규칙이었다. 수걸리 요원은 두세 발짝 뒤로 물러섰다. 크게 심호흡을 하고는 달려가며 오른쪽 다리를 크게 들어 올렸다.

"이야아얍!"

쾅 하고 문을 걷어찼으나 특급 호텔답게 끄떡도 하지 않았다. 최대한 뒤로 물러선 수걸리 요원은 괴성을 지르며 달려들었다.

"이야아아아아—!"

달리던 도중에 하이힐이 삐끗했다. 쿵 하고 머리를 박은 수걸리, 뒤로 벌렁 나자빠져 치마가 뒤집어졌다. 이를 지켜본 호텔 직원이 다급하게 달려와 수걸리를 부축했다.

"손님, 괜찮으십니까?"

"아니… 쪽팔려……."

수걸리는 직원에게 마스터 키를 받아서 문을 열었다. 침대에는 말다 요원이 쥐 죽은 듯이 누워 있었다. 꼴이 말이 아니었다. 눈은 퍼렇게 멍이 들었고 입술 위로는 코피가 말라붙었으며, 입고 있는 와이셔츠와 양복은 여기저기 찢어지고 솔기가 터져 있었다. 호텔 객실에 들어서자마자 침대에 쓰러져 잠들었던 모양이다. 수걸리는 말다 요원을 흔들어 깨웠다.

"말다, 괜찮아요?"

말다는 눈을 부비며 일어났다. 자신의 참담한 몰골을 살피더니 수걸리에게 진지한 표정으로 말했다.

"어제 진진의 행방을 조사하다가 수상한 자들을 만났어요. 모두 무술의 고수들이더군요. 일 대 팔로 붙어서 싸웠는데 역부족이었죠. 아무래도 둔갑 팬더와 관련있는 자들 같습니다. 목숨이라도 건진 게 다행이에요. 정말 무서운 자들이었습니다……."

가만히 듣고만 있던 수걸리 요원이 입을 열었다.

"거짓말 마세요… 어제 술집에서 팁 안 줘서 호스티스들한테 몰매 맞았다면서요."

"다… 당신은 정말……."

"뭐요?"

"모르는 게 없구려……."

수치심에 얼굴이 상기된 말다는 고개를 떨궜다.

"말다 씨… 주접떨지 말고 어서 일어나요. 수사를 시작해야죠."

"잠깐, 수걸리! 해야 할 일이 있어요!"

말다 요원은 검정색 서류 가방을 침대 위에 올려놓았다. 말다가 서류 가방을 여는 순간 수걸리의 눈이 휘둥그레졌다. 서류 가방은 최첨단 노트북이었던 것이다.

"놀랍군요… 가방 속에 이런 것이……."

"더 놀라운 걸 보여 드리죠."

말다 요원이 자판을 두들기자 가방 한쪽에서 파라볼라 안테나가 튀어나왔다.

"인공 위성을 통해 인터넷에 접속할 수 있어요."

"아… 대단해요. 그런데 무슨 일로… 혹시 본부로부터 새로운 지시라도?"

말다 요원은 소형 마우스를 연결하면서 심각한 얼굴로 말했다.

"포트리스 한 판만 하고 갑시다."

수걸리는 하이힐을 벗어 말다 요원의 뒤통수를 갈겼다.

"악! 왜 때려!"

"말다! 정신 차려요!"

수걸리의 눈에는 눈물이 그렁그렁 고어 있었다. 동료애와 연민이 뒤섞인 감정의 복받침이었다.

"말다 씨… 이런 건 당신의 모습이 아니에요… 미지의 팬더를 향한 탐구심과 일에 대한 열정은 어디로 갔나요? 말다 씨! 당신의 진짜 모습을 보여줘요!"

수걸리의 눈물 어린 간청에 말다는 갑자기 옷을 벗기 시작했다. 와이셔츠를 벗어 던지고 혁대를 끌렀다. 수걸리는 경악했다. 말다 요원은 레이스 달린 여자 속옷을 입고 있었던 것이다.

"이것이 나의 진짜 모습이오, 수걸리."

"우욱… 변태……."

공안 주능송은 숙소에서 홀로 맥주를 마시고 있었다. 진진을 놓친 원통함이 가슴에 맺혀 잠이 오지 않았다. 다 잡은 고기를 놓치다니. 스스로에게 바보라고 욕하며 가슴을 쳤다. 세 번째 맥주병을 따는데 문을 열고 들어오는 두 사람이 있었다. 한 사람은 야무진 인상에 곱게 화장을 한 여성으로 짙은 색 정장을 차려 입었으며 다른 이는 키가 훤칠하게 크고 눈썹이 짙은 미남형의 남자였다. 남자 쪽은 옷이 군데군데 찢어지고 얼굴에 상처가 있는 것으로 보아 어디서 크게 싸움이 붙은 듯했다.

"누구십니까?"

"미제 사건 담당 수사관 수걸리예요. 이쪽은 조말다 수사관이구요."

"그런데요?"

능송은 잔뜩 경계하는 낯빛이었다.

"잘 아실 텐데요."

말다 요원은 주능송의 인사 기록 사본을 내밀며 전후 상황을 설명했다.

"팬더가 괴한에게 탈취당했다는 말을 들었을 때, 전 내부에 공모자가 있다는 느낌이 들었습니다. 둔갑 팬더 프로젝트는 기밀 사항이라 조직 내 관련자들이 아니면 알 수 없거든요. 한국으로 오기 전, 전 독자적으로 내부 인사들을 수사했습니다. 결국 연자금이라는 자가 팬더의 생포 사실과 접선 지점을 외부로 유출했다는 사실을 알게 되었죠. 연자금과 같은 부서 사람 중 한 명이 한국으로 파견을 나갔었다는 사실두요. 바로 당신, 주능송 씨 말입니다."

"무슨 소리를 하시는지 잘 모르겠군요. 전 여기 관광차 온 겁니다. 지금 휴가 기간이라구요. 확인해 보시면 알 텐데요."

"주능송 씨, 시치미 떼도 소용없어요. 우린 내사 업무도 맡고 있어요. 당신이 비밀 임무를 띠고 한국에 잠입했다는 사실을 알고 있습니다."

"휴우… 그러시군요. 맞습니다. 전 팬더를 잡으러 왔습니다. 하지만 팬더를 탈취했다니 터무니없는 말입니다. 정황 증거만으로 절 몰아세우시니 당황스럽군요."

"정황 증거? 하하하! 이봐, 능송! 연자금이 이미 자백했어!"

"자백? 크윽, 연자금, 이 자식……."

능송은 분에 못 이긴 듯 머리를 쥐어뜯다가 이내 체념한 듯 두 손을 내밀었다. 수걸리 요원이 허리춤에서 수갑을 꺼내 그의 손목에 채웠다.

"주능송 씨, 당신을 업무 방해 혐의로 직위 해제하고 체포합니다."

"아울러 작가의 결정에 의해 둔갑 팬더에 더 이상 출연할 수 없음을 알려 드립니다."

능송은 일순 어린애같이 말다와 수걸리 요원에게 매달리며 애걸했다.

"아앙~ 등장한 지 얼마 됐다고 벌써 짤라~ 앙~ 좀 더 붙여줘~"

말다 요원은 능송의 등을 토닥거리며 위로했다.

"괜찮아. 넌 무술이 좀 되니까 새로 나오는 무협지로 차원 이동시켜 줄게."

"아앙~ 중원은 싫어~"

IMF 사태 이후 소설에서도 무능력 캐릭터의 퇴출과 구조 조정이 가속화하고 있다. 당사자에게는 미안한 일이지만 초일류 판타지 스토리 구축을 위해서는 어쩔 수 없는 일이다. 이제는 무한 경쟁의 시대니까. 잘 가시오, 주능송. 중원에 가시걸랑 부디 자기 개발에 힘써 능력있는 고수가 되시길 바라오. 안일함에 젖어 생활하다가는 암습을 당해 저세상으로 가기 쉬운 곳이니.

제9장
송달화의 연환지계(連環之計)

근 일주일간 문을 닫았던 웅묘월병(熊猫月餠)이 다시 개장했다. 주인 송달화는 오래된 과자들을 버리고 새로 구운 과자들을 포장하고 있었다. 진진을 엉뚱한 사람에게 넘겨주긴 했으나 그다지 우울하진 않았다. 진진을 가로챈 자의 신원이 밝혀졌고 공안 요원 둘이 그를 추적하고 있었다. 팬더를 되찾을 수 있을 것이다. 실수를 저질렀으니 질책은 받겠지만 최초로 팬더를 생포한 공로를 인정받을 수 있을 것이란 기대가 그의 가슴속에 남아 있었다.

가게문이 삐걱 열리는 소리에 자동적으로 인사를 했다.

"어서 오십쇼~"

고개를 꾸벅 숙였다가 들어보니 낯익은 얼굴의 남녀가 서 있었다. 며칠 전 찾아왔던 공안 요원들이었다.

"조말다입니다. 기억하시죠?"

"아, 예. 물론입죠. 앉으시지요."

송씨는 엽차와 중국 과자 한 접시를 내오면서 가슴이 두근거렸다. 어쩌면 팬더가 잡혔다는 소식을 전하러 왔을지도 모를 일이었다. 그는 조심스럽게 차와 과자를 내려놓고 두 사람의 눈치를 살폈다. 말다는 조용히 차를 마시기 시작했고 수걸리는 핸드백에서 커다란 총알 하나를 꺼냈다. 총알을 보는 순간 송씨의 얼굴색이 하얗게 변했다. 수걸리는 총알을 들더니 입술에 쓱쓱 문지르기 시작했다. 송씨의 겁먹은 표정을 알아챈 그녀가 웃으며 말했다.

"립스틱이에요. 여성 비밀 요원들에게는 필수 장비죠."

"아, 예… 놀라운 장비군요."

말다 요원이 롱코트 품속에서 38구경 리볼버를 꺼내며 송씨의 머리에 겨누었다.

"더 놀라운 걸 보여 드리지."

식은땀을 흘리는 송씨를 앞에 두고 말다는 리볼버의 총구를 자신의 턱으로 가져갔다. 그리고 방아쇠를 당겼다. 위잉 하는 소리가 리볼버에서 들려왔다.

"면도기요. 국가 공무원은 항상 깔끔해야 하지."

"대, 대단합니다. 전 진짜 총인 줄 알았어요……."

"적들의 허를 찌르는 것이 비밀 공작의 핵심이오."

말다는 면도를 마치고 서류 가방을 탁자 위에 올려놓았다. 번호를 맞추자 딸깍하고 가방이 열렸다.

"본론으로 들어갑시다. 실은… 팬더를 되찾는 데 실패했소."

"시, 실패했다구요?"

"그렇소. 주능송이가 배에 싣고 달아나던 중 바다로 뛰어들었다고 하오."

"네? 그럼 죽었나요?"

"아니. 지나가던 경비정에 구조되었소. 지금쯤 동물원에 갇혀 있을 지도 모르지."

송씨는 고개를 떨구고 한숨을 푹 내쉬었다. 담배 한 개비를 입에 물 자 말다 요원이 자신의 라이터로 불을 붙여주었다.

"너무 체념 마시오. 진진이 어떤 팬더요? 천 년 넘게 인간들을 농락 해 온 요물이 아니오? 반드시 자기의 거처로 돌아올 거요."

수걸리가 다가와 송씨의 등을 어루만지며 부드러운 목소리로 말했 다.

"송달화 씨, 우리는 당신의 공을 가로챌 생각은 추호도 없어요. 진진 이 사는 곳을 대라고 강요하지도 않을 거예요. 송달화 씨가 다시 한 번 진진을 잡아주세요."

말다 요원은 명함 한 장을 탁자 위에 던지고 자리에서 일어섰다.

"진진을 잡으면 연락하시오. 사례는 공안당국에서 직접 할 거요."

말다와 수걸리가 가게문을 열고 나간 뒤 송씨는 말다가 남기고 간 명함을 물끄러미 바라보았다.

룸살롱 산타페 영업이사 오수빈.

"멍청한 놈, 명함을 잘못 주고 갔잖아."

술집 명함을 구겨서 휴지통에 버렸다. 가게문 셔터를 내리고 곰곰이 생각에 잠겼다. 진진을 손쉽게 잡을 묘안을 짜내기 위해서였다. 한참 을 생각하던 송씨는 무릎을 탁 쳤다.

"연환지계(連環之計)!"

그는 딸이 근무하는 회사로 전화를 걸었다. 은경이 낭랑한 목소리로 전화를 받았다.

"네, 송은경입니다."

"애야, 나다."

"아버지, 어떻게 됐어요? 빼앗긴 팬더는 되찾았나요?"

"그게… 도망쳤다는구나."

"저런… 어쩌죠, 아버지. 그렇게 기대를 하셨는데……."

"아니다. 다시 잡으면 된다. 살고 있는 곳을 알고 있잖니."

"지난번처럼 또 마취총으로 잡으시려고요?"

"아니다. 더 좋은 방법이 있다."

"뭔데요?"

"네가 좀 도와줘야겠구나."

"제가요? 어떻게요."

송씨는 딸에게 미안한 마음이 들어 약간 망설이다가 입을 열었다.

"은경아, 연환지계의 고사를 알고 있니?"

"네?"

"초선이가 사도 왕윤의 뜻을 받들어 동탁과 여포의 사이를 갈라놓았던 고사 말이다."

"무슨 말씀이세요. 아버지……."

"봉근이란 총각이 널 좋아한다고 했지?"

"네."

"내가 너한테 부탁하는 건 그러니까……."

"무슨 말씀인지 알겠어요."

"은경아! 이 아비를 도와다오!"

미스 송은 전화를 끊고 추봉근이란 인간에 대해 한참 동안 생각했다. 추봉근. XX카드 여직원회 선정 '올해의 꼴불견 남자 사원' 3년 연속 1위. '같이 일하고 싶지 않은 남자 사원' 2위. XX카드 대리 승진 시험 3년 연속 탈락. 집기 파손 및 돌출 행동으로 부서 내 최다 징계 기록. 그녀는 주먹을 꼭 모아 쥐었다.

"그래… 이 한 몸 희생하여 아버님께 효도해 보자!"

첫 번째 직장에서 쫓겨나고 두 번째 직장을 괴멸시켜 버린 봉근은 집에서 진진과 장기를 두며 후일을 도모하고 있었다.

"웅~ 봉근~ 장군 받아~"

"오옷, 열받아. 우씨……."

"웅~ 근데 봉근~ 앞으로 뭐 해서 먹고 살 작정이야?"

"몰라. 카드업계에선 다신 일 안 해."

"웅~ 그럼 뭐 할 건데?"

"글쎄… 생각 좀 해보자. 자! 멍군!"

"웅~ 요렇게 하면 또 장군이지~"

"아우~ 열받아……."

봉근은 장기판을 뒤집어엎고픈 충동을 가까스로 억제하며 손톱을 물어뜯었다. 진진은 재미있다는 표정으로 방긋방긋 웃었다.

"웅~ 봉근은 수가 너무 빤해서 이기기 쉽다니까… 히히……."

감정을 억누르며 장기말을 씹던 봉근은 온몸을 부르르 떠는 전화기를 집어 들었다.

"여보세요?"

—안녕하세요, 추봉근 씨. 그동안 잘 지내셨나요.

봉근은 벌떡 일어나 휴대 전화기를 두 손으로 받쳐 들었다.

"으… 은경 씨!"

XX카드 회사에서 나온 뒤로는 가슴속에만 고이 묻어두었던 여인의 목소리였다. 봉근은 눈물이 왈칵 쏟아질 뻔했다.

"은경 씨, 어쩐 일로 저에게 전화를 다 주시고……."

—어머 서운하네요. 제가 봉근 씨 나간 뒤로 얼마나 적적했는데요…….

봉근은 송화기를 가리고 소리를 질렀다.

"아조오오오~ 아싸아싸!"

진진은 말없이 장기판을 정리했다. 뒤집어엎거나 집어 던질지도 몰랐다. 봉근은 기분이 너무 좋아도 위험한 인물이었다.

—요즘 어떻게 지내세요? 새 직장에는 잘 적응하고 계시나요?

"아, 예… 그럼요… 하하……."

—잘되셔야 할 텐데… 전 항상 봉근 씨 걱정뿐이랍니다.

"으… 은경 씨가 그토록 절 생각하시는 줄 전 미처 몰랐습니다. 크흑……."

봉근은 옷소매로 눈가를 훔쳤다. 와이셔츠에 콧물이 묻어 나왔다. 진진이 봉근의 등을 토닥거렸다.

—봉근 씨, 오늘 저녁 시간 있으세요?

"오늘 저녁이요! 그럼요! 있습니다!"

—잘됐네요. 신촌에 있는 나이트클럽에서 오늘 파티가 있어요.

"파티요?"

—네. 제가 봉근 씨도 초대하고 싶은데… 괜찮으시겠죠?

"그럼요! 괜찮구말구요!"

봉근은 전화기를 들고 펄쩍펄쩍 뛰었다. 그가 뛰어오를 때마다 머리가 천장에 부딪쳤다. 바닥에 착지할 때는 창문이 흔들렸다.

위층에 사는 다섯 살짜리 꼬마가 텔레비전을 보다가 엄마에게 쪼르르 달려갔다.

"엄마, 방바닥이 쿵쿵 울려. 지진인가 봐."

"아래층에서 쥐 잡나 보다. 시끄러 죽겠네."

"엄마, 벽에 금 갔어……."

은경과 통화를 끝낸 봉근은 욕실에 들어가 피가 나도록 때를 벗긴 후에 입고 나갈 의상을 준비했다. 사실 봉근은 파티라는 것을 제대로 경험해 보지 못했다. 그가 알고 있는 파티는 결혼식과 환갑 잔치가 전부였다. 젊은 남녀들이 모여 즐기는 사교 파티는 처음이었다. 그것도 미스 송과 함께라니. 그의 심장은 세차게 고동치고 있었다. 노총각의 끓는 피가 온몸을 후끈 데웠다. 진진과 밍밍은 집을 나서려는 봉근을 붙잡았다. 두 사람을 뿌리치고 파티장으로 달려가려는 봉근의 힘도 대단했지만 그를 저지하는 진진과 밍밍도 필사적이었다.

"이거 놔! 왜 나의 앞길을 막는 거야!"

"웅~ 봉근, 제발 거울 좀 보고 나가……."

"오빠~ 그렇게 하구 가면 물 버린다고 입구에서 퇴박맞아."

봉근은 자신의 의상이 어디가 문제인지 알 수 없었다. 어머니가 사주신 통 넓은 바지, 시장에서 사 입은 체크무늬 혼방 자켓, 목가에 폼 나게 두른 노란 스카프, 머리에 눌러쓴 특전사 베레모, 파리가 미끄러지도록 닦은 백구두. 봉근은 도대체 알 수가 없었다.

"응~ 봉근~ 잠시만 기다려. 밍밍이 코디해 줄 거야."

"에이, 늦었단 말야! 빨리 해봐!"

"잠깐만 기다리세요. 봉근 오빠, 내가 멋지게 꾸며줄 테니……."

밍밍은 커다란 그릇에 밀가루와 설탕을 섞은 후 그 혼합 가루를 봉근의 옷에다 골고루 발랐다.

"에이, 밍밍! 옷 다 버리게 뭐 하는 거야!"

"입 좀 다무세요, 봉근 오라버니. 별로 좋지도 않은 옷 가지고……."

밍밍은 두 손을 모은 뒤에 손가락을 비틀었다 세웠다 하면서 주문을 외웠다.

"명품의 요정이여! 짝퉁의 정령이여! 나의 부탁을 들어다오! 옴 배루 사채 옴 누이비통 옴 부라다 옴 배라가모 옴 치파니……."

주문이 계속되자 봉근의 자켓 위에 뿌려진 하얀 가루들이 반짝반짝 빛났다. 빛의 점들은 봉근의 자켓과 바지와 셔츠를 오가며 섬유 조직을 한 올 한 올 바꿔 버렸다. 폴리에스터 셔츠와 혼방 자켓, 통넓은 기지 바지는 윤기가 자르르 흐르는 실크 명품 정장으로 탈바꿈했다. 남대문 시장 리어카에서 구입한 싸구려 전자시계는 피아제 금장시계로 둔갑해 있었다. 밍밍의 주문은 봉근의 얼굴과 백구두만을 남겨두고 모조리 명품으로 바꿔 버렸다. 그녀는 힘이 들었던지 초췌한 모습이었다.

"봉근 오빠… 이 정도면 어디 가서 꿀리지는 않을 거야……."

"고마워, 밍밍. 이야~ 뽀다구나는데……."

진진은 부엌에서 커다란 호박 한 덩이를 들고 왔다.

"응~ 파티에 가는데 타고 갈 것이 있어야지……."

호박을 슥슥 문지르자 신기한 일이 일어났다. 호박 양쪽에서 조그만

바퀴가 솟아나더니 쑥쑥 커지는 것이었다. 몸통은 점점 부풀어 오르더니 속이 푹 꺼지고 위쪽으로 천장이 생겼다. 앞쪽으로는 길쭉한 손잡이가 두 개 튀어나왔다.

봉근은 고개를 갸웃거렸다.

"진진, 이게 뭐냐?"

"웅~ 인력거야."

"인력거? 이걸 어떻게 타고 가라고?"

"아가씨를 의자에 앉게 하고……."

"앉게 하고?"

"웅~ 봉근이 네가 앞에서 끌고……."

봉근은 화를 참느라 얼굴이 벌겋게 달아올랐다. 손이 부들부들 떨렸다.

"진진, 도와주려면 제대로 해줘야지. 이런 걸 어떻게 끌고 가라고……."

"웅~ 미안미안. 호박으로는 모양이 안 나와서……."

진진은 집 안을 두리번거리다가 천장 쪽을 쳐다봤다. 메주가 주렁주렁 매달려 있었다. 봉근은 시골에 살 때부터 죽 메주를 손수 띄워서 먹었다. 진진은 메주덩이를 내려서 길가에 엎어놓고는 쌀가루를 뿌렸다.

"나와라, 리무진!"

진진의 외침에 따라 메주덩이가 앞뒤로 주욱 늘어나기 시작했다. 우툴두툴한 메주 표면은 점차 매끄럽고 검게 변했다. 조그만 콩 조각 네 개가 풍선처럼 부풀더니 바퀴가 되었다. 메주가 완성된 자동차의 모습을 띠었을 때, 봉근은 탄성을 질렀다.

"와! 에쿠스 리무진! 진진! 정말 멋진데!"

"웅~ 뭘 이 정도 가지고……."

진진은 집 안에 들어가더니 커다란 파리 한 마리를 잡아왔다. 나무 젓가락 사이에 몸통이 긴 파리가 다리를 버둥대고 있었다. 신진은 젓 가락으로 날아다니는 파리를 잡는 재주가 있었다.

"진진, 그건 뭐 하려고 그래?"

"웅~ 리무진이면 운전 기사도 필요하겠지?"

얍! 하고 기합을 주자 펑 하는 소리와 함께 연기가 모락모락 피어올 랐다. 연기가 걷히면서 나타난 것은 말끔한 제복을 입은 운전 기사였 다. 기사는 봉근에게 정중하게 절을 하고는 뒷문을 열어주었다. 봉근 은 차에 타면서 얼굴을 찡그렸다.

"우욱, 기사 아저씨… 아저씨 몸에서 똥 냄새가 나요."

"제가 원래 똥파리라 그렇습니다."

똥파리 운전 기사는 다시 정중하게 절을 하고는 앞좌석에 올라 운전 대를 잡았다. 부드럽게 시동이 걸렸다. 진진이 차 창문 안으로 머리를 들이밀며 봉근에게 말했다.

"참, 주의 사항이 있는데."

"뭔데?"

"웅~ 절대로 자정을 넘기면 안 돼. 자정이 지나면 밍밍이랑 내가 건 주술이 풀려 버린다구."

"뭐야! 그럼 리무진이랑 운전 기사도 메주랑 똥파리로 되돌아온단 말이야?"

"웅~ 그렇지. 봉근이 너두 촌스런 노총각으로 되돌아오는 거구."

"이런 젠장……."

"웅~ 봉근, 서둘지 마. 원래 여자는 조금씩 허물어뜨리는 거야."

미스 송은 빵빵거리는 경음기 소리에 창밖을 내다봤다. 검은색 대형 리무진이 좁은 골목길을 가득 채우고 있었다. 리무진 옆에서 손을 흔드는 남자를 본 그녀는 깜짝 놀랐다.

'추봉근? 저 인간이… 추봉근 맞어?'

미스 송은 핸드백을 챙겨 들고 문을 나섰다. 하얀 피부가 돋보이는 그녀는 핑크 빛 볼 화장으로 화사하고 귀여움이 돋보이는 연출을 했다. 그녀를 본 봉근이 옥니를 드러내며 싱긋 웃었다. 미스 송은 너무나 달라진 봉근의 모습에 가슴이 두근거렸다.

'아아, 온몸을 명품으로 휘감고도 물씬 풍기는 이 촌티는 무엇일까. 저 커다란 얼굴에서 나오는 것인가……'

봉근은 손수 차의 뒷문을 열어주었다. 미스 송은 우아한 자세로 뒷자석에 앉았다. 옆 좌석에 앉은 봉근은 연신 싱글벙글이었다.

"봉근 씨, 차가 정말 멋져요……."

"하하, 고맙습니다! 은경 씨 태우려고 이 참에 한 대 뽑았습니다!"

"근데… 차 안에서 구린내가 나요……."

"하하, 메주로 만든 거라……."

"……?"

두 사람을 태운 에쿠스 리무진은 똥파리 운전사의 탁월한 코스 선택과 안정된 주행 아래 무사히 목적지에 도착했다. 나이트클럽 입구는 벌써 파티에 참석하러 온 사람들로 북적대고 있었다. 봉근은 의기양양하게 미스 송과 팔짱을 끼고 클럽 안으로 들어서다 문지기에게 제지당했다. 봉근은 눈을 휘둥그렇게 떴다.

"아니, 이보슈. 왜 막는 거요?"

문지기는 봉근을 야릇한 눈으로 바라보며 손가락을 까딱거리며 문 앞의 팻말을 가리켰다.

폭탄 출입 금지.

"아항~"
봉근은 알았다는 듯이 고개를 끄덕였다.
"근데 글자가 틀렸네."
봉근은 주머니에서 검정 마커를 꺼내 팻말의 글자를 고쳤다.

폭탄 반입 금지.

그는 문지기를 바라보며 씨익 웃고는 양팔을 들어 올렸다.
"어서 검색하슈. 폭탄 같은 건 없수다."
"아니, 그게 아니라… 아저씨 같은 사람이 폭……."
미스 송이 문지기의 말을 가로막았다.
"우리 들여보내 주세요. 제가 책임질게요. 제 파트너예요."
문지기는 아래위로 그녀를 훑어보더니 멋쩍게 웃으며 들어가라는 시늉을 했다.
파티장 안은 화려하고 붐볐다. 이 나라 킹카들을 모두 쓸어담은 홀에는 선남선녀들로 북적댔고 별 다섯 개짜리 특급호텔에서 불려온 주방장이 진기한 음식들을 쏟아냈다. 분위기있는 밴드가 우아한 재즈서부터 빠른 라틴 음악까지 골고루 뿌려주고 눈이 맞은 커플들이 손을 꼭 잡고 어디론가 사라지곤 했다.

봉근은 뷔페 음식을 배가 터지도록 먹고 소파에 앉아 미스 송과 이야기를 나누고 있었다. 두 사람은 카드 연체자들 욕을 한 시간 정도 한 다음에 상사에 관한 흉을 두 시간 정도 늘어놓고 회사에 대한 불만을 세 시간 동안 이야기했다.

"어머, 이야기하다 보니 벌써 시간이 이렇게 됐네요."

"그렇군요."

부드러운 음악이 깔리자 미스 송이 봉근의 팔을 잡아끌었다.

"우리 춤춰요."

"하하, 그럴까요?"

서로의 눈을 마주 보며 천천히 스텝을 밟아 나가는 중에 미스 송이 입을 뗐다.

"집에서 팬더 키우세요?"

"팬더요?"

"네. 지난번에 봉근 씨 집에 갔을 때 팬더를 봤는데."

"아… 아녜요. 그런 걸 어떻게 집에서 키웁니까."

"봉근 씨."

"네."

"거짓말하지 마세요."

"무슨 말씀을……."

봉근이 당황스러워하는데 허리춤의 휴대 전화기가 부르르 떨렸다.

"여보세요."

—진진이야. 지금 자정이야. 어디 있어?

"이런!"

봉근은 급하게 폴더를 닫고 미스 송에게 인사를 했다.

"은경 씨, 미안해요. 전 지금 가봐야 합니다."

"네? 하지만… 절 집에 데려다 주셔야죠."

"죄송합니다! 미안합니다! 용서하세요!"

봉근은 눈물을 훔치고 돌아섰다. 이빨을 악물고 뛰기 시작했다. 홀 안에 사람들과 부딪쳐 넘어지면서 백구두 한 짝이 벗겨졌다. 그는 벌떡 일어나 나이트클럽을 나왔다. 주차장으로 달렸다. 에쿠스 리무진을 파킹한 장소로 찾아갔다. 리무진은 온데간데없고 메주 위에 똥파리 한 마리가 앉아 있었다.

"젠장……."

미스 송은 도망치듯 사라지는 봉근을 쫓아갔으나 이미 사라진 뒤였다. 그가 급하게 달아나면서 남기고 간 백구두 한 짝을 집어 든 미스 송.

'추봉근 씨…….'

아쉬운 얼굴로 구두를 집어 든 미스 송은 아찔하고 현기증을 느껴 바닥에 고꾸라질 뻔했다.

'우욱, 고랑내…….'

늦은 밤 신림동 고시촌의 으슥한 골목길. 메이린은 두꺼비 강사가 가르치는 비상학 객관식 강의를 청강하고 하숙집으로 돌아가는 길이었다. 오늘 배운 '제1장:꿈틀대며 솟구치기'의 핵심 내용을 머리 속으로 정리하며 발걸음을 옮기던 중 앞쪽으로 길게 늘어선 그림자를 보고 뚝 멈춰 섰다.

"킬킬, 처음에 들어올 때는 시골 아줌마처럼 하구 다니더니 요새는 제법 섹시한 처녀로 둔갑해서 다니는데 그래? 구렁이 총각한테 마음있나 보지?"

그 기분 나쁜 목소리는 분명 그녀에게 익숙했다. 같은 하숙집에서 공부하는 천 년 묵은 이무기였다.

"이무기 아저씨, 어서 들어가서 공부하지 않고 왜 길거리에서 방황하시는 거죠? 승천 고시 1차 시험이 얼마 남지 않았는데."

"킬킬킬, 공부한다고 되는 게 아니야. 용이 되고 못하고는 천운(天運)에 달린 거야. 너 같은 시골 구렁이가 아무리 꿈틀거려 봐야 나 같은 이무기밖에 못 돼."

그녀는 가로등 아래 드러난 이무기의 모습에 흡 하고 놀랐다. 인간의 얼굴에 퍼런 비늘이 돋아나 마치 괴물 같은 모습이었다. 팔은 길게 늘어져 무릎까지 내려오고 날카로운 이무기의 발톱이 튀어나왔다.

"둔갑을 완벽하게 하지 않으셨군요. 사람들이 보면 놀라겠어요."

"킬킬킬, 뭐 어때. 인간들 놀래주는 재미도 쏠쏠하다구."

"정말… 이상한 성격이군요. 승천 고시 몇 번 떨어졌다고 심성마저 꼬이신 건가요? 고시에 연거푸 떨어지면서 심성마저 타락한 당신 같은 이무기들이 결국은 인간들을 해치고 천하를 어지럽히는 거예요."

"킬킬킬, 그래. 네 말이 맞다. 조선 시대에 처녀 제물을 바치게 한 이무기의 전설이 있었지? 그게 바로 나야. 처음으로 시험 떨어졌을 때 충격받아서 그랬지."

"그럴 줄 알았어요. 전 아저씨처럼 되진 않을 거예요. 두고 보세요."

"쳇! 잘난 척하지 마! 너두 몇 번 떨어져 보면 나처럼 될걸. 도력이 계속 쌓이면서 용이 되지 못하면 나처럼 이무기가 될 수도 있어! 고시 공부하다가 폐사(廢蛇)된 뱀이 한둘인 줄 알어!"

"흥! 아저씨 같은 이무기는 용이 안 되는 게 나아요! 승천 고시에 붙어봤자 악룡(惡龍)밖에 더 되겠어요?"

"뭐야! 이 촌 구렁이가 정말! 캬악!"

흥분한 이무기의 몸이 순식간에 부풀어 올랐다. 허리가 가래떡처럼 늘어나고 주둥이가 쑤욱 나오면서 얼굴이 뱀처럼 변했다. 온몸이 징그러운 비늘로 뒤덮이고 입술 사이로 긴 혀가 낼름거렸다. 금방이라도 달려들어 아무에게나 해를 끼칠 것 같은 위협적인 모습이었다. 이무기는 온몸을 오무렸다가 촤악 하고 펴면서 날카로운 앞발을 메이린의 어깨 위에 얹었다.

"그러지 말구 우리 백일주나 마시러 가자."

"아저씨 얼굴 보면 술 맛 떨어져요."

"뭐, 뭐야!"

감정이 극도로 고조된 이무기는 온몸의 비늘을 곤두세우며 메이린을 향해 날카로운 이빨을 드러냈다. 입에서는 독기 서린 푸른 안개가 쏟아져 나왔다.

"캬아악~ 이년이 정말로 죽고 싶… 으악!"

이무기는 어디선가 날아온 직사각형의 물체에 머리를 얻어맞았다. 뇌에 충격을 받아 길바닥에 엎어진 이무기는 자신을 강타한 물체를 확인했다.

"크윽, 이건… 육법전서……."

멀리서 수군거리던 고시생들이 달려왔다. 손에 손에 두꺼운 법학 서적과 노트를 쥔 그들은 이무기를 둘러싸고 자기들끼리 부지런히 떠들었다.

"아아, 뭐야, 뭐야?"

"종범이가 법전 던져서 뱀 잡았다."

"진짜 크다."

"잘됐네. 이놈으로 체력 보충하자."

"마늘이랑 인삼이랑 같이 푹~ 고아서 즙 내서 먹자."

"그래그래. 수험생 영양식이다."

이무기는 고개를 들며 부르르 떨었다.

"캬악~ 이놈들이 감히 내가 누군지 알고……."

고시생들이 화들짝 놀랐다.

"우왓! 이놈이 살아 있네."

"아직 안 죽었어?"

하드 커버 민법 개론서가 이무기의 머리를 후려쳤다. 형법 객관식 문제집이 그 위로 떨어졌다. 다양한 두께의 육법전서가 날아왔다. 이무기의 처절한 전율이 멈췄다.

"이제 안 움직인다."

"죽었냐?"

"야, 들어라."

"들고 가자."

"가지고 가서 묵자."

"맛있겠다."

메이린은 고시생들이 이무기를 둘러메고 사라지는 것을 지켜본 다음 하숙집으로 돌아왔다. 승주가 그녀를 반갑게 맞았다. 요즘 들어 더욱 공부에 박차를 가하고 있는 구렁이 총각이었다.

"학원 강의가 좀 도움이 되세요?"

"네. 고마워요, 승주 씨. 좋은 강좌를 추천해 줘서."

"다행이네요. 전 두꺼비 선생님 강의는 하도 많이 들어서 거의 외우고 있어요."

"참 자상하고 실력있는 분이세요."

"그래도 조심하세요. 지난번에는 물뱀 한 마리가 수업 시간에 떠들
다가 잡아먹혔어요."

"어머나, 의외로 엄하시군요."

메이린과 승주는 밤이 깊도록 승천 고시와 청룡에 대해서 이야기를
나눴다. 그녀는 승주가 승천 고시에 대해 놀랍도록 치밀하게 공부해
왔음을 알게 되었다. 어렸을 때 막연하게 부모님에게 들었던 등용문(登
龍門) 이야기와는 또 다른 세계가 있었다.

"참, 옆 방의 이무기 아저씨 못 봤어요?"

"인간들한테 끌려갔어요. 고아 먹으려나 봐요."

"저런, 그냥 먹으면 맛없는데."

"그래요?"

"껍질을 벗긴 다음 물에 삶아서 독을 우려내야 돼요."

"아, 그렇죠. 학생들한테 알려줄걸."

"참, 메이린 씨에게 줄 것이 있는데……."

"저한테요?"

"승천 고시에 수석으로 합격한 미꾸라지의 자서전이에요. 용이 되고
자 하는 많은 미물들에게 용기를 준 베스트셀러죠. 한번 읽어보세요.
공부하는 데 의욕을 북돋아줄 거에요."

승주는 가방에서 책 한 권을 꺼냈다. 황룡 한 마리가 당당하게 비상
하는 모습이 표지를 장식하고 있었다.

미꾸라지 용되다.

―개천물 하류층으로 태어난 미꾸라지 소년의 석쎄스 스토리. '추어탕이 되긴 싫었어요.'

　메이린은 책을 받아 들고 가만히 승주의 얼굴을 바라보았다. 자신을 생각해 주는 누군가가 있다는 사실이 무척 고맙고 기뻤다. 여우 밍밍, 팬더 진진, 너구리 소청 등 다른 둔갑 동물들과는 또 다른 느낌이었다. 그것은 같은 둔갑 구렁이끼리만 느낄 수 있는, 그것도 암수 간에서 느낄 수 있는 따뜻한 감정이었다.

　"고마워요. 잘 읽을게요."

　"제가 처음 공부를 시작했을 때 저에게 용기를 줬던 책이에요. 메이린 씨에게 도움이 되었으면 좋겠군요."

　메이린은 책장을 파라락 넘기다가 반짝하고 빛나는 물체를 발견했다. 둥근 모양의 책갈피였다. 메이린은 상서로운 빛깔을 내뿜는 책갈피에 매료돼 한참 동안을 멍하니 있다가 부드러운 승주의 목소리에 정신을 차렸다.

　"그거… 용의 비늘이에요."

　"요, 용의 비늘이요?"

　"네, 어떻게 쓰시는 줄은 아시죠?"

　"승천 고시 공부하는 사람들이 애용한다고 들었어요."

　"맞아요. 평소에는 책갈피로 쓰다가 때에 따라 학습 증진 도구로 활용하죠. 알파나 세타파 등의 뇌파를 유도해 긴장감, 피로, 스트레스 등을 해소하고 짧은 시간에 집중력과 기억력이 좋아지는 최적의 학습 상태를 조성하는 신물(神物)이에요."

　"고마워요. 이런 귀한 걸……."

승주는 용의 비늘을 이마에 척 붙였다.

"이게 알파 릴랙스 모드예요. 마음이 차분해지고 피로감이 해소되죠."

그는 눈을 게슴츠레 뜨고 깊은 숨을 내쉬었다. 무척 편안한 얼굴이었다. 그는 이마에서 비늘을 살며시 떼어내서 정수리에 올려놓았다.

"다음은 알파 학습 모드. 두뇌 기능을 활성화하고 기억력을 증진시킵니다."

승주의 눈빛이 초롱초롱해지고 얼굴에 의욕이 넘쳤다. 그는 용의 비늘을 바지 속 깊숙이 집어넣었다.

"이건 에너자이저 모드. 활력이 솟고 모든 일에 정력이 넘치게 되죠."

승주는 용의 비늘을 꺼내서 메이린의 손에 고이 쥐어주었다. 그녀는 고맙다는 인사를 하고 비늘을 티슈로 몇 겹씩 싸서 핸드백에 집어넣었다. 왠지 지린내가 나는 것 같았기 때문이다.

"승주 씨, 사실은 저도 선물을 준비했어요. 마음에 드실지 모르겠어요."

"선물이요? 정말이요?"

그는 상기된 얼굴로 좋아라 혀를 낼름거렸다. 메이린이 승주를 마음에 두고 있는 것처럼 그 역시 좋은 감정을 가지고 있음에 틀림없었다. 그녀는 핸드백에서 포장지에 곱게 싼 선물을 꺼내 다소곳이 내밀었다. 승주는 포장지를 한 겹 한 겹 벗겼다.

"아……"

그의 입에서 작은 탄성이 흘러나왔다. 뱀가죽 무늬의 남성용 팬티였다.

"멋지군요. 설마 이건……."

"네, 지난번에 탈피했을 때 갈무리해 둔……."

"그, 그럼 이게 메이린 양의 허물로 만든 팬티란 말씀입니까?"

"네에."

그녀는 부끄러워 고개를 숙였고 승주는 얼굴이 더욱 발갛게 되었다.

"잘 입겠습니다."

"세탁하실 때 상하지 않게 조심하세요."

승천 고시라는 무자비한 경쟁 속에 꽃핀 두 암수 구렁이의 사랑은 신림동의 밤과 함께 깊어가고 있었다.

승주는 머리 속에서 벌써 행복한 상상이 뭉게뭉게 피어올랐다. 메이린과 결혼하여 알도 많이 낳고 천년만년 해로하는 모습이었다. 승주와 메이린은 어느새 둔갑을 풀고 서로의 몸을 새끼줄처럼 감고 있었다.

제10장

미스 종의 유혹

　자정을 알리는 진진의 전화 한 통에 놀라 나이트클럽에서 뛰쳐나왔던 봉근. 그는 어젯밤의 아쉬움을 달래며 밍밍이 끓여준 된장찌개로 속을 풀었다. 소청은 날고구마를 갉아 먹는 중이었고 진진은 귀리 가루를 우유에 풀어서 아침 식사를 하고 있었다. 봉근은 된장찌개를 고추장과 함께 밥에 썩썩 비비면서 진진에게 말했다.

　"팬더 주제에 별걸 다 먹는구나, 너는."

　"웅~ 인간들이랑 하도 오래 살다 보니… 점점 잡식성으로 변해가는 거 같아……."

　"생선회도 잘 먹잖아. 낙지볶음도 좋아하고."

　소청의 말이었다.

　"진진이는 햄버거나 피자도 좋아해요, 봉근 오빠."

　육회를 날름날름 입에 넣던 밍밍도 거들었다.

"하긴, 술도 잘 마시는 놈이니……."

봉근은 씩 웃으며 김치를 집다가 우두둑 하며 나무젓가락을 부러뜨렸다.

"에잉~ 뭔 젓가락이 이렇게 약해. 쯧……."

그는 인상을 찡그리며 스테인리스 젓가락을 집어 들었다. 진진은 부러진 나무젓가락을 집어 들고 멍하니 그것을 바라보았다. 일본에서 건너온 화려한 젓가락으로 자개 장식과 옻칠이 되어 있는 고가품이었다. 고구마를 먹던 소청이 조용히 뇌까렸다.

"흉조(凶兆)로군……."

"그러게… 단단한 박달나무 젓가락이 힘없이 부러지다니… 봉근 오빠가 힘준 것도 없는데……."

"별것도 아닌 거 같구 신경 쓰고 있어. 내가 원래 손아귀 힘이 세잖아. 원래 밥 먹다가 젓가락 잘 부러져."

봉근은 대수롭지 않다는 얼굴로 두부와 호박 건더기를 입 안에 가득 밀어넣었다. 하지만 진진은 표정이 점점 심각해져서는 귀리죽을 뜨던 수저를 내려놓았다.

"웅~ 왠지 불길해……."

웅얼거리며 고개를 갸웃갸웃하던 진진은 이쑤시개를 몇 개 집어 들어 그것들을 탁자에 뿌렸다. 아무렇게나 탁자 위에 던져진 이쑤시개의 불규칙한 배열을 자세히 살피던 진진은 한숨을 푹 내쉬었다.

"웅~ 동료나 친구에게 배신을 당할 점괘야… 정말 안 좋은 걸……."

"캥… 액막이를 하는 게 좋겠어, 진진."

"그래그래, 효과는 별로 없겠지만……."

둔갑 동물 친구들이 맞장구를 쳤다.

"액막이를 어떻게 할까?"

"제사를 지낼까?"

"제물을 바쳐 볼까."

"부적이 낫지. 지속적으로 악운을 막아주니까."

"그래, 부적을 붙이자."

잠시 후 진진, 밍밍, 소청은 제각기 손에 스티커를 잔뜩 들고 집 구석구석 붙이기 시작했다.

"붙이자, 피카츄~"

"붙이자, 뿔충이~"

"붙이자, 리자돈~"

"붙이자, 구구~"

둔갑 동물들이 자신의 집 안에 덕지덕지 스티커를 붙이자 봉근은 아침을 먹다 말고 벌떡 일어섰다. 순식간에 두 눈에 핏발이 섰다.

"야, 이놈들아! 지금 뭐 하는 거야! 집 값 떨어지게!"

"웅~ 부적 붙이는 거야~"

"그게 무슨 부적이냐! 과자 사 먹으면서 모아둔 포켓몬 스티커잖아!"

"웅~ 옛날에는 용이나 호랑이를 그려 붙였는데 요새는 이게 더 잘 들어. 원래 동심(童心)을 끌어당기는 기운일수록 음기(陰氣)와 액신(厄神)을 구축하는 법이거든."

봉근은 기가 막혀 소리를 지르려다가 초인종이 울리는 바람에 인더폰 쪽으로 걸어갔다.

"누구세요?"

인터폰의 수화기를 타고 들려온 음성은 봉근을 긴장하게 만들었다. 인터폰을 받쳐 든 손이 바르르 떨렸다. 그는 떨리는 목소리로 문밖의 방문자에게 되물었다.

"은경 씨? 은경 씨세요?"

봉근은 부시시한 머리를 침을 발라 다듬고 얼른 문을 열었다. 하얀 투피스를 정갈하게 차려입은 미스 송이 뒷짐을 지고 서 있었다. 그녀는 봉근을 보자 환한 미소를 지었다. 살짝 보조개가 패이는 귀여운 웃음에 봉근은 또 맥박이 빨라지고 호흡이 가빠왔다. 미스 송은 어쩔 줄 몰라 하는 그의 손을 살짝 잡았다.

"봉근 씨, 어제는 바쁜 일이 계셨나 봐요. 절 놔두고 그렇게 황망히 도망치시다니⋯⋯."

"죄, 죄송합니다! 실은 자정을 넘기면 안 되겠기에⋯⋯."

"훗! 이것도 벗어놓고 가시고⋯⋯."

그녀는 등 뒤에 숨겼던 손을 살며시 내밀었다. 그녀는 봉근이 허둥지둥 나이트클럽에서 빠져나올 때 잃어버렸던 백구두 한 짝을 들고 있었다.

"아, 은경 씨가 제 구두를⋯⋯."

봉근은 감격하여 울먹거렸다.

"구두에서 발 냄새가 심하게 나서 탈취제를 좀 뿌렸어요."

"가, 감사합니다, 은경 씨."

"자아∼ 어서 신어보세요. 구두 주인이 맞나 봅시다."

그녀는 재밌다는 얼굴로 쭈그리고 앉아서는 봉근의 발에 구두를 신겨주었다. 봉근의 코에서 코피가 한줄기 주르르 흘러내렸다. 미스 송이 허리를 구부리는 순간 블라우스 안쪽의 봉긋한 가슴이 눈에 들어왔기 때문이다.

"어머나, 꼭 맛네. 후훗, 제가 찾던 왕자님이 맞으시구요."

그녀는 박수를 짝짝 치며 일어서다가 봉근의 얼굴을 보고 깜짝 놀랐다.

"어머나, 봉근 씨 코피나요!"

얼른 핸드백에서 손수건을 꺼내 그의 얼굴을 닦아주는 미스 송이었다. 봉근은 그녀의 손수건에서 풍기는 향긋한 냄새에 취해 비틀거리며 한 손으로 문짝을 잡았다.

"어제 늦게까지 춤추느라 힘드셨나 봐요… 제가 괜히 파티에 초대해서는……."

"아닙니다! 은경 씨가 부르신다면 아줌마 찜질방이라도 따라가겠습니다!"

"호호, 봉근 씨는 참 재미있으셔……."

미스 송은 오늘따라 간드러지게 웃으며 봉근의 애간장을 녹였다. 남자들에게 새침하고 고객들한테 신경질적인 그녀였지만 때에 따라서 갖은 교태를 부릴 수 있는 것이 그녀의 최대 무기였다.

"은경 씨, 오늘 회사 안 가셨나 봐요."

"네. 오늘 월차 냈어요. 근데… 언제까지 절 밖에 세워두실 건가요?"

"네? 아! 드, 들어오시죠!"

봉근은 큰 죄라도 진 듯이 굽신거리며 그녀를 집 안으로 모셨다. 미스 송은 집 안을 둘러보다가 식탁에서 아침을 먹고 있는 진진 일행과 눈이 마주쳤다.

"어머나, 손님들이 와 계신가 봐요?"

"아닙니다. 저희 집에 세 들어 사는 동… 아니, 사람들이에요. 얘들아! 이리 와서 인사드려라! 진진! 밍밍! 소청! 어서 와!"

그는 고참이 졸병들 군기 잡는 듯이 버럭 소리를 질렀다. 봉근의 고함 소리에 놀란 둔갑 동물들이 슬금슬금 걸어와서 그녀의 앞에 늘어섰다. 힐끔힐끔 미스 송을 쳐다보는 그들은 입성이 부실했다. 진진은 다 떨어진 체육복을 입고 있었고 소청은 퀴퀴한 냄새가 나는 나이롱 치마에 촌스런 무늬의 티셔츠를 아무렇게나 걸치고 있었다. 마치 길에서 뒹굴다가 온 행려자 같은 몰골들이었다. 오직 밍밍만이 화려한 비단 드레스에 곱게 화장을 하고 있었다. 미스 송은 불쾌했지만 티내지 않고 반가운 목소리로 말했다.

"안녕하세요. 송은경이에요."

진진과 소청이 꾸벅 목례를 했다. 밍밍은 고개를 빳빳이 세운 채 먼 데를 보고 있었다. 밍밍에게 미스 송은 연적(戀敵)에 불과할 뿐이었다. 봉근은 신이 나서 그들을 소개했다.

"이 녀석은 진진입니다. 전자 제품 조립 공장 다녔는데 지금은 백수구요. 별 볼일 없는 놈이니까 신경 끄십시오."

진진은 졸린 눈으로 하품했다.

"이쪽은 밍밍. 이쁘다고 괜히 경계하지 마십시오. 밥 하고 빨래 하는 식순이에요."

밍밍은 약오른 얼굴로 미스 송을 노려보다가 눈이 마주치자 흥, 하고 콧방귀를 뀌었다.

"그리고 소청 할머니. 집세도 안 내지만 먹는 게 적어서 얹혀 살고 있죠."

얹혀 산다는 말에 소청은 꽁해 가지고 입을 씰룩거렸다. 미스 송은 진진이라는 청년을 주의 깊게 살펴보았다. 둥그런 얼굴에 새우눈을 한 그는 다리기 무척 짧고 아랫배가 많이 나온 중년 아저씨의 몸매를 하고 있었다.

'이 녀석이 바로 그 팬더로구나. 정말 사람 같은걸.'

봉근은 흐뭇한 얼굴로 둔갑 동물들에 큰 소리로 명령했다.

"자, 모두 차렷! 은경 씨에게 경례!"

진진은 크게 하품을 했고 밍밍은 혀를 배에~ 하고 내밀고 소청은 가운뎃손가락을 들어 올렸다. 봉근의 인상이 순간 험악해졌다.

"이 녀석들이! 우씨… 가서 밥이나 먹어!"

둔갑 동물들이 궁시렁거리며 식탁으로 돌아가자 봉근은 싱긋 웃으며 그녀에게 의자를 권했다. 미스 송은 다리를 꼬고 앉아서 봉근을 야릇한 표정으로 쳐다보았다. 무언가 할 말이 있는 얼굴이었다. 그녀는 잠시 동안의 망설임 끝에 조개처럼 작은 입술을 열었다.

"봉근 씨……."

"네?"

"직장… 또 그만두셨다고 들었어요……."

"네… 그만뒀다기보다는 아주 없애 버렸죠. 하하! 아주 나쁜 놈들이에요."

"그래서 말인데요… 요즘 돈이 궁하실 거 같아요……."

봉근은 어깨를 쫙 펴고 부리부리한 두 눈을 더욱 부릅떴다. 굵은 목은 자부심 넘치는 거두(巨頭)를 굳건히 떠받쳤다.

"걱정 마십시오! 은경 씨를 위해서 꼭 다시 직장을 잡을 겁니다. 보세요!"

씩씩한 걸음걸이로 방에 들어간 봉근은 잠시 후 라면 박스를 머리에

이고 나왔다. 굵은 목이 약간씩 떨리는 것으로 봐서 상자 안에는 무언가로 가득 차 있었다. 쿵 하고 탁자 위에 내려놓은 라면 박스 안에는 이력서 양식이 가득 들어 있었다.

"은경 씨, 요즘 취업이 힘들다고 합니다. 백 군데도 넘게 원서를 접수해서 한 곳에도 취업을 못하는 사람들이 있다고 들었어요. 하지만 저는 당신을 위해서 천 통의 이력서를 보낼 준비가 되어 있습니다."

"봉근 씨, 요새는 대개 인터넷으로 접수해요. 그렇게까지는 필요 없을 텐데……."

"아, 그런가요? 십만 원어치나 샀는데……."

그녀는 시선을 바닥으로 향하면서 조용히 물었다.

"봉근 씨, 큰돈 벌고 싶지 않아요?"

"큰돈이요? 당연히 벌고 싶죠! 제 꿈이 뭔지 아세요? 천 명의 부하를 거느린 기업체 사장이 되는 거예요! 장관한테 표창도 받고 청와대에서 대통령이랑 밥도 먹고."

"호호, 정치인들한테 로비도 하고 구설수에도 오르고……."

"학생들한테 귀감이 되고 직장인들에게 선망의 대상이 되고……."

"호호, 주가 조작해서 한탕 챙기고 해외로 재산 빼돌리고……."

"자선 사업 벌여서 불쌍한 사람들도 도와주고……."

"호호, 주주들 등쳐먹고 재단 만들어서 상속세 피해가고……."

"매스컴에도 얼굴 내밀고 유명 인사 되고……."

"호호, 기자들 접대하고 촌지도 찔러주고……."

미스 송이 말끝마다 초를 치자 봉근이 의아한 표정으로 물었다.

"은경 씨는 의외로 냉소적인 데가 있군요."

"봉근 씨, 돈 버는 거 말처럼 쉽지가 않아요. 아시죠?"

"네……."

"제가 하는 대로만 하면 봉근 씨는 큰돈을 벌 수가 있을 거예요."

"어떻게 말입니까?"

그녀는 진진 쪽을 힐끔 쳐다봤다가 다시 봉근과 눈을 맞췄다. 긴 속눈썹을 붙인 눈이 섬뜩했다.

"여기서는 말씀드리기 좀 곤란하거든요. 자리를 옮겼으면 해요."

그녀는 코트를 집어 들고 일어서서 출입문 쪽으로 걸음을 옮겼다. 그녀의 목소리와 몸가짐은 부드러웠지만 감히 거부하지 못할 준엄함이 서려 있었다. 봉근은 엉거주춤 그녀를 따라나섰다. 그의 머리 속을 스치고 지나가는 상상은 평범했다.

'주식 투자? 다단계 판매? 호떡 장사? 뭘까?'

뭐가 되었든 간에 그는 미스 송이 시키는 일이라면 뛰어들 준비가 돼 있었다. 수익성이니 안정성이니 환금성이니 성장성이니 하는 분석 지표들은 따질 계제가 아니었다. 미스 송의 사랑은 모든 가치 판단에 우선했다. 사랑 사랑 사랑! 봉근의 지상 과제였다. 스티븐 코비 박사도 말하지 않았던가. 중요한 일을 먼저 하라고. 그랬다. 미스 송의 사랑을 얻는 일은 급하진 않았지만 중요한 일이었다. 어화둥둥 내 사랑아. 저 푸른 초원 위에 전원 주택 지어놓고 한 백 년 살고 지고. 자식 낳으면 유학 보내 내리사랑 꽃을 피우고 늙으면 연금 타서 알콩달콩 살아보세.

미스 송은 근처의 아담한 커피숍으로 들어갔다. '배반의 장미'라는 업소명이 그녀와 잘 어울렸다. 계집애처럼 생긴 아르바이트 남학생이 메뉴판을 가져다 준다. 미스 송은 아이리쉬 커피를 주문했다. 봉근은 카페오레, 카푸치노, 비엔나, 에스프레소, 화와이언 밀크 커피, 카페 프라멩고, 모카 카리엔디… 기타 등등의 커피보다는 달착지근한 다방 커피를 좋아했다.

"설탕이랑 프림 팍팍 넣어서 가져와. 알겠냐?"

"네, 손님."

아르바이트 남학생이 메뉴판을 들고 사라지자 미스 송은 은회색 알루미늄 명함 케이스를 꺼냈다. 그녀의 길고 하얀 손가락이 명함 케이스를 딸깍하고 열자 놀랍게도 가느다란 담배 열 개비 정도가 사이좋게 누워 있었다. 이쁘고 섹시한 담배 한 개비가 그녀의 붉은 입술 사이로 들어갔다. 거침없이 라이터로 불을 붙이는 그녀를 보고 놀란 봉근이 물었다.

"으, 은경 씨, 언제부터 담배 피우셨어요?"

"재수할 때부터요. 같이 학원 다니던 애들이랑 시작했어요."

"하지만 전 한 번도 은경 씨가 회사에서 담배 피우는 모습을……."

"본 적이 없으시겠죠. 화장실에서만 빨았거든요. 그 재수없는 강 부장 때문에……."

"하지만 은경 씨, 전 여성 흡연에 대해 강력히 반대합니다. 여성의 흡연은 치명적……."

"알아요. 근데 끊기가 쉽지 않더군요. 알잖아요, 금단 증상… 하지만 걱정은 안 해요. 제 친구들 보니까 시집가면 다들 끊더라고요. 시어머니 눈을 피해서 흡연하기도 짜증나고, 아기를 가지면 모성애가 생겨서 자연스럽게 금연이 된대요."

"은경 씨, 우리들의 2세를 위해서 금연해 주시기 바랍니다."

"캑……."

봉근은 탁자에 코를 박고 신음 소리를 냈다. 미스 송이 하이힐 뒤축으로 봉근의 발등을 찍은 뒤 좌우로 돌리고 있었다.

"으윽, 은경 씨… 그만 돌리세요……."

"또 한 번 껄떡대시면 재떨이가 이마에 뽀뽀할 줄 아세요."

"알겠습니다아……."

미스 송은 담배 연기로 도너츠를 만들었다. 도도한 표정으로 변한 미스 송은 다리를 꼰 채 천장을 응시했다.

"단도직입적으로 말할게요. 진진을 저와 우리 아버지에게 넘겨주세요."

자다가 봉창 두드리는 소리였다.

"진진을 넘기라뇨? 그게 무슨 말씀이십니까? 진진은 저희 세입자……."

"봉근 씨, 다 알고 왔어요. 시치미 떼지 마세요."

"뭘 아신다는 건지……."

"진진이 팬더라는 사실."

봉근은 움찔하고 놀랐다.

"패, 팬더라뇨……?"

미스 송은 그의 팔짱을 끼고 집요하게 재촉했다.

"다 알고 왔다니까요. 제발 저희 부녀에게 넘겨주세요. 네?"

차갑게 몰아붙이다가도 어느 순간 콧소리를 섞어서 아양을 떠는 그녀에게 이미 마음이 녹아버린 봉근이었다.

"은경 씨, 그래요. 진진은 팬더예요. 하지만 왜 진진을 넘기라는 거죠? 진진이 무슨 죄가 있다고……."

"봉근 씨, 저희 아버지는 원래 중국인이에요."

"주, 중국인이요? 그럼 화교였단 말이세요?"

"네. 아버지는 제가 차별 대우받는 걸 원하시지 않았기에 귀화하고 제게 한국 이름을 지어주셨던 거예요."

"그랬군요. 그런데 진진은 왜?"

"아버지는 진진을 쫓아 한국까지 오셨던 분이에요. 제발 진진을 넘겨주세요."

봉근은 혼란스러웠다. 자신이 사랑했던 여인이 중국인의 딸이었고, 그 아비는 자신의 친구를 뒤쫓는 자였다.

"절대 진진을 해코지하려는 게 아니에요."

"해코지하려는 게 아니라고요? 그럼 왜 수상한 자들이 진진을 쫓아다니는 거죠?"

"팬더는 희귀 동물이잖아요. 중국 정부에서 보호하려는 거죠."

"그게… 정말인가요?"

"그럼요. 진진을 중국 정부에 넘겨주면 사례로 상금을 줄 거예요."

"상금이요? 얼마나요?"

"귀 좀 가까이……."

미스 송은 봉근의 귀에다 입을 대고 소곤거렸다. 그녀의 귀엣말을 듣고는 화들짝 놀라는 봉근이었다.

"네에? 똥 누고 와서 알려주겠다고요?"

커피숍 내의 모든 사람의 이목이 미스 송에게 집중되었다. 그녀는 얼굴이 빨개져서 도망치듯 화장실로 달려갔다. 눈치없는 봉근의 실수였다.

험준한 지리산을 누비는 네 명의 사내가 있었다. 체구나 얼굴 생김
새는 제각각이었지만 손에 든 엽총과 옷차림이 밀렵꾼임을 말해 줬다.
그들은 오랫동안 산속을 헤맨 듯 하나같이 흙 묻은 바지에 지친 얼굴
들이었다.

터벅터벅 걸음을 옮기던 중 리더격으로 보이는 털복숭이밀렵꾼이
낮은 소리로 빠르게 말했다.

"노루다!"

동시에 두 정의 산탄총이 발사됐다. 하지만 노루가 더 빨랐다. 수십
개의 탄환이 나무 줄기에 박혔을 때 노루는 이미 지그재그로 뛰면서
달아나고 있었다.

"쳇! 거참, 날쌘 놈일세."

사냥총의 방아쇠를 당긴 엽사 중의 한 명이 입맛을 다시며 아쉬워

했다.

"탄환을 아끼시오. 우리가 노루 따위나 잡으러 온 게 아니잖소."

두 명의 엽사에게 핀잔을 준 사람은 일행의 맨 뒤에서 말없이 따라오던 기묘한 복장의 남자였다. 다른 사람들이 사냥 조끼 위에 탄띠를 둘러메고 캡을 쓴 전형적인 수렵인의 모습인데 비해, 그는 산행에 적합하지 않은 정장 차림에 트렌치 코트를 걸쳤다. 나비 모양의 검은 색안경과 입에서 질겅질겅 씹고 있는 성냥개비는 대자연과 어울리지 않는 도회풍 소품들이었다.

"주 선생, 도대체 반달가슴곰은 어디에 있는 거요? 벌써 일주일째요. 당신 말만 믿고 여기까지 왔는데 계속 허탕만 치고 있으니……."

키가 작달막한 엽사가 색안경의 사내를 향해 불평을 토해냈다.

"멧돼지나 노루처럼 쉽게 잡을 수 있는 놈이 아니오. 너무 조바심 내지 마시오."

"그래, 박씨. 잡기만 하면 적어도 3억 이상 준대잖아."

이들은 지리산에 출몰한다는 전설의 반달가슴곰 '기아누'를 잡기 위해 모인 밀렵꾼들이었다. 기아누는 십 년 동안 지리산에서 수많은 사냥꾼들을 저세상으로 보낸 공포의 야생 곰이었다. 나무를 넘어뜨리고 바위를 부수고 총알을 막아낸다는 허풍 같은 소문이 떠돌면서 전국 각지에서 밀렵꾼들이 몰려들었지만 아무도 기아누를 잡지 못했다. 번개같이 이동하고 거처를 자주 바꿔 기아누와 맞닥뜨린 자도 적었을 뿐더러 막상 발견했다 해도 상상을 초월한 힘과 지능에 난다긴다 하는 사냥꾼들이 모두 무릎을 꿇었다. 하지만 지리산으로 몰려드는 밀렵꾼들의 수는 줄지 않았다. 소문이 나면서 기아누의 웅담을 비싼 값에 사겠다는 돈 많은 노인들과 한의원들이 줄을 섰기 때문이다.

트렌치 코트에 검은 색안경을 낀 주윤손도 그들 중 하나였다. 홍콩 출신의 국제적 밀렵꾼으로 아프리카와 아시아 등지를 떠돌며 각종 희귀 동물들을 밀렵해 비싼 값에 팔아넘기는 그였다. 정장 차림에 콜트 권총으로 사냥을 하는 특이한 습관으로 인해 밀렵꾼들 사이에서 '정글 속의 쇼맨'이라 불리고 있었다. 사냥꾼들을 뒤따르던 주윤손은 무언가를 발견한 듯 발걸음을 멈추고 허리를 숙였다.

"기아누의 발자국이오."

"주씨, 다른 곰인지도 모르잖아?"

"아니오. 기아누가 틀림없소."

"어떻게 그렇게 확신하슈?"

"발자국을 잘 보시오. 왼쪽 앞발 발가락이 네 개뿐이오."

"어라? 정말 그렇네?"

주윤손은 허리를 펴고는 담배를 꺼내 물었다.

"기아누는 원래 동경의 야쿠자가 키우던 곰이었소……."

"야, 야쿠자?"

"그렇소. 기아누의 주인은 동경 최대파벌의 말단 조직원이었지. 그는 어느 날 곰과 함께 산책을 하다가 공원에서 오야붕을 만나게 되었소. 그는 공손하게 인사를 했으나 애완 동물이 말썽을 부렸지. 아직 어렸던 기아누가 오야붕의 바지에다가 오줌을 싼 거요. 화가 난 오야붕은 노발대발하며 당장 곰을 죽이라고 했고, 그는 사정사정해서 곰을 살려달라고 했지."

"그래서 살려주는 대가로 곰의 발가락을……."

"그렇소. 그는 기아누의 발가락을 잘라 사죄했소. 오야붕은 화가 가라앉았지만 기아누는 흥분해서 주인과 오야붕을 죽이고 달아났지. 기아누는 경찰과 야쿠자의 추적을 피해 산을 넘고 바다를 건너 이곳 지리산까지 오게 된 거요."

"정말 대단한 곰이군……."

"절대로 만만히 볼 상대가 아니오."

주윤손은 귀를 쫑긋 세우더니 천천히 고개를 돌렸다. 입꼬리가 한쪽으로 씨익 올라갔다.

"호랑이도 제 말하면 나타난다더니……."

털복숭이밀렵꾼이 엽총을 집어 들며 소리쳤다.

"기아누다!"

네 명의 밀렵꾼 앞에는 성인 남자의 두 배는 됨 직한 거대한 체구의 반달가슴곰이 앞발을 들고 서 있었다. 얼굴 옆으로 두툼하게 자란 털이 위엄을 더해주고 있었다.

크오오오―

거대한 체구에서 뿜어나오는 포효는 사냥터에서 잔뼈가 굵은 네 사람을 공포에 질리게 만들었다.

"히이익……."

안경 쓰고 마른 엽사가 겁에 질려 방아쇠를 당겼다.

탕―

탕! 타당! 탕―

안경엽사의 발사음을 신호로 나머지 엽총들도 일제히 불을 뿜었다.

"잡았다!"

매캐한 화약 냄새를 맡는 순간 털복숭이밀렵꾼은 기아누를 잡았다고 생각했다. 하지만 기아누의 능력은 상상 이상이었다.

크르르르…….

육중한 으르렁거림과 함께 두 앞발을 얼굴에서 내리자 수십 개의 납 탄환들이 기아누의 발아래 투두둑 떨어졌다. 털복숭이밀렵꾼은 눈을 동그랗게 뜨고 안경엽사는 얼굴이 하얗게 질렸다.

"히엑… 몸으로 산탄총을 막아냈다……."

"괴, 괴물이다……."

기아누는 밀렵꾼들이 겁에 질려 얼어붙은 듯이 서 있는 동안 천천히 다가왔다. 선두에 선 털복숭이밀렵꾼의 엽총을 빼앗은 기아누는 이빨로 총신을 깨물었다. 빠드득 소리와 함께 두 동강이 나는 산탄총.

"으아!"

그제야 허둥지둥 도망치기 시작하는 밀렵꾼들. 기아누는 도망치는 밀렵꾼들을 쫓기 시작했다.

타아앗—

꽁지에 불붙은 듯 내빼는 밀렵꾼들 머리 위로 휘익 하고 지나가는 검은 그림자가 있었다. 잠시 후 기아누는 턱에 강한 충격을 받고 뒤로 벌렁 넘어졌다. 바지를 툭툭 털고 바위 위에 올라선 사내는 주윤손이었다.

"기아누… 만나고 싶었다. 크흐흐……."

크르르르…….

턱을 어루만지는 기아누의 두 눈에서 섬뜩한 광채가 쏟아져 나왔다. 주윤손은 트렌치 코트 속에서 번개같이 콜트 권총을 뽑아 들었다.

"흐흐흐, 티타늄 코팅 탄환이다. 화약량도 일반 총알의 두 배지. 몸에 힘주고 막아봤자 소용없을 거다……."

탕탕탕탕—

주윤손의 콜트 권총에서 탄피가 연속으로 튀어나왔다. 기아누는 콜트 권총이 불을 뿜는 순간 허리를 뒤로 젖혀 총알을 피해냈다. 뒤쪽에 있는 큰 바위에서 불꽃이 일었다. 털복숭이밀렵꾼이 입을 딱 벌렸다.

"우왓! 저것이 말로만 듣던 '기아누의 총알 피하기!' 멋지군!"

주윤손은 힘껏 도약하더니 나무와 나무 사이를 박차면서 날아다녔다. 휘날리는 트렌치 코트 사이로 티타늄 총알이 쏟아져 나왔다. 기아누는 짧은 다리와 뚱뚱한 몸을 절묘하게 비틀면서 총알을 피해가고 있었다. 밀렵꾼들은 거의 정신이 나가서 주윤손과 기아누의 대결을 넋 빠지게 바라보았다.

"대단해! 탄도를 읽고 피할 줄 알다니! 저건 곰이 아니야! 웅신(熊神)이다!"

기아누는 자신 앞에 놓인 커다란 바위를 들어 올리더니 주윤손을 향해 냅다 집어 던졌다. 바람을 가르며 날아오는 암석을 미처 피하지 못한 주윤손은 왼쪽 어깨를 강타당해 팽이처럼 공중에서 핑그르르 돌다가 땅에 떨어졌다.

"크윽……."

기아누는 큰 소리로 포효하며 주윤손을 덮쳤다. 움직임을 멈춘 괴력의 반달가슴곰. 바위 뒤에 숨어서 격전을 지켜보던 밀렵꾼들은 손으로 입을 막았다.

'주씨가 끝장난 건가…….'

잠시 후 거구의 곰이 스르르 무너졌다. 기아누의 목줄기에는 한 자루의 일본도가 꽂혀 있었다. 얼굴에 묻은 피를 닦으며 일어서는 주윤손.

"네가 죽인 오야붕의 칼이다. 이제 주인 곁으로 돌아가거라……."

밀렵꾼들이 환호성을 지르며 뛰쳐나왔다.

"아아! 잡았다!"

"주씨, 대단한데 그래!"

주윤손은 조용히 꽁초를 소나무 줄기에 비벼 껐다. '담배 한 대를 태우기 전에 해치운다'는 전설은 사실이었다. 털복숭이밀렵꾼이 싱글벙글 웃으며 자기 담배를 권했다.

"명불허전(名不虛傳)이외다. 우리랑 계속 일할 생각이면 맘대로 하슈. 대환영이우."

"미안하지만 난 이제 지리산을 떠나기로 했소."

"떠난다구? 왜요?"

"내일부터는 서울에서 팬더를 잡으러 다닐 거요……."

"팬더? 서울에서? 그게 무슨 소리유?"

"후후, 알 거 없소."

털복숭이밀렵꾼이 뚱한 표정으로 쳐다보는 동안 주윤손은 코트 주머니 깊숙이 손을 집어넣은 채 조말다 요원이 주고 간 명함을 만지작거렸다.

"참, 근데 주씨, 궁금한 게 있수다."

"말해 보시오."

"그 위급한 상황에서도 펄럭거리는 코트와 검은 색안경을 벗지 않는 이유가 뭐요?"

주윤손은 성냥개비를 질겅질겅 씹으며 낮게 목소리를 깔았다.

"폼생폼사……."

곰을 살펴보던 작달막한 사내가 갑자기 비명을 질렀다.

"으악! 형님, 우리 망했수!"

칼을 든 그의 손과 사냥 조끼는 온통 곰의 피로 범벅되어 있었다. 얼

굴은 파랗게 질리고 안절부절못했다. 안경 쓴 사냥꾼은 머리를 감싸쥔
채 곰의 시체 앞에서 일어나질 못하고 있었다.

"왜 그래? 무슨 일이야?"

"형님… 이놈 쓸개가 없어요."

"뭐라고! 웅담이 없단 말이냐!"

털복숭이밀렵꾼은 칼을 뺏어 들고 기아누의 가슴팍을 사정없이 헤
쳤다. 안경 쓴 사내는 징징 울면서 바닥을 뒹굴고 키 작은 사내는 바위
에 머리를 쿵쿵 찧었다. 주윤손은 새로 문 담배에 불을 붙였다. 담배
연기를 머리 위로 길게 뿜어내는 주윤손.

"역시 예삿곰이 아니야……."

털복숭이밀렵꾼은 기아누의 머리통을 발로 냅다 걸어차고 있었다.

"에라이~ 쓸개 빠진 놈아!"

봉근은 적막한 어둠 속을 홀로 걷고 있었다. 주위에는 인적이나 불
빛을 찾아볼 수 없고, 칠흑 같은 어둠뿐이었다. 달빛 아래 구절양장(九
折羊腸)처럼 구불구불 펼쳐진 길만이 희미하게 보였다. 그는 어디로 가
는지도 모른 채 바쁘게 걸음을 옮기고 있었다. 크르르르 하면서 땅이
진동했다. 봉근은 겁이 나서 발걸음을 멈췄다.

'지진인가?'

번쩍하고 눈앞이 하얘지더니 이내 비가 쏟아지고 쿠르르릉— 천둥
이 쳤다. 봉근은 비를 피하고자 주위를 둘러봤으나 그의 몸뚱어리를
가려줄 작은 나무 하나 보이지 않았다.

'우씨, 산성비 맞으면 머리 빠지는데……'

투덜거리며 빗속을 걷는데 눈앞을 막아서는 검은 그림자가 있었다.

고개를 들어 검은 그림자를 쳐다봤다. 거대한 산 같은 물체가 꿈틀꿈틀 움직이고 있었다.

"히엑! 뭐야, 이게?"

놀라서 한 발짝 뒤로 물러서는데 다시 번쩍하고 번개가 쳤다. 하얀 전광(電光) 아래 그 형상이 또렷이 보였다. 머리에 뿔이 있고, 몸통은 뱀과 같으며, 비늘이 번쩍거리고, 날카로운 발톱을 가진 네 다리가 몸통에 붙어 있었다. 해괴한 짐승이었다. 봉근은 깜짝 놀라 눈이 휘둥그레졌다.

"으엑, 병신 뱀 아냐!"

거대한 꼬리가 날아와 봉근의 뒤통수를 때렸다. 봉근은 아파서 데굴데굴 굴렀다. 그에게 추상 같은 꾸짖음이 떨어졌다.

"병신 뱀이라니! 난 청룡(靑龍)이다!"

"요, 용?"

"그렇다."

봉근은 한참 동안 청룡을 쳐다보더니 엄지손가락을 양 볼에 붙이고 비비기 시작했다. 혀를 내밀었다 집어넣다 하는 봉근.

"용용 죽겠지~ 용용 죽겠지~"

"저, 저런 발칙한 인간을 봤나! 크아아악! 퉤!"

진노한 청룡은 입에 문 여의주를 봉근에게 뱉었다. 하얀 여의주는 선동렬의 강속구와 맞먹는 스피드로 날아가 봉근의 마빡을 때렸다. 봉근은 엄청난 충격에 고개가 뒤로 돌아갔다. 그는 두 손으로 머리통을 쥐고 끙차 하면서 고개를 되돌려놓았다. 머리에 난 혹을 만지며 청룡을 쏘아보는 봉근이었다.

"아이구, 내 대갈빡… 저게 막 당구공 던지네……."

"다, 당구공이라고! 여의주다, 이놈아!"

봉근은 '당구공'을 집어 들고는 메이저 리그의 박찬호처럼 한쪽 발을 높이 들어 올렸다.

"이놈의 병신 뱀… 받은 만큼 돌려주마."

불 같은 강속구를 뿌리는 봉근. 청룡은 머리를 향해 똑바로 날아오는 여의주를 향해 입을 벌렸다. 놀랍게도 청룡은 눈에 보이지 않는 속도로 날아오는 여의주를 콱 하고 물어서 받아냈다. 이를 본 봉근이 입을 딱 벌렸다.

"호오~ 저놈 제법인데?"

순간 봉근의 머리 위로 후두두 떨어지는 하얀 조각들. 청룡의 이빨이었다. 이빨이 몽창 빠진 청룡은 노인네처럼 웅얼거리며 말하기 시작했다.

"우옹은, 안 이가 어이을 아앵을 영오아러 와다(추봉근, 난 네가 저지를 악행을 경고하러 왔다)."

"악행이라고?"

"으애. 이가 오은온에 윈 어를 옹애 앵알 아앵 마이아(그래, 네가 오른손에 쥔 것을 통해 행할 악행 말이다)."

봉근은 청룡의 말에 놀라 오른손을 펼쳐 봤다. 어느새 동그랗고 하얀 환약(丸藥)이 손에 들어와 있었다.

"이… 이것은 은경 씨가 준 마비환(痲痺丸)이 아닌가!"

"우옹은, 여앵에 아여 의이을 어어린 여오의 언얼을 아지 앙아라(추봉근, 여색에 빠져 의리를 저버린 여포의 전철을 밟지 말아라)."

청룡은 거대한 몸통을 휘익 하고 회전시키더니 번쩍이는 번개와 천둥 속으로 사라져 갔다. 청룡이 사라진 공간을 멍하니 바라다보는 봉근.

"자식, 뭐라고 웅얼거린 거야?"

눈이 번쩍 뜨였다. 창문으로 쏟아져 들어오는 밝은 햇살에 눈이 부셨다. 봉근은 자리에서 일어나 늘어지게 하품을 하고는 손목시계를 쳐다봤다.

"이런, 깜빡 낮잠을 잤었네. 근데 참 이상한 꿈이야. 병신 뱀이 다 나오고……."

그는 문득 자신이 무언가 꽉 쥐고 있다는 것을 느꼈다. 오른손을 살며시 폈다. 하얗고 동그란 환약이었다.

'헉, 마비환! 이게 왜 여기 있지? 분명 책상 서랍 속에 넣어둔 건데……'

허겁지겁 마비환을 감춘 봉근은 미스 송과 만났던 일을 회상했다. 화장실에서 돌아온 그녀는 봉근의 손에 하얀 알약을 쥐어주며 속삭였다.

"아버지가 지어주신 마비환이에요. 이걸 진진에게 몰래 먹이세요."

"진진한테요? 이게 무슨 약입니까?"

"온몸의 근육을 마비시켜 움직일 수 없게 하는 약이에요. 혀까지 마비돼 주문조차 외울 수 업게 되죠."

"이걸… 왜 진진에게……."

"진진이 마비되면 사지를 꽁꽁 묶어서 저에게 데리고 오세요. 아버지와 제가 중국까지 싣고 갈 컨테이너를 준비해 놓고 있을 테니까."

"휴우… 알겠습니다……."

"봉근 씨, 왜 한숨을 쉬는 거죠?"

"그냥요… 아무래도 사람의 도리가 아닌 거 같아서……."

"참나, 우정이나 의리는 사람과 사람 사이에서나 의미가 있는 거예요. 짐승한테 무슨 도리 운운하시는 거예요?"

"음… 듣고 보니 그 말도 맞네요. 좋습니다! 은경 씨가 하시는 일이라면 도와드려야죠!"

"호호호, 고마워요, 봉근 씨. 역시 화끈하고 멋지세요."

"하하하하! 은경 씨한테 칭찬을 들으니 아우~ 좋아라!"

봉근이 생각에 잠겨 있는데 문이 왈칵 열리면서 밍밍이 뛰어들어 왔다. 손에는 펄럭거리는 한지를 들고 있었다.

"봉근 오빠! 이것 좀 봐! 메이린이야! 메이린이 신문에 났어!"

"메이린? 메이린이 누구지?"

"아이 참! 조폭들 다 잡아먹은 메이린을 잊었단 말이야!"

"아, 우리 집에 같이 살았던 구렁이 처녀……."

그는 밍밍에게서 한지를 받아 들었다. 먹물로 크게 쓴 '천상신보' 라는 제호가 눈에 들어왔다.

"이런 신문도 있었나……."

"여기 여기! 사회면을 보라니까! 메이린이 출세했어! 그새 결혼도 해 버렸네! 기집애, 우리한테 연락도 안 하고… 혹, 무정한 것……."

밍밍의 검지손가락이 짚은 곳에 정교한 수묵화가 있었다. 용 한 마리가 여의주를 물고 비상하는 그림이었다. 수묵화 위로 정서체로 쓰여진 제목.

시골 출신 구렁이가 승천 고시 수석 합격

시골에서 들쥐를 잡아먹으며 자란 구렁이 처녀가 승천 고시 청룡과에 응시해 전체 수석을 차지했다. 올해 6㎝세인 메이린 양은 '준비 기간이 짧아 별로 기대하지 않는데 동차 합격해 너무 기쁘다'며 '같이 준비했던 남편의 도움이 컸다'고 겸손해했다. 메이린 양의 남편 유승주(7ㅁ5세. 구렁이) 씨도 이번 승천 고시에 응시해 청룡과에 합격했다. 메이린 양은 '기상 이변을 일으켜 인간들을 괴롭히는 악룡(惡龍) 들과 싸우겠다'고 포부를 밝혔다.

승천 고시 이모저모. 최고령 합격자 이무기

천 년 묵은 이무기가 최고령으로 합격해 화제다. 승천고시 응룡과에 간신히 합격한 백오리(1ㅁ23세. 이무기) 씨는 '매번 청룡과에 응시했다 번번이 떨어졌다. 나이가 많아 이번이 마지막이라고 생각하고 응시과를 막판에 바꿨는데 그것이 주효했다'고 기쁨을 감추지 못했다. 백씨는 신림동 고시촌에서 뱀으로 오인받아 사시 준비생들에게 잡혀먹을 뻔하기도 했다. 갖은 고생 끝에 합격해 기쁨이 더욱 크다고.

신문 기사를 읽던 봉근은 청룡의 그림을 자세히 보다가 속으로 뜨끔했다.

'이 청룡은… 아까 낮잠 잘 때 꿈에 나타났던 놈이잖아?'

그럼 메이린이 꿈에 나타나 봉근에게 경고를 했다는 말인가. 사랑하는 여인의 말을 따르기로 굳게 결심했던 그였건만 마음이 조금씩 흔들리고 있었다. 자신을 위해 목숨을 걸고 조폭들과 싸워주었던 친구들이었다. 그는 천상신보를 확 구겼다.

'안 돼! 팬더나 구렁이 때문에 사랑을 잃을 순 없어!'

밍밍은 툴툴거리면서 봉근이 구긴 천상신보를 손으로 폈다.

"오빠는… 나도 다 안 읽었는데 신문을 구기고 있어……."

"아, 미안……."

"봉근 오빠, 소청이랑 진진이랑 차 마신다는데 오빠도 끓여줄까요?"

"차?"

봉근의 머리 속으로 마비환이 스치고 지나갔다.

"밍밍, 오늘은 내가 차를 끓여 내올게. 가서 애들이랑 TV 보구 있어."

"오빠가? 어머나~ 웬일웬일~ 봉근 오빠가 우리들한테 서비스를 해준대요~"

밍밍은 팔짝팔짝 뛰면서 거실로 나갔다. 봉근은 책상 서랍에서 마비환을 꺼내 스윽 주머니에 넣고는 방에서 나왔다. 아무것도 모르는 진진은 소청과 공놀이를 하면서 즐거워하고 있었다. 몸이 둔해서 자꾸 넘어지면서도 천진하게 웃는 진진. 저 착하고 죄없는 동물을 왜 자꾸 못살게 구는 건지… 봉근은 착잡한 마음에 두 눈을 질끈 감았다.

둔갑 동물들은 차를 좋아하는 취향도 제각각이었다. 밍밍은 우롱차 중에서 푸젠성에서 나는 안계 철관음을 즐겨 마셨으며, 소청은 고운 비취색의 육안과편을 좋아했다. 하지만 봉근이 끓여 내온 것은 진진이 좋아하는 항저우의 용정차였다. 쟁반을 받쳐 든 봉근의 손이 바르르 떨리고 있었다. 안면 근육은 잔뜩 긴장되어 있었지만 둔갑 동물들은 마냥 즐거운 표정들이었다.

열심히 공놀이를 하던 진진은 땀을 닦고 봉근이 건네주는 찻잔을 받았다. 코를 벌름거리며 다향(茶香)을 음미하는 진진. 소청과 밍밍은 어느새 홀짝거리며 차를 목구멍으로 넘기고 있었다.

"어머? 봉근 오빠는 안 마셔요?"

"으응, 나는 그냥 커피나 마시려고……."

"오빠, 근데 차 맛이 좀 이상해요."

"그, 그래? 물이 안 좋나……."

"좀 떨떠름한 맛이 나서요……."

둥그런 도자기 찻잔이 바닥에 떨어져 부서졌다. 마룻바닥 위로 번지는 용정차 위에 엎어지는 밍밍. 바들바들 떠는 밍밍의 팔다리에서 털이 솟아났다. 손가락, 발가락이 짧아지면서 발톱이 솟았다. 봉근은 둔갑이 풀려 널브러진 여우를 쳐다보며 큼지막한 눈물을 흘렸다.

"크흑… 미안하다, 밍밍아……."

진진은 어찌 된 영문인지 알 수가 없었다. 차를 천천히 음미하던 중에 갑자기 온몸에 경련이 일더니 꼼짝달싹할 수 없게 되었다. 혀조차 꼬여 말도 안 나오고 눈동자만 천천히 굴려 울고 있는 봉근을 볼 수 있을 뿐이었다. 봉근은 손에 노끈을 들고 천천히 다가왔다.

'응~ 도대체 무슨 일이지? 봉근인 뭐 하려는 거지?'

그는 천천히 진진의 네 다리를 묶기 시작했다. 마비환까지 먹여놓고 굳이 이렇게까지 하고 싶지는 않았다. 하지만 미스 송은 사지를 모아 묶고 재갈까지 물리라고 신신당부했다. 마비가 풀리고 나서도 꼼짝 못하게 하려는 의도였다. 밍밍은 봉근이 진진을 묶는 순간 그가 자신들을 배신했음을 알아차렸다. 아무 말도 할 수 없는 여우의 두 눈에서 물방울이 주르륵 흘렀다. 소청은 마비가 풀리면 봉근에게 앙갚음을 해야겠다고 다짐했다. 자신에게 해코지한 인간은 꼭 기억해 놓았다가 반드시 대가를 치르게 하는 것이 둔갑 너구리들의 특성이었다. 봉근은 기다란 막대기를 가져와 진진의 네 다리 사이에 끼웠다. 진진을 앞뒤에서 들고 나가기 위함이었다. 소청은 봉근과 공모자가 있음을 알았다. 잠시 후 문이 열리면서 그 공모자가 모습을 나타냈다. 미스 송의 아버지 송달화였다.

"수고했수다. 어서 갑시다. 은경이가 기다리고 있소."

"예, 아버님……."

봉근은 송달화를 스스럼없이 '아버님'이라 부르고 있었다. 상대방에서 어떻게 생각하든 말든 그는 이미 미스 송을 자신의 배우자로 점찍어 두고 있었던 것이다. 두 남자는 앞뒤에서 진진을 번쩍 들어 올렸다. 사냥꾼에게 포획당한 동물처럼 진진은 장대에 대롱대롱 매달려 친구들의 눈앞에서 사라졌다. 밍밍은 눈물이 한없이 솟아났고, 소청은 속에서 열불이 났으나 그들은 꼼짝도 할 수 없었다. 마비환은 온몸의 근육을 완벽하게 통제했다. 그래도 생명에 지장이 없는 수의근들만을 마비시키는 걸 보면 무척 신비로운 약이었다. 밍밍과 소청의 심장은 힘차게 고동치면서 온몸에 피를 돌리고 있었다. 그들의 주인에게 마비가 풀리면 벌떡 일어나라고 소리없이 말하고 있었던 것이다.

제12장

사냥과 배신

진진을 실은 갤로퍼 지프는 어딘가를 향해 전속력으로 질주하고 있었다. 봉근은 눈에 안대를 하고 있어 차가 어디로 가고 있는지 전혀 짐작할 수 없었다. 다만 오랜 시간을 달리고 있는 것으로 보아 시내 중심에서 한참이나 벗어난 한적한 외곽 지대라고 추측할 뿐이었다. 포장도로와 비포장 도로를 오가며 요란스럽게 달리던 지프가 멈췄다. 송달화는 봉근의 안대를 풀어주었다. 그의 눈앞에 나타난 것은 어둡고 허름한 빈 창고였다.

"들어갑시다. 딸애가 기다리고 있소."

"네, 아버님."

두 사람은 진진을 들어 올려 어깨에 메고는 창고 안으로 들어갔다. 햇빛이 희미하게 새어 들어오는 창문에는 거미줄이 잔뜩 쳐 있고 퀴퀴한 냄새가 코를 찔렀다.

"많이 늦으셨네요, 두 분."

미스 송의 목소리가 창고 안에 울려 퍼졌다. 팟 하고 전등이 켜지면서 창고 안이 확 밝아졌다. 미스 송은 착 달라붙는 청바지에 검은 색 재킷을 입고 있었다.

"으, 은경 씨……."

죄책감에 우울한 표정을 짓고 있던 봉근의 얼굴이 환해졌다.

"성공하셨군요, 봉근 씨."

"네……."

"축하해요. 약속대로 중국 정부에서 상금을 줄 거예요."

"필요없습니다."

"네?"

"돈 때문에 한 일 아닙니다. 그저 은경 씨를 도와드리고 싶었던 것 뿐입니다."

"호호호, 입에 침이나 바르고 말씀하세요."

"정말입니다! 진심… 으악!"

무엇인가 봉근의 뒤통수를 강타했다. 창고 바닥에 쓰러진 봉근. 그의 뒤에는 삽을 들고 선 송달화가 있었다. 삽을 든 그의 손이 떨리고 있었다.

"으, 은경아 꼭 이래야 하겠니?"

"아빠, 상금을 준다는 게 거짓말이란 걸 알아보세요. 이 남자가 가만히 있겠어요?"

"하지만 봉근 총각은 널 위해서 한 거라고 했지 않니?"

"하이구우, 무슨 말인들 못하겠어요. 그리고 이 남자는 저같이 이쁜 여자들을 괴롭히는 스토커예요. 죽어 마땅해요."

"은경아……."

"아빠! 뭘 그리 걱정하세요. 진진을 넘겨주고 중국에 가서 살면 안전해요. 이런 남자… 없어져도 아무도 신경 안 쓸 거예요. 어서 파묻어요!"

"파묻어? 그럼 생매장하란 말이냐?"

"그럼 아버지가 봉근 씨의 숨통을 끊을 건가요?"

"끄응……."

봉근을 내려다보며 고뇌하는 얼굴의 송달화. 심성이 독하지가 못해 항상 실패를 거듭해 온 그였다. 진진을 추적하다 제풀에 지쳐 포기하고, 한국에서 사업을 벌이려다 사기를 당하고, 과자 가게를 운영하면서도 업자들에게 치이고, 손님들한테 인심 쓰다 손해만 보는 그였다. 그에 비해 외동딸인 은경은 강인하고 이기적이었다.

"이리 주세요!"

미스 송은 삽을 뺏어 들고는 미리 파놓은 구덩이에 봉근의 몸을 밀어넣었다. 첫 삽을 뜨는 순간 날카로운 여자 목소리가 들렸다.

"멈춰! 이 나쁜 인간들아!"

고개를 들어보니 짙은 화장을 한 중년 여성이 창고 입구에 서서 미스 송을 쏘아보고 있었다. 목에는 밍크가 감겨 있고 치마 아래로는 반짝이가 붙은 망사 스타킹이 크리스마스 전구처럼 점멸하고 있었다. 난데없이 출현한 정체 불명의 여성에 당황한 미스 송.

"뭐, 뭐야, 저 아줌마는?"

"아니, 저건! 강 마담 아냐!"

송달화는 깜짝 놀랐다. 자신이 자주 들르는 핑크 오아시스 단란주점의 여주인이 아닌가. 화류계에 몸담은 지 이십 년 만에 장만했다는 작은 술집 핑크 오아시스. 아르바이트 뛰는 아가씨 하나 없고 마담 자신은 허물어진 몸매에 알콜에 삭은 얼굴이었지만 저렴한 술값과 공짜 안주로 술꾼들을 불러모으는 곳이었다.

"어이, 강 마담. 여긴 웬일이야? 나 보러 왔어?"

"송 사장님, 며칠 전에 저희 가게에 들르셨지요. 기억나세요?"

"그랬나? 아, 혼자서 진탕 마셔댔지."

"맞아요. 그때 저에게 자랑 삼아 팬더가 어쩌구 하는 말씀을 하셨지요. 자세히는 모르지만 따님을 사모하는 순진한 총각의 순정을 이용해서 의롭지 못한 일을 행하시려는 걸 알았죠."

"잉? 내가 그런 이야기까지 했었나? 많이 취했었나 보군."

"송 사장님은 오늘 그 총각을 꾀어내서 어떻게 하겠다는 자세한 계획까지 다 말씀하시고 집에 돌아가셨어요. 전 그 이야기를 듣고 참을 수가 없었죠. 불의를 보면 참지 못하는 성격이거든요."

"강 마담, 오늘 왜 그래? 밀린 술값 받으러 왔어?"

"술값이라구요! 난 오늘 당신들을 빌하러 온 거예요!"

강 마담은 핸드백을 머리 위로 빙빙 돌리더니 송달화를 향해 팔을 쭉 뻗었다. 끈이 고무줄처럼 늘어나면서 송달화는 머리를 핸드백으로 얻어맞았다. 갑작스런 충격에 그는 땅바닥에 주저앉았다.

"아버지!"

미스 송은 비호같이 달려가 송씨를 부축했다. 눈꼬리를 치켜뜨며 강 마담을 쏘아보는 미스 송.

"감히 우리 아버지를 때려!"

"아이구, 은경아, 저놈의 여편네가 네 아비를 막 치는구나……."

"걱정 마세요, 아버지! 제가 지켜 드릴게요!"

스프링처럼 튀어나가는 미스 송, 무릎을 들어 올리며 강 마담의 복부를 가격했다. 도성(刀聖)이라 불리우는 할아버지 송주보에게 무예를 배운 미스 송이었다. 강 마담은 수십 보가량 밀려나며 바닥에 길게 끌린 자국을 남겼다. 가냘픈 여성의 몸에서 나온 거라고는 믿을 수 없는 파워였다.

"크윽, 제법 하는구나. 하지만!"

강 마담은 핸드백에서 위스키 한 병을 꺼냈다.

"저, 저것은 발렌타인 30년산!"

송달화의 입에서 탄성이 터져 나왔다. 강 마담은 천천히 위스키 뚜껑을 열었다. 스팟 하면서 술병 입구에서 밝은 빛이 쏟아져 나왔다. 야구장 조명탑보다 더 강렬하고 밝은 빛이었다.

"알콜 프리즘 파워 안주 업!"

변신 커맨드가 떨어지자 빛은 그녀를 감싸고 맹렬하게 회전하기 시작했다. 송씨 부녀는 강렬한 빛의 소용돌이에 눈이 부셔 두 팔로 얼굴을 가렸다.

"뭐, 뭐지? 눈부셔……."

"으윽, 설마 강 마담이 저 몸매로 쇼를?"

빛의 토네이도가 점차 잦아들자 강 마담이 자태를 드러냈다. 여고생 세일러 교복 차림에 갈래 머리가 주책없어 보였다.

"뭐야? 변신인가?"

미스 송은 경계하는 눈빛으로 방어 자세를 취했다. 레벨 업 한 상대방의 공격력이 온몸으로 전해져 왔다. 강 마담은 검지와 엄지로 권총 모양을 만들어 미스 송을 겨누면서 윙크를 했다.

"난 술(酒)의 요정 세일러 마담! 정의의 이름으로 널 용서하지 않겠다!"

짧은 치마 아래에서 살집 좋은 다리가 흔들리자 송달화는 우왝~ 하고 토악질을 하며 쓰러졌다. 술의 요정 세일러 마담. 험난한 화류계에 머물며 약한 자를 보호하고 파렴치범을 징벌하며 외상 술값을 대신 받아준다는 전설의 여전사(女戰士). 강 마담은 핸드백에서 꼬냑 한 병을 꺼내어 입구를 미스 송에게 향하게 했다.

"레미마틴 스크류 어택!"

병 뚜껑을 뚫고 나온 꼬냑이 나선형을 그리며 분출되었다. 꼬냑은 공기를 가르며 날아가 미스 송을 덮쳤다.

"까악~"

레미마틴 스크류 어택을 받은 그녀는 다리가 휘청거리고 딸꾹질이 나왔다.

"후후후, 취했군. 한 방 더!"

세일러 마담은 왼손에 오비 라거, 오른손에 하이트를 들고 공중으로 솟아올랐다. 맥주병을 부딪치며 공격 커맨드를 외웠다.

"비어 클러스터 밤!"

수만 개의 맥주 방울이 번개처럼 날아가 미스 송의 육체에 비수처럼 꽂혔다.

"크윽… 꺼억……."

비틀거리며 가까스로 균형을 유지하는 미스 송. 마담은 카스와 조니 워커를 꺼내 들고 결정타를 날렸다.

"세일러 마담 필살기! 폭탄주 파도타기!"

맥주와 양주가 공중에서 마구 섞이면서 거대한 파도를 만들었다. 그 파도 위에 뛰어올라 서핑 보드를 타는 세일러 마담. 마담을 태운 파도는 창고를 뒤덮을 만한 해일을 만들면서 미스 송과 그녀의 아버지를 쓸어버렸다. 두 사람의 비명을 삼킨 폭탄주는 창고를 그득 채우며 출

렁거리다가 조금씩 외부로 빠져나가 바닥으로 스며들었다. 참혹한 폭
딴주 공격이 지나간 자리에는 술 취한 아비와 딸만이 남았다. 미스 송
은 몸을 제대로 가누지 못했고, 송달화는 아예 인사불성이었다.

"딸꾹… 이게 웬 공짜술이냐."

"크윽… 이대로 당할 수는 없지."

비틀거리던 미스 송은 주머니에서 작은 약병 하나를 꺼내 홀짝 마셨
다. 약을 마신 그녀는 주독(酒毒)이 중화되며 점차 제정신을 찾았다.
눈빛이 다시 초롱초롱해진 그녀를 보고 이빨을 가는 세일러 마담.

"아뿔사, 컨디션을 챙겨왔을 줄이야……."

"호호호… 다훈이 오빠가 챙겨줬지."

독주(毒酒) 공격을 이겨낸 미스 송은 굳건한 자세로 세일러 마담과
맞섰다. 그녀는 등 뒤로 손을 뻗어 쌈지 배낭에서 무언가를 꺼냈다. 둘
둘 말려 손에 들린 가죽 끈. 불길한 느낌이 세일러 마담의 머리 속을
스쳤다.

'설마?'

미스 송은 둥그렇게 말린 가죽 끈을 입에 물고 팔목을 머리 위로 크
로스 시켰다.

"블랙로즈 래서 파워 업!"

교차된 두 개의 은팔찌에서 검은 장미 꽃잎이 쏟아져 휘날렸다. 쏟
아져 내리는 장미 꽃잎 속에서 팽이처럼 휘리릭 회전하는 미스 송. 회
전하는 육체는 돌풍을 만들어내고 이에 휩쓸린 검은 꽃잎은 더욱 어지
럽게 흩날렸다. 회전을 멈추었을 때 바람은 멈추고 검은 장미 꽃잎 사
이에서 나타난 미스 송은 전혀 다른 모습으로 변신해 있었다. 몸에 달
라붙는 검은색 타이즈에 검은색 부츠를 신고 흑단처럼 검은 긴 생머리

를 휘날리는 미스 송. 입에 문 가죽 끈을 한 쪽 손에 들고 좌악 하고 내려치자 긴 채찍이 모습을 드러냈다.

"너, 너는!"

움찔하고 놀라며 뒤로 물러서는 술의 요정 세일러 마담. 이를 보고 의기양양하게 웃는 미스 송이었다.

"오호호호!"

"서, 설마 네가 흑장미단의 채찍 소녀?"

"그렇다! 내가 바로 여성의 희망, 여성의 수호신, 여권 운동의 전위 대장 흑장미단 채찍 소녀다!"

세일러 마담은 뜻밖에 만난 호적수에 난감한 얼굴이었다.

채찍 소녀가 누구인가. 쟁쟁한 남성들을 공포에 떨게 했던 극단적 페미니즘 조직 흑장미단의 수석 테러리스트가 아닌가. 채용 조건에 용모 제한을 두었던 대기업을 습격해 인사 담당자와 임원들을 채찍으로 후려 갈기고, 회식 자리에서 부하 여직원에게 술을 따르게 한 모 기업체 간부를 납치해 밤새도록 고문하고 채찍으로 때렸다는 무자비한 극렬분자. 성차별이 없는 평등한 사회를 꿈꾸는 온건파 페미니스트들과는 달리 흑장미단의 최종 목표는 가부장적 권위 주의의 해체와 원시 모계사회로의 회귀였다. 한마디로 남성과의 헤게모니 쟁탈전에서 승리하는 것. 채찍 소녀는 그 서슬 퍼런 흑장미단의 이름을 내걸고 굵직굵직한 사건들을 터뜨려 국내외 공안 당국에서 혈안이 되어 찾고 있는 인물이었다.

아버지를 끔찍이 생각하는 평범한 회사원이 채찍 소녀일 줄이야 누가 알았겠는가.

"흥! 검은 옷 입고 채찍 들었다고 다 채찍 소녀냐! 너도 채찍 소녀를 동경하는 수많은 팬들 중 하나에 불과할지도 모르지!"

세일러 마담은 레미마틴 스크류 어택을 감행하려 술병을 꺼내 들었다. 순간 철썩 하며 검은 채찍이 술병을 휘감는가 싶더니 레미마틴 용기가 두 쪽으로 갈라지면서 브랜디가 바닥에 쏟아졌다. 채찍 끝에 강기를 불어넣어 절삭력을 극대화하는 기술이었다. 당황한 세일러 마담은 등을 돌려 도망치려다 앞으로 푹 고꾸라졌다. 어느새 그녀의 발목에는 검은 채찍이 감겨 있었다.

"오호호호! 어딜 도망가려구!"

감았던 발목에서 스르르 풀어진 채찍은 그녀의 머리 위로 솟구친 뒤에 날카로운 소리를 내며 세일러 마담의 등짝을 후려쳤다. 비명을 지르는 마담. 고통이 온몸 구석구석 전해졌다.

휘릭 하며 마담의 목에 감기는 채찍. 점점 팽팽히 당겨지는 채찍에 마담은 목이 졸려 정신이 혼미해졌다. 시야는 흐릿해지고 채찍 소녀의 카랑카랑한 외침이 환청처럼 귓가에 울렸다.

"마담! 몇 푼 안 되는 돈이 아쉬워 남자들에게 웃음을 팔고 여성의 자존심에 먹칠을 하느냐! 너 같은 여자들이야말로 우리 흑장미단이 처단해야 할 배신자! 에잇!"

"캐액……."

채찍 소녀가 있는 힘을 다하여 채찍을 당기자 마담은 얼굴이 벌겋게 되어 눈알이 튀어나올 듯하더니 혀를 길게 빼고 축 늘어졌다. 세일러복을 입은 육중한 몸의 중년 여성이 널브러져 있는 모습은 몹시 흉물스러웠다. 검은 채찍을 거두곤 이마의 땀을 닦는 채찍 소녀.

"아유, 힘들어라. 별게 다 내 일을 방해하고 있어. 자, 그럼 하던 일이나 마저 해볼까."

삽을 집어 들고 봉근을 밀어넣었던 구덩이로 다가간 미스 송은 흠칫

하고 놀랐다.

"어, 없어졌다, 추봉근!"

"은경 씨가 저한테 이럴 줄은 정말 몰랐군요."

등 뒤에서 들려오는 굵은 목소리. 천천히 뒤를 돌아다보니 뒤통수에 난 혹을 문지르며 서 있는 봉근의 모습이 눈에 들어왔다. 미스 송은 침을 꿀꺽 삼켰다. 과격하고 무식한 봉근은 화가 나면 무슨 일을 저지를지 알 수 없는 인간이었다. 하지만 그녀는 봉근에게 겁을 먹기에는 너무나 강단있는 여자였다.

"흥! 당신은 어차피 살려둘 수 없는 인간! 죽어라!"

미스 송은 채찍에 강기를 불어넣어 봉근의 목을 향해 후렸다. 촤악 하는 소리와 함께 봉근의 두꺼운 목에 감긴 채찍은 엄청난 힘으로 그의 숨통을 조여왔다. 보통 사람 같으면 벌써 목이 잘리거나 뼈가 부러졌을 터인데, 봉근은 목에 핏대를 세워가며 버티고 있었다. 팽팽히 당겨지는 채찍을 두고 두 사람은 승강이를 하고 있었다.

"큭… 뭐 이런 괴력의 남자가……."

"캐액… 은경 씨, 정말 야속해… 캑……."

달군 쇠처럼 시뻘겋게 달아오른 얼굴에는 분노나 복수심보다는 원망과 슬픔이 배어 있었다. 봉근의 두 눈에서 흘러내리는 뜨거운 눈물 한줄기. 커다란 주먹으로 눈물을 닦은 봉근은 끙차 하며 채찍을 끌어당겨 튼튼한 이빨로 채찍을 물었다.

"우오오오옷!"

괴성과 함께 채찍을 물어뜯는 봉근. 수많은 남성들의 생명을 앗아갔던 검은 채찍은 투두둑 하는 소리를 내며 맥없이 끊어져 버렸다. 뒤로 벌렁 넘어진 채찍 소녀는 끊어진 채찍을 보고 씩씩거리더니 배낭에서 또 다른 채찍을 꺼냈다. 은회색으로 빛나는 금속 채찍이었다.

"오호호호! 감히 내 채찍을 물어뜯어! 이건 백오십 개의 스테인리스 스틸 조각을 연결해 만든 초강도의 금속 채찍이다! 맞는 순간 피부가 벗겨지고 뼈가 부러질걸! 오호호호! 각오해라, 추봉근!"

휘릭 하며 은빛 섬광이 채찍 소녀의 머리 뒤로 반원을 그리는 순간, 퍼억 하는 둔탁한 소리가 들렸다.

"크윽……."

힘없이 무너지는 채찍 소녀. 그 뒤에는 맥주병을 들고 선 세일러 마담이 있었다. 술병으로 사람 뒤통수를 쳐보기는 8년 전 만취한 손님을 기절시킨 이후로 처음이었다. 마담은 끊어진 채찍을 물고 서서 하염없이 눈물을 흘리고 있는 봉근에게 천천히 다가섰다. 슬픈 표정의 청년을 다독거리며 명함 한 장을 건네주는 마담.

"사는 게 다 그런 거야. 답답하고 술 마시고 싶으면 한번 놀러와. 싸게 해줄게."

야옹 하는 고양이 울음소리가 들렸다. 어느새 마담의 발치에 와서 서 있는 검은 고양이. 이마에는 초승달 모양의 표식이 그려져 있었다. 세일러복의 마담은 고양이를 들어 올려 품에 안고 어둠 속으로 사라져 갔다.

"도움이 안 되는구나, 루나. 관절염이 심해지면 잡아먹을 테다……."

봉근은 감정을 추스리고는 진진의 결박을 풀기 시작했다. 진진은 어느새 마비가 풀려 다리를 꼼지락거리고 있었다.

"미안하다, 진진. 내가 사랑에 눈이 멀어 널 팔았구나……."

입에서 재갈을 풀어주자 진진은 특유의 졸린 눈을 하고 웅얼거렸다.

"웅~ 기운 내, 봉근. 사람이든 동물이든 정해진 인연은 따로 있는 거야……."

"자식, 죽다 살아난 놈이 누굴 위로하는 거야."

"웅~ 걱정 마~ 난 아직 수명이 오백팔십구 년이나 더 남았어. 염라대왕 살생부에 그렇게 적혀 있거든."

"휴, 근데 도대체 누가 그렇게 널 못 살게 구는 거지? 왜 널 그토록 찾고 있는 거야?"

"웅~ 인간의 적이 인간이듯이… 팬더의 적은 팬더야……."

"엥? 그게 무슨 소리야?"

"웅~ 말하자면 길어. 나중에 알려줄게……."

결박에서 풀려난 진진은 엉덩이를 툭툭 털고 일어났다. 오랫동안 묶여 있어 몸이 굳었던지 진진은 스트레칭과 체조를 시작했다. '하나둘 하나둘' 구호를 외치며 짧은 다리로 일어섰다 앉았다 하는 폼이 웃겼다.

"진진, 뭐 하냐?"

"웅~ 팬더 체조~ 운동량이 부족한 게으른 팬더들을 위해 우리 조상님께서 고안하신 것이지."

"웃기는군. 공이 굴러가는 것 같다. 어서 둔갑이나 하지 그래? 누가 보면 어쩌려고……."

"웅~ 기다려~ 체력이 회복되어야 둔갑도 가능한 거라고……."

봉근은 기절한 송달화와 미스 송을 어떻게 처리할지 고민이었다. 살인 미수죄로 고발할 만큼 봉근은 마음이 독하지가 못했다. 게다가 진진의 비밀이 탄로날 염려가 있었던 것이다. 진진은 열심히 팬더 체조를 하고 봉근은 송씨 부녀의 적절한 처결 방법을 궁리하고 있는데 번쩍 하는 섬광이 비쳤다. 봉근이 놀라 고개를 들어보니 창고 지붕 쪽에 뭉게뭉게 흰 안개가 깔리고 있었다.

'뭐지, 저 이상한 안개는……?'

안개는 점점 짙어지더니 어느 순간 휘이 하고 걷히면서 커다란 그림자가 튀어나왔다. 뱀과 같은 몸통에 번쩍거리는 비늘, 그리고 날카로운 발톱. 봉근이 낮잠을 자다가 꿈에서 보았던 괴수였다.

"아앗! 병신 뱀이다!"

"뭐라고!"

봉근의 말에 청룡은 진노하며 몸을 꿈틀거렸다.

"이놈아! 난 청룡이라고, 청룡! 몇 번이나 이야기해야 알아듣겠는가!"

"오옷! 근데 너, 여긴 웬일이냐?"

"너의 친구들을 데리고 왔다!"

청룡의 꼬리 쪽에서 날씬한 처녀와 꼬부랑 할머니가 뛰어내렸다. 밍밍과 소청이었다.

"진진! 봉근 오빠! 다들 괜찮은 거예요?"

청바지에 배꼽티를 입은 밍밍은 쪼르르 달려와 봉근의 넓은 가슴팍에 안겼다.

"오빠… 흑흑… 제가 얼마나 걱정했다구요……."

소청은 입을 삐죽 내밀고 두 사람을 못마땅하다는 얼굴로 쳐다봤다. 진진은 눈을 크게 뜨고 청룡을 살폈다.

"웅~ 설마 넌 메이린?"

청룡은 휘리릭 하면서 온몸을 회전시키더니 커다란 머리를 진진에게 디밀었다.

"오랜만이야, 진진. 승천 고시에 합격한 후 첫 만남이구나."

"아아~ 몰라보겠는데? 그래, 천상의 관료로서 하는 일은 어때?"

"잘 적응하고 있어. 강수량 조절하는 게 좀 힘들긴 하지만."

"웅~ 다행이다. 요즘 좀 가물어. 비 좀 내려주지 그래."

"그래야지. 아프리카 쪽에 구름이 부족해서 예산을 따오기가 쉽지 않아."

"웅~ 근데 여긴 웬일이야? 그냥 우리들이 보고 싶어서 왔어?"

"웅, 그건 말이지……."

청룡 메이린은 머리를 들고 몸을 에스 자로 만들며 위엄을 갖췄다. 거대한 용의 수염이 꿈틀거렸다.

"송달화! 송은경! 죄인들은 고개를 들라!"

청룡의 고함 소리에 두 부녀는 순식간에 정신을 차리고 깨어났다. 자신들의 눈앞에 현신(現神)한 청룡신에게 기가 죽어 머리를 조아리는 송씨 부녀였다.

"송달화! 그대는 지은 죄가 크지 않으니 그대에 대한 심판은 죽은 뒤 염라대왕에게 맡기겠다. 하나! 송달화의 딸 송은경은 지은 죄가 대역하니 내 몸소 처결하겠노라!"

청룡 메이린은 자신의 꼬리를 물고 뱅뱅 돌았다. 눈에 보이지 않을 정도로 빠르게 회전하는 원 가운데 푸른색 불덩어리가 생겨났다.

"드래곤 파이어볼!"

푸른색 불덩어리는 그대로 날아가 미스 송을 화르륵 하고 태웠다. 비명조차 지르지 못하는 가운데 그녀의 몸뚱어리는 찰나의 순간에 재로 변하고 그 자리에 작은 뱀 하나가 똬리를 틀고 앉았다. 회전을 멈춘 청룡 메이린은 숨이 차는 듯 헐떡거렸다.

"송은경, 그대는 자신이 지은 죄로 인하여 미물이 되었는 바, 앞으로 수천 년간 업장을 녹이면서 수행해야 다시 인간으로 환생할 것이다. 가장 낮은 곳에 임하면서 자신이 지은 죄를 반성하거라!"

청룡은 다시 봉근의 머리 위로 꿈틀거리며 날아가 자세를 잡았다. 깜짝 놀란 밍밍이 봉근을 감싸며 애원했다.

"메이린! 봉근 오빠를 용서해 줘! 약속했잖아!"

청룡은 무섭게 치켜 올라간 눈썹을 꿈틀거리며 추상 같은 목소리로 호령했다.

"추봉근! 네가 지은 죄를 네가 알렷다!"

봉근은 거대한 용신의 추궁에도 눈 하나 깜짝하지 않았다.

"너, 어따 대고 반말이야! 병신 뱀 되더니 구렁이 적 생각 못하네."

"메, 메야?"

청룡은 부르르 떨면서 화를 참았다. 치익치익 하는 콧김을 내쉬며 말을 이어가는 청룡 메이린.

"소청은 널 죽여 버리라고 청을 했지만 밍밍은 널 용서해 달라고 내게 빌었다. 내 밍밍을 봐서 널 용서해 주고 싶지만 어차피 자신이 지은 죄의 업보는 남아 있는 법! 죽어서 지옥에 보내느니 너에게 속죄할 수 있는 기회를 주겠노라!"

"기회라고? 무슨 기회?"

"앞으로 죽을 때까지 팬더로 살면서 네가 지은 죄를 반성해라!"

"패, 팬더라고? 우왁, 싫어! 난 대나무 잎 뜯어 먹기 싫어!"

앙탈하는 봉근에 아랑곳하지 않고 청룡은 꼬리를 물고 뱅뱅 돌기 시작했다.

"드래곤 파이어볼!"

역시 커다란 푸른 색 불덩이가 봉근을 덮쳤다.

"우와아악!"

봉근의 육신이 화르륵 타올랐다. 손을 버둥거리며 저항해 보았지만 그의 육신이 재로 변하기까지는 1초가 채 걸리지 않았다. 불길이 사그라진 뒤에 나타난 것은 진진과 비슷한 덩치의 팬더 한 마리였다. 팬더는 자신의 앞발을 물끄러미 바라보다가 눈물을 뚝뚝 흘렸다. 밍밍이다가와 팬더의 등을 쓰다듬어 주었다. 청룡은 기운이 많이 빠졌는지 목소리에 힘이 없었다.

"아이구, 힘들어. 하루에 파이어볼을 두 개나 쏘다니, 너무 무리했어. 자, 그럼 난 산신령들하고 회식 자리가 있어서 이만 실례."

진진은 사라져 가는 청룡을 향해 앞발을 흔들고 인사를 했다. 친구와의 아쉬운 이별이었다. 메이란을 배웅하고 봉근 쪽을 쳐다보니 아직도 훌쩍거리고 있었다. 그는 동물로 변한 자신의 현실을 아직 받아들이지 못하고 있었다. 진진은 봉근에게 다가가 부드러운 목소리로 위로했다.

"웅~ 울지 마, 봉근. 내가 둔갑술 가르쳐 줄게."

봉근은 젖은 눈으로 물끄러미 진진을 바라보았다. 둔갑을 할 수도, 말을 할 수도 없는 봉근은 그저 한 마리 팬더에 불과했다. 진진은 인간의 모습으로 스르르 둔갑했다. 사람의 모습으로 둔갑한 팬더가 팬더가 되어버린 인간을 위로하고 있는 모습은 한마디로 아이러니였다. 밍밍은 팬더를 꼬옥 껴안고 봉근의 체온을 느꼈다.

"봉근 오빠, 힘내요. 우리가 꼬옥 원래 모습으로 돌려놓을게요……."

"체엣! 자업자득이야! 그렇게 진진이 그렇게 잘해줬는데 배신하다니……."

소청은 아직 화가 안 풀렸다. 팬더로 변하게 하는 정도로는 성이 안 찬다는 얼굴이었다. 원래 봉근에게 너구리의 저주를 퍼부어 병들어 죽게 할 참이었다. 하지만 소청도 그렇게 모질지는 못했다. 봉근을 걱정

하는 밍밍 때문이기도 했고, 동물로 변해 버린 봉근의 모습에 일말의 동정심이 일었기 때문이기도 했다.

"자아, 돌아들가자고. 집에 가서 밥 먹어야지."

배고프고 졸린 진진이 귀가를 재촉했다. 그런데 집까지 돌아가는 방법이 문제였다. 축지법을 잘 쓰는 메이린이 있으면 좋으련만, 청룡이 되어버린 그녀를 호출할 수도 없었다. 그렇다고 팬더가 되어버린 봉근을 데리고 택시를 탈 수도 없었다.

"웅~ 어쩌지? 마력정(馬力錠) 먹고 집까지 뛰어갈까?"

"캥! 미쳤어? 기력을 소진하면 수명이 단축된단 말이야."

"기다려 봐. 내가 축지법을 한번 써볼게."

소청이 부시럭거리며 품에서 낡은 지도를 꺼냈다. 진진과 밍밍이 눈을 동그랗게 뜨고 쳐다봤다.

"어머? 소청, 너 축지법 쓸 줄 알어?"

"글쎄, 어릴 때 어머니한테 조금 배웠어. 사냥꾼이나 맹수들에게 쫓길 때 요긴하게 써먹었거든."

"웅~ 잘됐네. 집에 어떻게 갈까 걱정이었는데……."

"근데 잘될지 모르겠네. 내가 배운 건 기껏해야 이쪽 언덕에서 저쪽 언덕까지 순간 이동하는 정도라서… 이렇게 먼 거리를 제대로 갈 수 있을는지 모르겠네."

"한번 해봐, 소청아. 축지법이란 게 사실 별거 아니잖아."

"그렇지. 지맥(地脈)을 축소하여 먼 거리를 가깝게 하는 일이지."

소청은 낡은 지도를 땅 위에 깐 다음 한 지점을 밟았다.

"자아, 모두 내 뒤에 서서 허리를 잡고……."

진진 일행은 마치 기차 놀이를 하듯 소청의 허리를 잡고 한 줄로 주

욱 늘어섰다. 소청은 준비가 다 된 것을 확인하자 한 발을 내디디며 큰
소리로 외쳤다.

"천하의 모든 곳을 한걸음에!"

진진 일행은 주위를 둘러보고 당황했다. 양재동 집 근처가 아니라 한
번도 와본 적이 없는 곳이었다. 국도 변에서 멀리 떨어진 논 한가운데
였다. 밍밍이 질척거리는 논바닥에 빠진 발을 들어보며 짜증을 냈다.

"아유, 자신없으면 그냥 못한다구 하지! 이게 뭐야!"

"쳇! 그럼 네가 한번 해봐!"

"뭐야! 그럼 지금 네가 잘했다는 거야? 우리들을 엉뚱한 곳으로 데
려와 놓구선?"

"그러니까 네가 한번 해보란 말이야!"

"누가 내가 해본댔어! 자신없으면서 왜 했냔 말야!"

"다른 방법이 없었잖아!"

툭 하면 티격태격하는 밍밍과 소청이었다. 두 사람의 싸움을 중지시
킨 건 진진의 한마디.

"웅~ 근데 봉근이 안 보여."

화들짝 놀라는 밍밍.

"어머나? 정말이네! 소청, 봉근 오빠는 어디다 떨군 거야!"

"아, 왜 나한테 소리를 질러!"

봉근은 눈을 껌뻑 거리며 진진 일행이 사라진 지점을 응시했다. 알
수가 없었다. 분명 조금 전까지만 해도 같이 있었는데 순식간에 허공
으로 증발해 버렸다. 워낙 이상한 일들을 많이 겪은 터에 별로 놀라진

않았다. 하지만 어딘지 알 수도 없는 곳에 혼자 남겨져 있으려니 무척 난처했다. 게다가 자신은 지금 팬더의 몸. 말조차 나오지 않는 터라 섣불리 돌아다닐 수도 없었다.

"여어~ 이거 뭐 어떻게 된 거야? 웬 술 냄새가 이렇게 나?"

어디선가 들려오는 걸걸한 목소리에 뒤를 돌아보았다. 트렌치 코트에 검은 색안경을 쓴 사내였다. 사내는 땅바닥에 궁둥이를 붙이고 앉아 있는 팬더를 유심히 바라보았다.

"이놈이 진진인가……."

사내는 싱긋 웃으며 코트 주머니에서 나일론 끈과 재갈을 꺼내 들었다.

"꾸에엑~"

놀란 봉근은 벌떡 일어나 입구 쪽으로 달려갔다. 팬더의 몸은 무겁고 느렸다. 창고 입구가 가까워져 오는데 엉덩이에 뜨끔 하는 통증이 느껴졌다. 팔다리에 힘이 빠지고 눈꺼풀이 스르르 감겼다. 엉덩이에 주사기를 꽂곤 고꾸라진 팬더에게 천천히 다가오는 홍콩의 밀렵꾼 주윤손.

"흐흐흐, 이제 말다 요원에게 팬더를 넘기면 떼돈이……."

주윤손은 팬더에게 재갈을 물리고 다리를 묶었다. 술에 취한 송달화가 뭐라고 중얼거렸지만 그는 신경 쓰지 않았다. 말다 요원에게서 들은 것은 수단과 방법을 가리지 말고 송씨 부녀에게서 팬더를 뺏어 오라는 말뿐이었다. 이렇게 쉽게 일이 풀리다니, 기분이 상쾌했다. 이런 기분은 아프리카에서 코뿔소 열두 마리를 한 시간 만에 잡았을 때 이후로 처음이었다.

제13장

추풍은 위기일발

 널찍한 홀 한가운데에 작은 테이블과 푹신한 가죽 안락의자가 놓여 있었다. 그는 안락의자에 파묻혀 무언가를 생각하고 있었다. 그는 금색 담배 케이스에서 최고급 쿠바 산 시가를 꺼내 코밑에 가져다 댔다. 흐읍 하고 깊이 숨을 들이마시며 냄새를 맡는 남자. 주름 가득한 그의 얼굴에 만족스러운 웃음이 번졌다. 시가를 입에 물고 불을 붙이는데 홀 출입문이 열리며 인민복을 입은 남자가 들어왔다.

 "선생님, 방금 말다 요원에게서 연락이 왔습니다."

 "휴우… 뭐라던가?"

 "진진이를 잡았답니다."

 "그래? 그거 다행이군. 그래, 언제쯤이면 진진을 볼 수 있지?"

 "민항기를 이용해 공수해 오기로 했습니다. 이르면 내일 아침이면 보실 수 있을 겁니다."

"그래, 보안 문제는 없나?"

"주 국장이 한국 고위층과 접촉해서 손을 써났습니다. 밖으로 말이 새어 나갈 리는 없습니다."

"좋아. 실수 없도록 해."

담배 피우는 남자는 갑자기 얼굴을 찡그리더니 엉덩이 한쪽을 의자에서 들어 올렸다. 괄약근의 진동이 빚어내는 오묘한 소리가 삐져나왔다.

뿌웅~

담배 피우는 남자는 시원하다는 표정을 지었지만 인민복의 남자는 코를 막았다. 순간 시가에서 불꽃이 일면서 굉음이 일었다.

콰쾅—!

천지를 진동시키는 폭발음과 함께 엄청난 불꽃이 순식간에 발생했다가 사그라졌다. 폭발의 충격으로 홀의 문짝이 바깥쪽으로 튕겨져 나가고 내부 장식들이 파손되었다. 카펫은 불에 그슬리고 테이블은 벽에 날아가 부딪치면서 사정없이 부서졌다. 보안 요원들이 권총을 치켜들고 홀 안으로 뛰어들어 왔다. 일부는 입구를 막고 서서 보이지 않는 적을 향해 총구를 겨누었다. 한 보안 요원이 담배 피우는 남자를 부축했다.

"괜찮으십니까?"

담배 피우는 남자는 얼굴이 숯처럼 새카맣게 그슬렸지만 그다지 다친 곳은 없었다.

"괜찮네. 아무 일 아니니 가서 일 보게."

"반체제 세력의 테러 같습니다. 폭탄을 설치한 자를 색출하도록 하겠습니다."

"아냐, 폭탄이 아닐세."

"네? 폭탄이 아니라면……."

"끄응… 방귀를 조금 뀌었을 뿐인데 그게 폭발하더군."

보안 요원은 얼굴이 파랗게 질렸다. 담배 피우는 남자는 방귀쟁이에 골초로 유명했다. 위험한 요소를 두루 갖춘 셈이었다. 주위에서 경계를 서는 자신들에게도 화가 미칠 수 있었다.

"각하, 방귀에는 에탄과 수소가 섞여 있어 폭발 위험이 있습니다. 가스를 배출하실 때는 흡연을 삼가해 주시기 바랍니다."

"미안하네. 오늘은 가스량이 좀 많았던 거 같아."

인민복을 입은 남자는 정신을 잃고 쓰러져 있었다. 그가 들고 있던 서류들이 여기저기 널려 있었다. 누군가가 다급하게 외쳤다.

"어서 구급차를 불러!"

담배 피우는 남자는 그 자리에 있기가 민망해서 홀을 슬그머니 빠져나왔다. 보안 요원들이 달려오며 경례를 붙였지만 헛기침을 하며 딴 곳을 쳐다보았다.

진진은 텅 빈 창고를 보고 걱정스런 표정을 지었다. 밍밍이 초조한 얼굴로 손톱을 물어뜯으며 말했다.

"봉근 오빠, 어디로 간 거야……."

"사람들한테 잡혀간 거 아니야?"

"캥! 소청! 재수없는 소리 좀 하지 마!"

"재수없기는… 충분히 일어날 수 있는 상황이잖아."

소청의 말에 걱정이 된 밍밍은 우웩 하고 수정 구슬을 토해냈다. 구슬에 묻은 이물질을 닦아내고 살살 문지르자 영상이 맺혔다. 입에 재갈이 물리고 다리가 꽁꽁 묶여 있는 팬더의 모습이었다.

"어머나! 어째! 봉근 오빠가 잡혀갔어!"

"쯧쯧, 거봐. 내 말이 맞잖아."

소청은 고소하다는 건지 걱정된다는 건지 알 수 없는 얼굴이었다.

"잉잉… 봉근 오빠… 어떡해, 진진아……."

"웅~ 봉근이가 난 줄 알고 잡아간 모양인데. 이거 참 큰일이
군……."

밍밍은 발을 동동 구르며 걱정했지만 소청은 중간중간 밍밍의 속을
뒤집어놓았다. 진진은 머리를 벅벅 긁으며 고민하다가 하품을 하고는
잠이 들었다.

봉근의 운명은 풍전등화였다. 봉근은 잔뜩 겁을 집어먹고 있었다.
그는 지금 포박당한 채 어두운 비행기 화물칸에 실려 있다.

마취에서 깨어나 보니 자신은 검은 색안경의 사내가 모는 미니 밴에
실려 있었다. 사내는 한참을 달린 끝에 비행기 엔진 소리가 요란한 격
납고 같은 건물에 봉근을 내려놓았다. 잠시 후 조말다라는 남자와 수
걸리라는 여자가 와서는 사내에게 돈을 주고 봉근을 넘겨받았다. 그들
은 다시 작업복을 입은 소년에게 돈을 주었고 소년은 진진을 커다란
상자에 넣었다. 상자는 둥실 들려져 어디론가 이동되었는데, 봉근은
요란한 엔진 소리를 듣고는 자신이 비행기 화물칸에 입고되었음을 알
았다. 봉근은 어둠 속에서 공포심이 극에 달했다. 이게 무슨 날벼락 같
은 일인가. 사랑하는 사람은 자신을 배신한 뒤에 뱀이 되어버리고 자
신은 팬더가 되어 낯선 사람에게 납치되었다. 더군다나 이 사람들은
자신이 진진이라고 믿고 있으니. 앞으로 또 어떤 일이 벌어질지 걱정
이었다. 인간일 때는 그토록 배짱 좋고 물불을 안 가리던 봉근이었지
만 말 못하는 짐승이 되고 보니 무엇 하나 두렵지 않은 일이 없었다.

끼익 하며 비행기가 활주로에 착륙하는 소리가 들렸다. 기체가 약간씩 흔들리며 진동했다. 잠시 후 화물실 안으로 밝은 빛이 쏟아져 들어왔다. 봉근은 눈이 부셔 앞발로 얼굴을 가렸다. 작은 지게차가 봉근이 실려 있는 플레이트를 들어 올리더니 신나게 달렸다.

지게차를 모는 기사가 뭐라고 떠들고 있었으나 봉근은 한마디도 알아들을 수가 없었다. 기사는 중국어를 쓰고 있었던 것이다.

지게차는 봉근을 커다란 화물차에 실었다. 화물차 운전사는 신기하다는 듯 봉근을 들여다보다가 손가락으로 쿡쿡 찌르며 장난을 쳤다. 봉근은 겁에 질려 커다란 눈알을 굴릴 뿐이었다. 봉근을 가지고 한참 동안 장난을 치던 운전사는 이제 지루한 듯 하품을 하더니 운전석으로 돌아갔다. 탁 하고 차 문 닫히는 소리가 들리더니 부르릉 하고 시동이 걸렸다.

공항을 빠져나간 트럭은 이내 고속도로를 탔다. 짐칸의 천장은 두꺼운 천으로 덮여 있었지만 뒤쪽으로는 탁 트여 있어 빠르게 지나가는 풍경을 바라볼 수 있었다. 한자어와 영어 간판이 어지럽게 지나가더니 이내 탁 트인 초원 지대가 이어졌다.

봉근의 심정은 낯선 이국적 풍광을 즐길 만큼 한가롭지 못했다. 제발 다시 한국으로 돌아가 밍밍이 끓여주는 된장국을 먹고 싶었지만 사태는 점점 심각해지고 있었다.

가스 폭발이 일어나 어수선했던 홀은 어느새 말끔히 정돈되어 손님들을 기다리고 있었다. 불에 그슬렸던 카펫은 걷어지고 반질반질한 대리석이 모습을 드러냈으며, 부서진 탁자와 의자들도 새것으로 교체되었다. 잠시 후 출입구를 통해 징글징글하게 높은 분들이 하나둘씩 들어와 착석했다. 대부분 정부 고위층 인사이거나 내로라하는 기업체 총수들이었다.

"진진이는 도착했나?"

"지금 오는 중… 아, 말다 요원이 돌아왔습니다!"

홀 입구에 서 있던 젊은 수행원이 반가운 목소리로 외쳤다. 수행원과 악수를 나눈 뒤 홀 안으로 뛰어들어 오는 조말다 요원. 그는 들어오자마자 담배 피우는 남자에게 인사를 했다.

"오, 어서 오게. 잘 다녀왔는가? 그런데 수걸리는?"

"죄송합니다. 출장 도중에 만난 한국 남자와 눈이 맞아서 그만."

"거기서 데이트 중인가?"

"혼인 신고 올리고 귀화하겠답니다."

"허걱……."

담배 피우는 남자는 연기가 목에 걸려 캑캑거리다가 물을 한 잔 마셨다.

"요즘 젊은 애들은 정말 대책이 없다니깐. 그래, 진진이는?"

"지금 트럭에서 내리고 있습니다. 잠시 후면 만나보실 수 있습니다."

"오오, 기대되는군."

좌중이 술렁대기 시작했다. 담배 피우는 남자는 옆 자리에 앉은 노인에게 말을 걸었다.

"문 국장, 이번에야말로 주문을 알아내고야 말겠소."

"소 선생, 진진은 우리의 배신자요. 반드시 처단해야 합니다."

"알고 있소. 하지만 주문이 먼저요."

"그야 그렇지……."

한참 떠들던 사람들이 갑자기 조용해졌다. 자이언트 팬더를 실은 커다란 수레가 홀 안으로 들어와 있었다. 팬더는 주둥이에 마스크가 씌워져 있고 네 다리에 쇠사슬이 채워져 수레에 묶여진 상태였다. 겁에 질려 눈동자를 희번덕거리는 팬더를 보고 담배 피우는 남자가 조용히 입을 뗐다.

"조말다……."

"네, 각하!"

말다 요원은 신이 나서 담배 피우는 남자에게 달려갔다. 그는 뭔가 큰 상을 받으리라는 기대감에 부풀어 있었다.

"손 좀 내밀어 봐……."

"아, 네!"

그는 좋아라 양손을 고이 내밀었다. 무언가 귀한 것이 두 손 위에 얹혀질 듯싶었다.

"아, 뜨거! 아, 뜨뜨뜨……."

조말다 요원은 비명을 질렀다. 담배 피우는 남자가 그의 손바닥에 시거를 비벼 끄고 있었다.

"크흑, 각하 제가 뭘 잘못했나요……."

담배 피우는 남자는 불 꺼진 시거를 홀 바닥에 집어 던지며 자리에서 일어섰다.

"멍청이. 저건 진진이 아니야."

"에잉! 엉뚱한 팬더를 잡아왔구만."

"쯧쯧, 유능한 말다 요원이 저런 실수를 하다니……."

옆 자리의 문 국장도 발딱 일어나 자리를 비웠다. 하나둘 일어서서 홀을 빠져나가는 사람들의 얼굴에는 실망감이 가득했다. 텅 빈 홀에 팬더와 함께 남겨진 조말다 요원은 허탈한 심정으로 바닥에 주저앉았다. 파트너는 한국 남자랑 눈이 맞아 달아나고 고생 끝에 잡아온 진진은 가짜였다. 상부에서는 이번 일의 책임을 물어 말다 요원에게 중징계를 내릴 것이 뻔했다. 말다는 품에서 38구경 리볼버를 꺼내 총구를 머리통에 들이댔다. 침을 꿀꺽 삼키고 잠시 동안 고뇌하던 말다는 미련없이 방아쇠를 당겼다.

위잉~

모터 돌아가는 소리와 함께 머리칼이 어깨 위로 떨어졌다. 말다 요원이 애용하는 비밀 면도기였다.

"머리 깎고 산으로 들어가련다……."

총구가 지나간 자리에 고속도로처럼 시원한 길이 뚫렸다. 채 5분도 지나지 않아 그의 머리는 조명을 받아 반짝반짝 빛나고 있었다. 엘리트 공안의 참담한 몰락이었다. 말다는 머리를 다 깎고 나자 면도기를 품속에 집어넣고 조용히 홀 밖으로 걸어나가며 중얼거렸다.

"화엄성종 화엄성종 화엄성종 화엄성종 화엄성종……."

밍밍과 소청은 창고 바닥에 엎어져 자고 있는 진진을 좌우로 열심히 흔들었다. 귀에다 대고 소리를 지르기도 하고, 겨드랑이를 간질러도 보았다. 그러나 태산보다 무거운 진진의 눈꺼풀은 꿈쩍도 하지 않았다.

"아이구, 힘들어라. 그냥 놔두자. 애는 일단 귀대고 자면 안 일어난다니까."

"캥! 안 돼! 어서 봉근 오빠를 구하러 가야지!"

"흥! 그딴 녀석 뭐 하러 구해줘!"

"뭐야! 봉근 오빠는 너한테 잘해줬는데 그런 소리가 나오니!"

"잘해주긴 뭘 잘해줘. 가끔가다 죽은 쥐 주워다 먹인 거밖에 더 있남."

"캥! 난 봉근 오빠를 구하러 갈 거니까 따라오든지 말든지 마음대로 해!"

"천이백 살 먹은 년이 삼십 대 총각보구 오빠오빠 하냐? 징그럽게……."

밍밍은 재주를 팔딱팔딱 넘더니 훌쩍 뛰어올라 창문을 통해서 밖으로 나가 버렸다. 소청은 밍밍이 사라진 곳을 바라보며 혀를 끌끌 찼다. 백 년도 못 살 인간에게 정을 주는 밍밍이 한심해 보였다. 자고 있는 진진의 궁둥이 위에 걸터앉아서 노래나 부르기로 했다.

"너구리 놀던 옛 동산에~ 들쥐만 가득하노니~ 산천은 의구하되~ 너구리는 간데 없네~ 아아~ 너구리 태평성대여~ 다시 돌아올 수 없나 그날~ 너구리 태평성대여~"

소청의 처량한 노래 가락에 진진의 코 고는 소리가 어울려 창고 안은 더욱 을씨년스러웠다.

전자 부품 제조업과 의류업을 하는 중견 사업가 박달포 씨는 오랜만에 하는 외유(外遊)에 들떠 있었다. 그동안 회사 일로 바빠 좋아하는 여행을 거의 다니지 못했던 그는 1억 달러짜리 납품 계약을 체결하자 자신이 이룩한 또 한 번의 성공을 자축하기 위해 중국 여행길에 올랐다. 그는 10시발 베이징 행 항공기의 탑승 수속을 하기 위해 카운터에 다가섰다. 아름다운 젊은 여성이 웃는 얼굴로 그를 맞았다.

"10시발 베이징이요. 빨리 좀 해줘요."

"네, 잠시만 기다리십시오."

좌석 조회를 끝낸 그녀는 창가 쪽으로 자리를 잡아서 티켓을 넘겨주었다.

"감사합니다. 즐거운 여행되십시오."

"오케이~ 이쁜 아가씨도 안녕~"

느끼한 아저씨가 윙크를 하며 떠나가자 티켓 카운터의 여직원은 고개를 갸웃거렸다. 조금 전 좌석 조회를 했을 때 거의 공석이었던 것이다. 아무리 비수기라 해도 좌석이 텅 비는 경우는 없었다.

'전산상의 오류인가?'

그녀는 무언가 이상하다 싶었지만 눈앞에 다른 손님이 나타나자 싹 잊어버리고 말았다.

박달포 씨는 탑승구 안으로 들어가려다 몇몇 사람이 항의하는 것을 지켜보았다. 그들은 항공기 티켓을 들곤 남자 직원과 언성을 높이고 있었다.

"아니, 뭐요? 방금 전까지만 해도 멀쩡했던 티켓이 캔슬됐다니 말이 돼요?"

"죄송합니다, 손님. 분명 예약 취소가 되었는데요."

"난 취소한 적 없다니까!"

"죄송합니다. 다음 항공기를 이용하시죠. 50분 뒤에 출발합니다."

"이런 망할······."

박씨는 싸움을 재미나게 구경하다가 티켓을 끊고 유유히 탑승구 안으로 들어갔다.

'쯧쯧, 바보들. 컨펌을 했어야지, 컨펌을······.'

무식한 놈들은 역시 할 수 없다니까. 젊은 시절부터 성공의 고속도로를 달려온 그는 자신을 특출나다고 생각했으며 타인을 깔보는 경향이 있었다. 그는 복도에 줄지어 선 스튜어디스들의 인사를 받으며 자신의 좌석을 찾아갔다. 항상 환하게 웃는 모습이던 승무원들이 오늘따라 무표정하고 얼굴이 굳어 있었다.

그는 티켓을 들고 자신의 좌석 앞에 서서 약간 당황했다. 자신에게 배정된 창가 좌석에 한 중년 여성이 다리를 꼬고 앉아 있는 것이다.

"아주머니, 거긴 제 자리인데요."

"……."

묵묵부답. 여자는 공허한 눈길로 앞 좌석 시트만 쳐다보고 앉았다. 슬슬 열이 받기 시작하는 박달포 씨.

"아주머니, 귀가 먹었어요? 제— 자— 리— 라— 구— 요—"

"……."

급한 성격이기는 해도 집요하지는 않은 박씨. 금세 체념하고 통로쪽 좌석에 엉덩이를 붙였다.

"에잉~ 재수가 없으려니……."

스튜어디스들이 이륙을 앞두고 안전 주의를 주고 있었다. 모두들 마네킹처럼 굳은 얼굴로 구명조끼 착용법을 시연하고 있는데 생글생글 웃는 요염한 얼굴의 승무원이 박씨의 시선에 포착됐다.

"오옷, 죽이는데……."

둘째가라면 서러워할 천하의 바람둥이 박달포는 금세 입맛을 다셨다. 안전 교육을 끝마친 스튜어디스들이 모두 제 위치로 돌아갔다. 굉음과 함께 이륙한 비행기는 몇 분 만에 적정 고도에 진입하여 조용히 순항하고 있었다. 박달포 씨는 점찍어둔 스튜어디스가 자신의 옆을 지나가자 슬쩍 그녀를 호출했다.

"네. 무엇을 도와드릴까요?"

조금 전과 같이 생글생글 웃는 그녀는 무척 귀엽고 관능적이었다. 모두들 평균 이상의 미모를 갖춘 승무원들이었지만 그녀는 그중에서도 군계일학(群鷄一鶴). 날씬한 몸매와 눈부시게 하얀 피부, 살짝 치켜 올라간 섹시한 눈매와 선혈처럼 붉은 입술과 방울 소리처럼 경쾌한 목소리, 그리고 살며시 풍겨오는 미지의 향기. 그녀는 박달포의 모든 감각을 압도하고 있었다.

"아가씨, 이름이 뭐지?"

"네?"

"이름이 뭐냐니까?"

"밍밍이라고 합니다."

"오, 그래. 예쁜 이름이군. 예뻐, 아주 예뻐. 후후후……."

"손님 뭐 불편하신 점이라도?"

"응, 아가씨 애인 있나?"

"어머, 그런 건 왜 물으세요? 호호, 부끄럽게……."

한쪽 눈을 가늘게 뜨고 웃으며 슬쩍 남자의 손을 잡았다 놓는 그녀. 박씨는 옳거니 하면서 작업에 들어갔다.

"응, 괜찮으면 나랑 사귀어볼 생각 없어? 후후후, 나 알고 보면 돈 많은 남자라구."

"어머나, 돈이 많으세요? 좋으시겠어요. 호호호."

"그럼, 우리 마누라는 만 원짜리로 팩 마사지하고 아들놈은 돈다발로 농구한다니까."

"어머나~ 부러워라~ 저는 돈에 깔려 죽는 게 소원이에요."

"후후후, 나랑 사귈 생각 있으면 뭐든 말해. 다 들어주지."

몸을 밀착시키며 은근슬쩍 허리에 손을 감는 박달포. 여자는 살짝 몸을 빼내며 살포시 웃었다.

"어머나~ 근데 어쩌죠? 전 엉덩이에 꼬리가 있어서~ 아저씨가 싫어하실 텐데~"

"와하하! 그래? 어디 진짜인지 한번 만져 볼까."

박씨는 그녀의 엉덩이를 슬쩍 더듬다가 손에 까칠한 감촉을 느꼈다.

"허걱~ 이, 이게 뭐야?"

"호호, 꼬리가 있다고 말씀드렸잖아요. 그리고 몸에 털도 많은데……"

여자의 하얗고 가냘픈 손이 오그라들면서 털로 덮이고 끝에는 날카로운 발톱이 솟아났다.

"헉~ 뭐, 뭐야, 이거?"

"호호호, 아저씨, 여우도 괜찮다면 우리 애인해요. 근데 조심해야 돼. 바람피우면 간을 빼 먹을 테니까!"

"우와아악!!"

화악 덮쳐 오는 새빨간 눈알의 여우 얼굴에 놀란 박씨가 비명을 질렀다. 박씨는 옆에 앉은 아줌마를 흔들며 소리쳤다.

"아주머니! 저것 좀 봐요! 승무원이 불여우예요!"

그는 아줌마를 마구 흔들다가 무언가 퍽 하고 꺼져 드는 느낌을 받았다. 손바닥에 차가운 감각이 있어 쳐다보니 커다란 배추 한 포기가 옆 좌석에 놓여 있었다.

"우엑! 뭐야, 이게! 배추였어!"

놀란 박씨 의자에서 튀어나와 여기저기 돌아다니며 도움을 청했지만 승객들은 하나둘 본래의 모습으로 돌아가 버렸다. 당근, 양파, 무우,

대나무, 연근, 도라지, 시금치로 변해 버린 승객들을 보며 분통을 터뜨리는 박달포.

"에잇! 이게 비행기야, 야채 트럭이야!"

"호호호~ 아저씨 왜 흥분하구 그래! 나랑 애인해야지이~"

팔딱팔딱 재주를 넘으며 자신에게 다가오는 여우에게 공포심을 느낀 박씨는 걸음이 나 살려라 도망치기 시작했다. 좁은 기내에서 달리다 부딪힌 곳은 조종실 입구. 그는 파일럿에게 도움을 청하기로 하고 조종실 출입문을 열어젖혔다.

"도와주세요, 기장님! 스튜어디스가 불여우예요!"

조종간 옆으로 뛰어들며 기장의 옷깃을 부여잡았다. 기장은 옆으로 천천히 얼굴을 돌리는데, 둥그렇고 털이 가득 난 것이 인간의 얼굴이 아니었다.

"팬더 조종사도 있는데 뭘⋯⋯."

"우와아악!"

놀라는 박씨의 어깨를 툭툭 치는 이가 있어 뒤를 돌아보니 주둥이가 뾰죽한 동물이 조종간을 잡고 있었다.

"부조종사는 너구리란다."

"끄에에엑⋯⋯."

마침내 박씨는 입에 게거품을 물고 쓰러졌다. 팬더는 늘어지게 하품을 하더니 눈을 감으며 중얼거렸다.

"웅~ 난 좀 잘 테니까 조종 잘해~ 추락시키지 말고⋯⋯."

"걱정 마. 우리 비행기도 아닌데 뭘. 엥? 저게 뭐지?"

너구리는 눈을 부비고 앞을 똑바로 쳐다봤다. 자동차 모양의 구름이 오르락내리락하며 공중에 떠 있는 것이 아닌가.

"쳇~ 그냥 구름이군. 뚫고 지나가자."

파팟 하고 보잉 747기가 구름을 관통하자 자동차 모양이 흩어지며 쾅! 하는 폭음이 들렸다. 잠시 후 근두운을 타고 날아온 손오공은 자신의 부서진 구름을 허망하게 쳐다봤다.

"새로 뽑은 근두운이 박살났네. 에휴, 주차할 곳이 없어요. 주차할 곳이……."

동물 세 마리와 인간 한 명을 태운 중국행 민항기는 구름 속을 헤치며 시속 900㎞로 비행 중이었다.

조센 일보 XX월 XX일자 사회면 톱기사.

중소기업 사장이 국제선 항공기 훔쳐.

중견기업의 사장이 민항기를 절도한 사건이 있었다. 전자 부품 제조 업체인 라드 전자(주) 대표 이사인 박달포(43) 씨는 지난 XX일 아세아 항공 소유의 보잉 747 여객기를 격납고에서 훔쳐 내 중국 베이징까지 몰고 갔다가 공항에서 대기 중인 인터폴에 체포돼 국내 사법당국에 인계됐다. 박씨를 취조한 경찰 측 관계자는 '박씨는 한 번도 항공기를 조종해 본 경험이 없는 것으로 나타났다'며 '어떻게 이런 일이 일어났는지 모르겠다'고 놀라워했다. 한편 피의자 박씨는 팬더가 비행기를 훔쳤다는 둥 계속 횡설수설해 경찰이 정신 감정을 의뢰한 상태다. /김돌쇠 기자 dolsteel@chosen.com

제14장
인형 자끄 터미네이터

담배 피우는 남자는 목조 부분에 화려한 카빙이 되어 있는 소가죽 안락의자에 몸을 파묻었다. 편안하고 안락한 느낌이 온몸을 감쌌다. 테이블 위에 놓여 있는 금빛 케이스를 열었다. 쿠바 산 하바나 시거가 종류별로 분류되어 채워져 있었다. 그중 최고급 브랜드인 코히바 시거가 눈에 들어왔다. 남자는 시거를 꺼내 들고 이리저리 살펴보다가 씨익 웃고는 케이스 안에 돌려놓았다. 전화기의 버튼을 누르자 그를 수행하는 젊은 남자의 목소리가 들려왔다.

"예, 각하."

"원로 회의를 소집해 줘."

"예. 시간은요?"

"지금 당장."

"…긴급 소집인가요?"

"그렇네. 문 국장, 소 위원장, 유 회장은 꼭 참석시키도록 하게나."

"알겠습니다."

비서는 열쇠를 꺼내 책상 밑에 붙어 있는 서류 화일함을 열었다. 함에는 일급 기밀로 분류된 보안 서류들이 빼곡히 들어차 있었다. 그는 익숙한 손놀림으로 서류를 검색했다. 잠시 후 찾아낸 것은 붉은색 커버의 기밀 파일. 파일을 열자 쟁쟁한 중국 내 파워 엘리트들의 이름이 나열돼 있었다. 그는 하나하나 전화를 걸어 담배 피우는 남자의 회의 소집건을 알렸다. 모두들 바쁜 용무를 보는 중이었으나 소집에 응하지 않는 자는 없었다. 그만큼 담배 피우는 남자는 강대한 권력을 소유한 숨은 실권자였다.

대회의실에는 기다란 탁자 두 개가 서로 마주 보게 놓여 있고 탁자 끝에는 의장용 테이블이 직각으로 배치돼 있었다. 회의 소집 시간이 아직 십여 분가량 남았는데도 참석자들은 이미 모두 자리를 채우곤 서로 담소를 나누고 있었다. 정재계의 거물들이 이렇게 한곳에 모이는 것은 분명 흔하게 볼 수 있는 광경이 아니었다. 게다가 그들을 양쪽에 늘어앉게 하고서 의장 자리에 앉아 있는 자는 매스컴에 얼굴이 알려지지 않은 정체 불명의 담배 피우는 남자였다. 판유그룹의 유 회장이 의장을 향해 입을 열었다.

"선생, 오늘은 왜 여송연을 피우지 않으시오? 항상 시거를 물고 사시는 분 아니오?"

"후후, 내 오늘부터 금연하기로 했소."

"허? 정말이오? 거참, 놀라운 일이외다."

"후후, 조금 있으면 더 놀라운 일이 벌어질 거요."

"놀라운 일? 왜, 또 가짜 진진이라도 잡아오셨소?"

좌중이 웃음바다가 되었다. 담배 피우는 남자는 엉뚱한 팬더가 잡혀온 이래로 체면이 땅에 떨어진 상태였다. 그는 남들이 자신을 비웃는데도 화내지 않고 오히려 싱글벙글이었다. 판유그룹의 유 회장이 다시 질문했다.

"선생, 그 놀라운 일이란 게 뭐요? 당신이 실실 웃고 다닐 만큼 좋은 일이요?"

"후후, 글쎄 두고 보시면 압니다."

담배 피우는 남자의 말이 끝나기 무섭게 대회의실의 출입문을 와락 열어젖히고 들어서는 사람이 있었다. 탁자 앞에 앉아 있던 사람들은 일제히 회의실에 들어선 자를 쳐다봤다. 그리고 경악했다. 판유그룹 유 회장은 들고 있던 물잔을 떨어뜨렸고, 문 국장은 담배를 물고 있던 입을 떠억 하고 벌렸다. 그들은 회의실 출입문에 서 있는 남자와 의장을 번갈아 쳐다봤다. 회의실에 들어온 자는 바로 지금 의장석에 앉아 있는 담배 피우는 남자였던 것이다. 문을 열고 들어온 담배 피우는 남자는 검지손가락으로 의장석에 앉아 있는 담배 피우는 남자를 가리켰다.

"저 녀석은… 지… 진진이야!"

참석자들이 술렁대기 시작했다. 판유그룹의 유 회장이 벌떡 일어섰다.

"어쩐지 수상하다 싶었어! 진진! 제 발로 찾아오다니 무슨 일이냐!"

의장석에 앉아 있는 담배 피우는 남자의 얼굴이 조금씩 뭉개지더니 흑백의 털이 쑤욱쑤욱 솟아났다. 팬더로 변한 의장은 마이크에 입을 대고 조용히 말했다.

"웅~ 친구를 구하러 왔다, 나의 옛 친구들이여."

"진진! 설마 우리에게 다시 돌아오려는 건가? 그렇다면 대환영이다!"

"웅~ 착각하지 말아줘. 너희들이 원하는 주문을 절대 줄 수 없어."

담배 피우는 남자가 가래침을 카악 하고 뱉고는 시거를 피워 물었다.

"진진, 여기 들어온 이상 도망칠 생각은 마라."

"진진! 그러지 말고 마음을 돌려라! 천 년에 걸친 도피 생활이 지겹지도 않은가? 우리와 손을 잡고 인류를 지배하자!"

판유그룹 유 회장은 진진을 회유하려 들었다. 하지만 넘어가지 않는 진진.

"웅~ 난 너희들의 생각에 동의할 수 없어. 우리들은 서로 공존해야 해. 누가 누구를 지배한다는 건……."

진진은 크게 하품을 한 뒤에 말을 이었다.

"귀찮어……."

"저, 저런 게으름뱅이!"

담배 피우는 남자가 고개를 절레절레 흔들었다.

"쯧쯧, 저런 놈을 낳았다고 지 어미는 죽엽국을 한 대접이나 먹었더냐."

판유그룹 유 회장은 뚱뚱한 몸을 이끌고 뒤뚱뒤뚱 걸어나오더니 진진의 앞에서 주문을 외웠다.

"기름에 볶은 양파, 물에 삶은 청경채, 기름에 볶은 양파, 물에 삶은 청경채……."

회장의 비대한 몸에서 피식피식 연기가 나기 시작했다. 손톱이 빠지고 짧고 튼튼한 발톱이 새로 돋아났다. 코와 입이 모아지면서 비죽이 주둥이가 튀어나왔다. 살을 비집고 삐질삐질 삐져 나오는 것은 검은 털이었다. 잠시 후 진진의 앞에는 또 한 마리의 자이언트 팬더가 서 있었다. 진진이 빙그레 웃었다.

"웅~ 여전히 둔갑이 서툴구나, 너는."

"팬더는 다 자기 나름의 장점이 있는 거야. 너처럼 둔갑술에 통달한 녀석도 있고, 나처럼 돈을 잘 버는 팬더도 있고."

이를 지켜보던 담배 피우는 남자는 시거를 힘껏 빨아들이더니 하늘을 향해 연기를 길게 뿜었다. 연기는 나선형을 그리며 내려와 그를 둘러쌌다. 뱀처럼 꾸물거리며 남자의 몸속에 스며드는 연기. 연기가 스며들 때마다 의복은 녹아 없어지고 벌거벗은 육체는 부풀어 오르며 점점 팬더의 형상으로 변해갔다. 또 한 마리의 팬더로 변한 담배 피우는 남자가 진진에게 말했다.

"난 연기로 둔갑하는 방법을 개발했지. 주문이나 매개체가 없이 의지만으로 자유자재로 둔갑하는 팬더는 너뿐이야, 진진."

"웅~ 칭찬인가, 대웅?"

"질투라고 해두지. 진진, 넌 네가 가진 능력을 우리 동족들을 위해 쓸 생각은 없나?"

"웅~ 우리 동족들은 지금 충분히 잘살고 있는데 내가 뭘 더 해줘야 하나? 그리고 너희들은 강대한 권력을 소유하고도 왜 비(非)둔갑 팬더들을 돕지 않는 거지? 그들은 지금 멸종 직전이야."

담배 피우는 남자는 팬더가 되어서도 계속 연기를 내뿜고 있었다.

"진진, 난 진화하지 못한 팬더와 우리들은 전혀 다른 종족이라고 생각해. 여우들도 결국 둔갑할 수 있는 녀석들만 살아남았잖아? 전 세계의 화류계를 평정한 둔갑 여우들을 봐. 그들이 작은 동물이나 잡아먹는 구식 여우들을 챙겨주는 줄 알아? 동료들의 시체를 목에 두르고 거리를 활보하는 녀석들도 많다구."

"웅~ 하지만 팬더들은 여우와 다르잖아. 그네들은 겨우 목숨을 부지하는데 그쳤지만 너희들은 인간 사회의 주류 세력으로 성장했어. 충분히 진화하지 못한 친구들을 도와줄 수 있잖아?"

"진진, 중국 인구의 10분의 1이 둔갑 팬더들이야. 이 녀석들 먹여 살리는 것도 머리가 아픈데 아직도 깊은 산속에 숨어사는 열등한 녀석들까지 챙길 여력은 없다구."

대회의실은 어느새 팬더들로 가득 차 있었다. 그들은 모두 중국 사회에서 권력이나 재력을 손에 쥔 성공한 둔갑 팬더들이었다.

"그래, 진진! 어서 주문을 우리에게 넘겨라!"

"진진! 팬더 천하가 눈앞에 있어!"

진진은 위협하듯 소리 지르는 수십 마리의 팬더들에 개의치 않고 자신의 의견을 말했다.

"이미 말했듯이… 난 귀찮은 일은 안 해."

화가 난 일부 팬더들이 바닥에 누워 네 다리를 파닥거렸다.

"저런 게으른 녀석! 비둔갑 팬더들의 습관을 아직도 가지고 있다니!"

"진진! 우리들은 하루에 6시간 이상 자지 않아! 열심히 일한다구!"

"그래! 너처럼 하루 종일 대나무를 씹지도 않아! 패스트 푸드를 먹는다구!"

"우린 인간 사회에 완전히 적응한 부지런한 팬더들이야!"

진진은 하품을 크게 하고는 테이블에 누워 잠을 청했다.

"나는 자랑스러운 팬더. 누가 뭐라 해도 팬더의 길을 가련다……"

"저런 덜떨어진 녀석! 잡아라!"

흥분한 팬더들이 궁둥이를 씰룩거리며 진진에게 달려들었다. 달려

드는 팬더들에 아랑곳하지 않고 코를 고는 진진. 절체절명(絶體絶命)의 순간에 태연하게 잠을 자는 진진은 그야말로 느긋함의 제왕, 태연자약의 황제이자 잠의 화신(化神)이었다.

팬더들이 진진을 덮치려는 찰나, 폭풍 같은 바람이 일었다. 바람에 날린 팬더들은 추풍낙엽처럼 떨어지며 회의장 바닥에 널브러졌다. 바람을 일으킨 것은 동서남북 네 방향을 지키는 사신(四神) 중 하나인 괴조(怪鳥) 주작(朱雀)! 주작은 날카로운 발톱으로 쿨쿨 코를 자는 진진을 붙들더니 커다란 날개를 퍼덕였다. 괴조가 뿜어내는 돌풍에 눈도 못 뜨는 팬더들은 끙끙거리며 어서 저 무서운 괴물이 방에서 나가주기만을 기다렸다. 주작은 대회의실의 유리 창문을 박살 내면서 진진과 함께 밖으로 튕겨져 나왔다. 큰 날개를 퍼덕이며 창공으로 솟아오르는 주작. 담배 피우는 팬더는 천천히 깨어진 유리 창문으로 다가왔다.

"진진… 두고 보자. 꼭 잡고 말 테다!"

주작은 구름을 뚫고 하늘 높이 날아올랐다. 코를 골며 자던 진진은 갑자기 떨어진 기온과 세찬 바람에 놀라 잠에서 깨어났다. 눈을 껌뻑 껌뻑 하며 발 밑에 깔린 구름을 바라보다가 주작의 튼튼하고 커다란 다리를 만졌다.

"웅~ 수고했어. 여기에서 내려줘."

"크오오~ 정말 괜찮겠어?"

"웅~ 괜찮아. 지금쯤 밍밍과 소청이 봉근을 구해냈을 거야."

"크오오~ 알았어. 필요하면 또 불러."

주작은 공중에서 진진을 놓아줬다. 진진은 빠른 속도로 낙하하면서 비명을 질렀다.

"우아아아아~ 땅에 내려달라는 뜻이었는데! 팬더 살류!"

진진은 공중에서 앞발을 모아 재빨리 주문을 외웠다.

"날다람쥐의 정령이여. 나의 육체에 출입할 것을 허하노라……."

네 다리를 쫘악 펴며 기합을 넣는 진진.

"팬더 글라이딩!"

두툼한 옆구리 살이 납작하게 퍼지면서 다리 사이에 익막(翼膜)을 만들었다. 마치 날다람쥐와 같은 형상으로 공기의 저항을 받아 유유히 활공을 시작하는 팬더. 진진은 다리를 살짝살짝 움직이면서 방향을 틀었다. 여기저기 날아다니며 지면을 샅샅이 뒤지던 진진은 드디어 무언가를 발견했다.

"웅~ 저기 있군. 간다아!"

다리를 모아 공기의 저항을 줄인 채 총알처럼 빠르게 하강했다. 고속도로를 질주하는 한 트럭에 가까워지자 다시 네 다리를 쫘악 하고 펴는 진진. 질주하는 트럭의 짐칸에 새처럼 사뿐 착륙하는 진진을 보며 놀라는 여자는 다름 아닌 밍밍이었다.

"어머나! 진진! 왜 하늘에서 떨어지는 거야?"

"웅~ 주작 타고 날아오다 떨어졌어. 봉근은 좀 어때?"

밍밍의 옆에 꼭 붙어서 커다란 눈망울을 굴리는 팬더를 보며 말했다.

"많이 놀란 거 같아… 동물로 변해 버린 것도 충격일 텐데 그런 경험을 했으니……."

"웅~ 아무래도 이런 상태로 두는 건 너무 위험해. 차라리 메이린한테 강아지나 고양이로 바꿔달라고 해보자."

"캥… 다시 사람으로 돌려놓을 수는 없는 건가?"

"웅~ 봉근이 저지른 잘못이 있으니 그건 안 될 거야. 메이린도 봉근을 지옥에 보내고 싶지 않아 만들어낸 고육책일 거야."

"캥, 너무 슬퍼. 봉근 오빠의 씩씩한 모습을 다시 볼 수 없다니……"

"웅… 할 수 없지. 근데 소청은?"

"지금 트럭을 운전하는 게 소청이야. 운전사를 기절시키고 트럭을 뺏어오더라구."

"웅~ 소청은 보기보다 사나운 너구리야. 그렇지?"

"그러게 말이야."

진진은 차량의 출몰이 잦아지자 인간의 모습으로 둔갑하고 봉근에게 커다란 보자기를 씌워주었다. 밍밍은 보자기를 뒤집어쓴 팬더를 꼬옥 안았다. 태양이 서쪽 하늘을 황토 빛으로 물들이며 넘어가는 중이었다. 소청은 운전대를 두드리며 노래를 흥얼거렸다.

"그 언젠가 나를 위해 개구리를 전해주던 너구리 소년~ 오늘따라 왜 이렇게 그 너구리가 보고 싶을까~"

고속도로를 순찰하는 모든 교통 경찰들에게는 팬더를 트럭에 싣고 가는 두 여인을 체포하라는 명령이 하달되었다. 트럭은 수배된 지 두 시간 만에 발견되었지만 팬더와 여인들은 발견할 수 없었다. 짐칸에 남아 있는 틸 묻은 보자기는 카메라맨들의 플래시 세례를 받았다. 다음 날 대부분의 주요 일간지에는 사상초유의 팬더 탈취 사건에 대한 기사가 크게 실렸다.

판유그룹 유 회장은 내륙 개발 사업 입찰건으로 정신이 없었다. 아침부터 저녁까지 관료들을 만나고 접대하고 경쟁자들의 동향을 파악하느라 하루가 48시간이라도 모자랄 지경이었다. 하지만 그의 바쁜 일정을 중단시킬 수 있는 전화 한 통이 걸려왔다.

"대, 대웅이라고?"

비서의 입에서 나온 이름을 되물은 유 회장은 얼굴을 찡그렸다.

"에잉, 그 작자가 무슨 낯짝으로 전화를… 설마 또 응묘 협회에 기부금을 내란 소리는 아니겠지."

"회장님, 연결해 드릴까요?"

"그래, 돌려봐."

수화기를 타고 음침한 목소리가 흘러나왔다.

―유 회장, 원로회의가 소집됐소. 이따 와줘야겠소.

"꼭 바쁠 때만 회의를 한다니깐… 오늘은 웬일로 선생께서 직접 연락을 하시오?"

―지난번 우리들이 팬더로 변하는 모습을 내 비서가 목격했지 뭐요. 비밀이 새어 나가기 전에 손을 썼지…….

"쯧쯧, 일 잘하는 친구였는데 아깝군. 그러게 핵심 측근은 팬더들을 쓰라고 하지 않았소."

―어쩔 수 없었다오. 낙하산 타고 내려온 친구라서… 저녁 일곱 시요. 늦지 말고 오시오.

유 회장은 쾅 하고 수화기를 내려놓았다.

"자식! 꼭 명령조로 이야기한다니까. 기분 나쁘게……."

그는 한참을 씩씩거리다가 자신이 초대한 관료가 찾아왔다는 비서의 말에 황급히 사무실에서 뛰쳐나갔다. 정문 앞에서 영접을 하기 위해서였다.

대회의실에 모인 팬더들은 담배 피우는 남자에 대해 서로 궁시렁거리고 있었다. 지난번 진진의 일로 곤욕을 치른데다 하는 일마다 실패하는 그에 대해 슬슬 짜증들이 나던 터였다. 판유그룹 유 회장은 옆 자리에 앉은 이들과 이야기를 나누며 노골적으로 경질 이야기를 꺼냈다.

"거, 대웅 선생이 너무 무능한 거 아냐? 벌써 몇 세기째야? 이러다 명 짧은 팬더는 열반하시겠어."

"쉿! 듣겠어요, 회장님."

"아, 들으라고 하는 소리야."

담배 피우는 남자는 유 회장의 조롱에도 얼굴색 하나 변하지 않고 느긋하게 연기를 뿜어 올렸다. 담배 한 대를 다 태우고 나서 자리에서 일어난 그는 좌중을 둘러보며 천천히 입을 열었다.

"오늘의 안건은 역시 진진에 대한 것입니다. 우린 벌써 천 년 동안 녀석을 추적해 왔지만 번번이 놓치고 말았지요. 우리가 그 배신자를 목 빠지게 기다렸던 것은 그가 알고 있는 마인드 콘트롤 주문 때문이었습니다. 인간의 마음을 조종할 수 있는 주문! 그걸 통해 우리 팬더들이 전 세계를 지배코자 했던 것입니다."

남자는 새로 담배를 피워 물었다.

"하지만 난 어제 다시 생각하게 됐습니다. 우리에게 꼭 그 주문이 필요한 걸까? 우린 이미 정치적으로 인간들을 지배할 수 있는 단계에 이르렀습니다. 우리 팬더들은 중국의 인민들을 지배하고 있고, 점점 강대해지는 중국은 이제 세계를 지배할 겁니다. 우리에게 진진 따위는 필요없습니다!"

공산당 고위 간부이자 경제부처의 실세인 문 국장이 이의를 제기했다.

"하지만 우리가 마인드 콘트롤 주문이 필요한 이유는 다른 데 있지 않소? 둔갑 팬더의 비밀이 인간들에게 탄로나는 날에는 폭동이 일어날 거요. 자존심 강한 인간들이 팬더들에게 지배당한다는 사실을 참을 수 있겠소? 그 폭동을 방지하기 위해 주문이 필요한 거 아뇨?"

"아, 저도 물론 문 국장님이 우려하시는 바가 무척 두렵습니다. 대중이 둔갑 팬더의 비밀을 알게 되면 정말 큰일이지요. 하지만 정말 무서운 것은 저들이 누가 둔갑한 팬더인지 가려낼 수 있게 되는 겁니다. 팬더의 세계 지배를 반대하는 자 중에 우리의 존재를 속속들이 알고 있는 자가 누굽니까?"

"음! 진진!"

"바로 그거예요. 진진은 존재 자체로도 우리에게 위협이 되는 놈입니다."

"그래서 진진을 제거할 생각이요?"

담배 피우는 남자는 말없이 고개를 끄덕였다. 장내가 숙연해지자 그는 테이블 위에 놓여 있는 전화기의 버튼을 눌렀다.

"가지고 들어와."

―예, 각하.

회의실 출입문이 양쪽으로 활짝 젖혀지면서 커다란 수레가 들어왔다. 수레에는 놀랍게도 사람 크기의 도자기 인형이 실려 있었다. 인형은 고대 무사의 복장을 하고 있었으며 표정은 금방이라도 말을 할 듯이 생생하고 근엄했다. 담배 피우는 남자는 만족스런 얼굴로 인형을 쳐다보았다.

"진시황릉 병마용갱(秦始皇陵 兵馬俑坑)에서 출토된 무사 인형입니다. 흙으로 정교하게 빚어 구운 이 인형의 용도가 무엇인지 여러분은 아십니까?"

"황제의 무덤을 지키는 병사들 아니오?"

"후후, 어느 정도는 맞췄소. 진시황릉의 도자기 인형들은 묘정이라는 신비의 도공이 하나하나 빚어 만든 것입니다. 그는 하나의 인형이 완성되면 전쟁에서 죽은 병사의 혼백을 불러들여 인형 속에 가두었습니다. 진시황릉에 매장된 수천 개의 인형에는 같은 숫자의 사람과 말의 혼백이 담겨 있는 거지요. 이들의 역할은 단 하나! 황제가 저승길에서 만나게 될 수많은 원혼들과 싸우는 일이지요. 물론 이런 대군을 가지고도 염라대왕에게는 당할 수 없겠지만, 적어도 잡귀들에게 시달리지는 않았을 겁니다."

"근데 그 인형은 왜 여기까지 가져온 거요?"

"후후후, 우리의 임무를 수행할 입 무거운 병사가 필요해서죠."

담배 피우는 남자는 인형을 향해 길게 연기를 내뿜었다. 연기는 인형의 정수리에서 시작하여 나선형으로 뱀처럼 인형을 감으면서 내려왔다. 연기가 몸속으로 스르륵 스며들자 도자기의 표면이 조금씩 부드럽게 변하더니 이내 코와 입으로 숨을 쉬기 시작했다. 여기저기서 탄성이 터져 나왔다.

"오오, 대웅 선생! 놀랍군! 역시 의장감이야!"

"죽어 있는 사물에 생명을 불어넣다니… 음양술(陰陽術)이 입신(入神)의 경지에 달했군!"

고대의 병사로 살아난 인형은 천천히 발걸음을 옮겨 담배 피우는 남자에게 다가섰다.

"금방 깨어나서 좀 어지러울 거야. 그래, 자네 이름이 뭔가?"

병사는 입을 굳게 다문 채 고개를 좌우로 저었다.

"흠, 생전의 기억을 모두 잊은 모양이군."

그는 담배 연기를 병사의 얼굴에 뿜었다.

"좋아, 이름을 지어주지. 네 이름은 이제……."

병사의 어깨에 양손을 올리며 엄숙한 목소리로 선언하는 담배 피우는 남자.

"터미네이터다! 가서 진진을 끝장내라, 터미네이터!"

병사는 허리를 숙여 절을 한 뒤 뒷걸음질쳐 출입문까지 가다가 벽에 쾅 하고 부딪쳤다. 회의실 바닥에 넘어진 병사는 갑주의 무게로 끙끙대다 간신히 일어나 문밖으로 나갔다. 판유그룹 유 회장이 못마땅하다는 얼굴로 중얼거렸다.

"왠지 좀 지능이 모자라는 거 같은데……."

"후후, 옛날에 황제를 알현하던 버릇이 남아 있어서 그랬던 거요. 황실하고 구조가 다르니 넘어졌던 게지……."

담배 피우는 남자는 잘 얼버무렸다고 생각했으나 일말의 불안감이 남아 있었다. 죽은 사람의 혼백이 들어갔다고는 하나 병사는 흙으로 빚은 인형에 불과했다. 지능이 낮은 건 당연했다. 사고 처도 좋으니 그저 진진만 없애주기를 바라는 담배 피우는 남자였다.

질 나쁜 양아치들이 득시글거리는 서울 유흥가 뒷골목. 비교적 인적이 드문 곳에 위치한 주차장 한켠에서 앵벌이 꼬마가 두목에게 구걸한 돈을 바치고 있었다. 폭력 전과자인 앵벌이 두목은 탐욕스런 얼굴로 돈을 세다가 눈을 찌르는 전광(電光)에 고개를 돌렸다.

"뭐, 뭐야, 저게?"

앵벌이 두목과 3, 4미터 정도 떨어진 장소에 작은 번개가 수십 개씩 점멸하고 있었다. 평생 남 등쳐 먹는 일만 하고 살아온 그로서는 도저히 이해할 수 없는 초자연적 현상이었다. 꼬마는 놀라 도망치고 두목은 멍하니 서서 번개가 점차 사그라드는 것을 지켜보았다. 번개가 사그라들고 나서 슈숙 하는 소리를 내며 피어오르는 연기 속에 모습을 나타낸 것은 쭈그리고 앉은 벌거벗은 근육질의 남자. 앵벌이 두목은 겁에 질려 한 걸음 뒤로 물러섰다.

"뭐, 뭐야! 저 자식 똥 누고 있잖아!"

알몸의 남자는 소프트 아이스크림처럼 탐스러운 배설물을 빚어놓고는 천천히 연기 속에서 일어섰다. 덜덜 떨고 있는 앵벌이 두목에게 다가와 낮게 목소리를 까는 남자.

"휴지 내놔."

"어, 없어!"

쇠뭉치처럼 묵직한 펀치가 앵벌이 두목의 복부에 작렬했다.

"허억……!"

피가 섞인 타액이 그의 입술 사이에서 흘러나왔다.

"휴지 내놔."

"크윽! 없다니까……."

엄청나게 두꺼운 다리가 들려지는가 싶더니 쩌억 하고 턱을 걷어차인 앵벌이 두목이 뒤로 부웅 회전하면서 날아가 바닥에 처박혔다.

"휴지 내놔."

"기, 기다려!"

안면이 피투성이가 된 두목은 허겁지겁 옷을 벗기 시작했다. 팬티와 런닝셔츠까지 홀딱 벗어버린 그는 속옷을 둘둘 말아 남자에게 집어 던졌다.

"휴지 대신 이걸로 닦아."

앵벌이 두목의 속옷으로 엉덩이를 슥슥 닦은 알몸의 남자. 두목이 벗어놓은 청바지와 가죽 재킷을 주워 입고는 유유히 주차장 밖으로 나왔다. 2천 년 만에 부활한 고대의 전사(戰士)! 그의 머리 속에는 오직 담배 피우는 남자가 지어준 터미네이터라는 이름과 진진의 살해 명령만이 견고하게 자리 잡고 있었다.

터미네이터는 눈앞에 있는 공중 전화 박스로 걸어갔다. 전화기 옆에 매달린 전화번호부를 검색해 보는 터미네이터. 책장을 주르륵 넘기다 그가 원하는 이름을 발견했다. 놀랍게도 서울에는 12명의 동명이인(同名異人)이 살고 있었다. 그는 해당 페이지를 찢어 재킷 주머니에 구겨 넣었다.

"모두… 죽인다……."

무표정한 얼굴로 허공을 응시하는 살해 인형 터미네이터. 그의 앞길을 막을 자는 아무도 없었다.

훤칠한 키에 수려한 용모를 지닌 청년이 아파트 베란다에서 바람을 쐬고 있었다. 어깨 위로 물결치는 긴 머리가 그의 범상치 않은 직업을 암시했다.

"얘, 진아~ 밥 먹어라~"

"됐어요. 굶을래요. 요새 살이 쪄서 다이어트 해야 해요."

"진아, 공연하려면 힘들 텐데 좀 먹으려무나."

"됐어요. 나이트 가서 춤이나 때리고 올래요."

"녀석, 어쩜 저렇게 대견하지……."

청년은 아파트 단지 주차장에 세워둔 컨버터블 스포츠카에 몸을 날렸다. 날렵하게 운전석으로 미끄러져 들어가려던 그는 차문에 정강이를 부딪치고 말았다. 참기 힘든 고통에 눈물을 왈칵 쏟는 청년.

"아우쒸, 괜히 개폼 잡다가……."

시동을 걸고 가속 페달을 밟자 차는 총알처럼 튀어나와 한산한 야간 도로를 질주했다. 난폭 운전에 가까운 질주 끝에 청년이 차를 세운 곳은 물 좋기로 소문난 강남의 한 나이트클럽 주차장. 웨이터 한 명이 얼른 뛰어와 그를 맞이했다.

"어서 오세요, 형님! 요새 왜 이리 뜸하십니까!"

"오늘 괜찮은 애들 좀 있냐?"

"물론입죠! 최상급으로만 골라서 모시겠습니다!"

"난 룸에서 한잔하고 있을 테니까 이쁜 애들로 넣어줘."

"예, 형님!"

청년은 웨이터에게 키를 던져 주고 클럽 안으로 들어섰다. 홀을 가득 메운 젊은이들이 고막을 찢을 듯한 음악에 맞춰 격렬하게 몸을 흔들고 있었다. 그는 춤을 추고 있는 여자들을 쓰윽 훑어보고는 이층의 룸으로 들어갔다. 양주를 한 병 따서 얼음 채운 글래스에 기울이고 있는데 주머니 속의 핸드폰이 부르르 떨렸다.

"여보세요?"

―진이냐?

"엄마? 웬일이세요? 잘 안 들리니까 크게 말씀하세요!"

―아까 너 나가고 경찰이 왔다 갔더랬다.

"경찰이요? 왜요?"

―모르겠다. 그냥 어디 갔냐고 묻길래 잘 가는 나이트클럽에 갔다구 했지.

"에이, 그냥 모르겠다구 하시지 왜 그랬어요."

―그러게 말이다… 근데 경찰이 왔다 가고 나서 이상한 사람이 또 와서는…….

전화가 끊어졌다. 원래 이 나이트클럽은 이동 전화의 통화권 이탈이 빈번한 지역이다. 청년은 따라놓은 양주를 마시려다 깜짝 놀라 쏟았다. 누군가 문을 박차고 들어왔기 때문이다. 검은 가죽 재킷을 입고 손에 커다란 라이플을 든 거구의 사내였다.

"누, 누구세요?"

"모두 죽인다……."

사내는 낮은 목소리로 중얼거리며 라이플을 청년에게 겨누었다.

쾅!

엄청난 굉음이 들렸다. 청년은 귀를 막은 채 천천히 고개를 들었다. 가죽 재킷의 남자는 어디론가 날아가 버리고 회색 정장을 입은 젊은 여성이 샷건을 들고 문 앞에 서 있었다. 샷건에서는 매캐한 연기가 스멀스멀 피어오르고 있었다.

"어서 날 따라와요! 살인자가 일어나고 있어요!"

청년은 고개를 절레절레 흔들며 얼굴을 찡그렸다.

"자식, 이쁜애로 넣어달랬더니 어디서 저런 폭탄을 데려왔어."

"잔말 말고 어서 따라와!"

여자는 청년의 귀를 잡아당기며 억지로 룸에서 끌어냈다. 그는 비명을 지르며 끌려나오다가 가슴에 총알을 박은 채 자신에게 총을 겨누는 남자를 발견했다.

"으악! 괴물이다!"

"엎드려!"

여자는 청년을 밀어 엎어지게 하면서 터미네이터를 향해 샷건의 방아쇠를 당겼다. 쾅! 소리와 함께 수십 개의 스테인리스 탄환이 터미네이터를 향해 쏟아졌다. 청년은 총알 세례를 받아 뒤로 넘어가는 터미네이터를 바라보며 계단을 뛰어 내려왔다.

"저, 저게 뭐죠?"

"당신을 죽이러 온 미치광이 연쇄 살인마."

청년은 여자를 따라서 검은색 세피아 승용차에 몸을 실었다. 여자는 능숙한 운전 솜씨로 차를 빼내어 힘껏 페달을 밟았다. 타이어가 단내를 내면서 회전했다. 주차장으로 들어오려던 차 한 대가 급하게 빠져나오는 세피아에 놀라 급정거했다. 차는 어느새 남부 순환 도로를 달리고 있었다.

"근데 아줌마는 누구죠?"

눈에서 번쩍하고 불이 났다. 청년은 얼얼한 뺨을 어루만졌다.

"난 아직 미혼이야!"

"우쒸, 근데 왜 때리구 난리야⋯⋯."

"잘 들어. 난 영등포 경찰서 강력반 오말숙 형사야."

"형사? 형사가 웬일로 절 찾아오셨죠? 그리고 그놈은 누구예요?"

"궁금하면 뒷자리에 있는 전화번호부를 찾아봐."

"전화번호부?"

청년은 뒷좌석 위에 올려져 있는 노란 책을 집어 들었다.

"렛츠⋯ 케이티?"

"바보야! 네 이름을 찾아보라고!"

책장을 넘기다보니 접혀져 있는 페이지가 나왔다.

"아! 제 이름이 있는 곳을 접어놓으셨네요."

청년은 두려움에 질린 얼굴로 여자를 쳐다봤다.

"설마 아줌마는⋯ 저를 좋아하는 스토커?"

또다시 눈에서 불이 번쩍였다.

"왜 자꾸 때려요!"

"쓸데없는 소리하니까 그렇지! 거기 너랑 똑같은 이름을 가진 사람이 몇 명인지 세어봐!"

"11명이네요……."

"그래, 11명이나 되지."

"그게 뭐 어떻다는 거죠?"

여자는 대답하기 전에 크게 심호흡을 했다.

"그 사람들 모두 죽었어. 아주 참혹하게."

"허걱……!"

"전화번호부를 잘 봐. 네가 12번째야."

"난 죽기 싫어요!"

"알아. 가까운 경찰서로 가자. 널 보호해 줄게."

차가 급하게 우회전하는 바람에 청년은 이마를 윈도우에 부딪쳤다. 화가 났지만 꾸욱 참았다. 속으로 생각하기에 자신을 지켜줄 사람은 이 터프한 여형사뿐이었다.

인포메이션 데스크에 앉은 뚱뚱한 경찰관과 깡마른 경찰관은 케이블 TV에서 틀어주는 심야 성인 프로를 즐기며 음담패설을 늘어놓고 있었다. 한창 낄낄대며 노닥거리고 있는데 검은 가죽 재킷을 입은 방문자가 데스크에 다가왔다. 밤중에 찾아오는 손님은 피의자의 가족들이 대부분이었다.

"누굴 찾아오셨나요?"

방문자는 대답 대신 주머니에서 구겨진 종이를 꺼내어 손으로 이름을 짚었다.

"…그 사람은 지금 오말숙 형사가 심문 중입니다. 나중에 오시죠."

가죽 재킷의 남자는 종이를 주머니에 도로 집어넣더니 굵은 목소리로 말했다.

"아비 빽(I' ll be back)."

등을 돌려 걸어나가는 남자를 보며 뚱뚱한 경관이 물었다.

"뭐라고 하는 거야?"

"아비를 빼라는데?"

어깨를 으쓱하고 다시 농담 따먹기를 하는 두 경관, 부르릉 하는 소리와 눈을 찌르는 불빛에 놀라 밖을 쳐다보니 검은색 코란도 한 대가 서 안으로 질주하고 있었다.

"우왁! 뭐, 뭐야!"

출입문을 와장창 깨부수고 서 안에 난입한 코란도는 인포메이션 데스크를 깔아뭉개고 정지했다. 운전석에서 내린 터미네이터는 자동 소총으로 눈에 띄는 모든 물체를 향해 방아쇠를 당겼다. 경찰관들은 권총과 카빈 소총으로 응사했으나 역부족이었다. 압도적인 화력으로 무장한 터미네이터의 공격 앞에 하나둘 스러져 가는 민중의 지팡이들. 오말숙 형사는 긴머리 청년이 숨어 있는 방으로 뛰어들어 왔다.

"어서 와! 녀석이 서까지 따라왔어!"

"우왕~ 살려줘요, 아줌마."

"또 한 번 아줌마라고 하면 내 손에 뒈져."

청년과 여형사는 똥줄이 타게 달려서 앞에 주차된 패트롤카에 올랐다. 역시 터프한 운전 실력으로 장애물을 돌파하는 여형사. 속도 위반하며 달리는 패트롤카. 터미네이터의 무차별 사격으로 불타는 경찰서는 어둠 속으로 점차 사라져 가고 있었다.

오말숙 형사가 겨우 한숨 돌리고 나서 앞으로의 계획을 짜고 있는데 청년이 다급하게 외쳤다.

"아줌마! 웬 유조차가 따라와요!"

"유조차?"

미러를 통해 운전자를 확인한 오 형사는 가속폐달을 더욱 힘껏 밟았다.

"제기랄! 녀석이야!"

유조차는 점차 간격을 좁혀오고 있었다. 오말숙 형사는 청년에게 고함을 쳤다.

"운전대를 잡아! 내가 해치우겠어!"

청년이 운전대를 넘겨받자 오 형사는 뒷좌석에서 자리를 잡고 카빈 소총을 난사했다. 콩 볶는 듯한 총소리 뒤에 엄청난 폭발음이 들렸다. 유조차가 폭발한 것이다. 패트롤카는 폭발로 인한 충격으로 뒤집히고 두 사람은 차에서 튕겨져 나왔다. 머리가 띵했다. 청년은 아스팔트 바닥에 머리를 부딪혀 피를 흘리고 있었다. 도로에 길게 누워 있는 여형사를 향해 비틀거리며 발걸음을 옮겼다. 오말숙 형사는 유조차의 파편이 온몸에 박혀 위독한 상태였다.

"흑… 아줌마, 죽지 마."

"쿨럭… 이 쉐이… 난 처녀야… 진짜 죽어볼래……."

청년은 순간 온몸에 소름이 쫙악 끼쳤다. 불타는 유조차의 잔해 속에서 걸어오는 터미네이터를 본 것이다.

"아줌마, 저 녀석 아직 살아 있어."

"쿨럭… 질긴 놈… 아구, 모르겠다. 난 힘들어서 죽어야겠다. 잘해 봐."

오말숙 형사는 숨을 거두면서 청년의 손에 카빈 소총을 쥐어주었다. 그는 자신을 향해 다가오는 저승사자를 향해 방아쇠를 당겼으나 철컥하는 격침(擊針) 소리만이 허공에 울려 퍼졌다.

"빈 총……."

터미네이터는 자동 소총의 총구를 청년에 이마에 갖다 대었다. 청년은 눈물을 주르륵 흘렸다.

"어찌 된 놈이… 불 속에서도 죽지 않냐."

"난 원래 도자기다, 잘 구워진 도자기."

"흑… 도대체… 왜 저를 죽이려는 거죠?"

"진진은… 모두 죽어야 해. 진진은… 모두 죽어야 해."

"뭐라고요? 지… 진진!"

청년을 일순 놀라는 얼굴이 되었다. 그는 눈물이 범벅이 되어 절규했다.

"으흑흑, 전 '전진'이에요! 댄스 그룹 '신나'의 전진이에요. 끄윽끄윽……."

터미네이터는 가만히 총을 거두더니 주머니에서 구겨진 종이를 내보였다.

"이 글자가… '전진'이라고 읽는 거냐?"

청년은 찢어진 전화번호부 페이지로 눈을 돌렸다. 살해당한 11명 전진의 이름자 위로 11개의 굵은 줄이 그어져 있었다. 굵은 빗방울이 떨어지기 시작했다. 쏟아지는 빗속에 두 남자는 썰렁하게 서 있었다.

〈1권 끝〉